JN166834

無花果とムーン

桜庭一樹

角川文庫
19553

目次

あの日、どこに行くのって聞いたら、お兄ちゃんは振りかえって「雲の上までだよ！」って笑った。

あの瞬間がすべて。時間よ、止まれ。

一章　ぼくのパープル・アイ

Æ

悲しみは川の流れに似てるって、あたしは思うの。流れてく場所によって、深くなったりまた浅くなったり、流れも急な日もあるしそうでもなくて穏やかなときもあるしね。だけど水が流れることをやめてくれるときはないの。悲しみの川は流れ流れて、それでいつかおおきな悲しみの海についたら、きっとついに流れるのをやめるのだろうけど。

でも、〝悲しみの海〟って？

それっていったいどこにあるの。こぉんなに悲しいまんま、あたしたちはどこにいったらいい？

あなた知ってる？

あたし、前嶋月夜《まえじまつきよ》っていう。

十八歳。

地元の、高校三年。

身長百七十一センチ。でっかいでしょ。あとは、まぁ、普通かな。

上の兄貴の名前は一郎《いちろう》。八つも上。下のお兄ちゃんは、奈落《ならく》。一つ上。もっとも、どっちとも血が繋《つな》がってないけど。あたしだけもらわれっ子だから。けどみんな気にしてなかったよ。兄弟そろってクールがウリだったから。

それで、
今日は、

——朝から、下のお兄ちゃん、奈落の、とつぜんのお葬式なんです。

Ä

荒野のど真ん中にぽつんとあるちいさな町の、そのまた割とど真ん中に建つ四角い商工会議所には、だから、朝からばたばた人が集まってた。ここでお葬式をするなんて町の歴史でもけっこう珍しいことらしかった。だって町の端っこの砂嵐が飛んでくる乾いた辺りに、来るべき高齢化社会を見越して行政がおっ立てた（と、うちのおとうさんは語る）新して立派な葬祭会館があるからで、でも夏の始まりにして猛暑日が三日も続いたこの日は、不幸にもお年寄りがまとまって亡くなっちゃって、そっちはもうぎゅうぎゅうの満杯だったらしいのだ。「若手が譲ってくれ」っていうよくわかんない理由で、お兄ちゃんのお葬式の開催場所はとつぜん商工会議所に決定した。いまは町の青年団（しかも今年の団長は皮肉なことに前嶋奈落、つまりはお兄ちゃんなんだけど）が、町興しの夏祭り用にっていろんな準備をしてる時期だから、二階建ての四角い建物中に、UFOの張りぼてとか宇宙人の着ぐるみのつくりかけとか模擬店用の幟《のぼり》の書きかけとかが、巨人の子供用のおもちゃ箱をぶちまけたように散乱してた。

あたしたち家族は、もちろん戸惑ってたけど、あたしには怒る余裕がなくて、おとうさんは町で評判なほどいい人だからじーっと我慢してて、上の兄貴の一郎はっていうと、誰に似たんだか天才的現実主義者なもんだから、頼りない父親と義妹《いもうと》の代わりに、与えられた条件でベストを尽くすことに一人ぼっちの全力投球をしているところだった。

急ごしらえで作られた祭壇の前に並んでる、あたしたち。

若いときのおとうさんが、修学旅行の引率先でうっかり拾って、さらにうっかり情がうつって引き取っちゃったとき、あたしはまだ三歳だった。入れ替わるようにおかあさんが急にいなくなって、それからはずっと四人家族。

昨日からは、三人。また減っちゃった。

祭壇がとつぜん崩れかけたので、兄貴があわてて立ちあがって両腕で支えた。大学でアメフト部だったからすごく力持ちなのだ。あたしもびっくりして飛びあがって、兄貴の下に潜りこんで一緒に祭壇を持ちあげようとした。

お兄ちゃんの棺《ひつぎ》が笑ってるようにすこし動く。

もう、笑いごとじゃ、ないのに……。

今日は葬儀屋さんも葬祭会館のほうにほとんど出払っちゃってて、若手が〝信頼されて任されて〟こっちにきてるから、朝からずっと右往左往、右往左往、右往左往してた。祭壇の組み立てっぷりも怪しげだ。たった十九歳で死んだお兄ちゃんとそんなに変わらない年頃の人たちで、喪服がいっそ高校のブレザーの制服に見えるぐらい、幼い。

だからか、上の兄貴があああしろこうしろって葬儀屋の子たちに向かって声を荒らげるたび、あたしは背中がちくりとしてた。だけどいま、冗談みたいに崩壊せんとしてる祭壇を必死で支えながら、あたしはどっちにも腹が立ってきた。やけにふんわり優しく祭壇を組み立てた男の子たちにも、厳しすぎる兄貴にも、あと……死んじゃったお兄ちゃんにも。

自分の顔がだんだんこわくなってきてるのがわかった。

「おい、こら、祭壇が！　おいったら！」

兄貴の怒声に呼ばれて、葬儀屋の男の子たちがあわてて駆けてきた。

一人がふっと、本物の高校の制服を着てるあたしの顔を覗《のぞ》きこみ、瞳《ひとみ》の色に気づいたのか、不思議そうに首をかしげた。

口を開いて、クワッ、と自慢の牙《きば》をむいてやると、ぎょっとして後ずさりし、離れてく。

ようやく祭壇がもとにもどった。ふぅ。あたしはおとうさんの隣に座りなおす。

上の兄貴はというと、恰幅《かっぷく》のいい腰に両手を当てて、花はこっち、受付は誰がやってるの、香典泥棒に気をつけなきゃな、あっ、そっちはいいっ、青年団がきたらやらせるからっ、とか、よく通る声で指示を繰りかえしてた。どうやらその声が泡立ってた周りの空気をどんどん落ち着かせていくようで、あたしは内心、さすがやり手の銀行マンだなと思い始めた。

兄貴は地元の国立大学を首席で卒業して、プロのアメフト・クラブからの誘いはあっさり断って、地銀にぽんと勤めてもう三年経つ。

そのあたしの隣で、勤め先の小学校で教頭先生になったばかりのおとうさんは、やたらボーッとしていた。微熱があるような目つきで辺りを見回してる。

銀行の上司や同僚がまとまってやってきたので、兄貴が飛びあがってそっちに走った。と、おとうさんの教え子の小学生もなぜか裏口から「きょうとうせんせい」とわらわら入ってきた。急に人数が増えてなにがなんだかわかんなくなる。

あたしのクラスの女友達まで連れだって入ってきて、「月夜ぉ……」と言ったきり絶句した。

お兄ちゃん——奈落先輩が、後輩の女の子たちに絶大な人気があったことを、思いだした。

この春卒業するまでは、奈落は高校の男アイドルだった。まぁ美形だったし、背も高かったし、明るくて愛嬌《あいきょう》があったし。それに、なんていうか、生まれつき、弱きものへのあたたかい眼差《まなざ》しってものを持ってた。女の子から絶大な人気があった。頼みこまれて奈落にラブレターを渡したことも数えきれないぐらいだった。

あたしはぶるぶる震えてる友達に肩を抱かれた。その細い肩越しに、祭壇の写真を見上げる。

こっちに笑いかけてるお兄ちゃんの写真と、ぱちっと目があった。

着古したTシャツ姿で、お気に入りの銀色の自転車にまたがって、片手を上げてる。よくやる仕草。

切れ長の瞳。どちらかというとおおきな鼻。明るいけど、優しそうだけど、でも幸福も不幸もこの世のなにもかもをもう見透かしてしまってそうな、独特の顔つき。

あたしはあわてて目をそらした。

うつむいて、唇を噛《か》む。と、唇に不気味なあの熱を感じて、はっと息を呑《の》む。

(助けて。誰か、助けて……!)

あたしのおかしな反応に、友達がきゅっと眉《まゆ》をひそめて顔を覗きこんできた。

(あたしのせいじゃ……。ないって、言って……)

そのとき、廊下に散らばった夏祭り用のゴタゴタを慣れた様子で避けながら、小柄で細身の男の人が走ってきた。

あっ、高梨《たかなし》先輩だ。お兄ちゃんの中学からの友達で、青年団の副団長をやってる人。茶色っぽい前髪が妙に長くて、表情がいつもぜんぜん見えない。

後ろにお兄ちゃんの友達をたくさん引き連れてる。なぜかよく片手にアメリカンクラッカーを持ってカチンカチンやってる人で、今日もそれを持ってるから、おかしな世紀末的な預言者が信者たちを引き連れてやってきたようにも見える。

預言者がおおきく口を開けて、

「月夜ぉっ！」

と、あたしを呼んだ。

「あ、どうも……」

立ちあがって、頭を下げる。

アメリカンクラッカーが、激しい手の動きに合わせてカチンカチンと乾いた音を立ててるのを、呆然《ぼうぜん》と目で追う。

「い、いったいなにがあったんだよっ！　奈落のやつ、一昨日《おととい》まであんなに元気いっぱいだったのにっ！　ここでいっしょに張りぼてを作ったりしてたんだぜ？　それが、今日はもう、こんな……」

高梨先輩は祭壇の前にある檜《ひのき》の棺をこわごわと見た。

棺にぎゅうぎゅうに詰められたドライアイスが白々とした煙を生んでいた。まるであの世の雲の上に浮いてるみたいに。

あんまり見入ってると、自分も雲に乗ってどこか遠いところに連れていかれそう。

新しいぴかぴかの棺に、一歩も近づくこともできないというように、高梨先輩は立ち尽くした。両腕がゆっくりと垂れ下がって、けたたましかったアメリカンクラッカーも、鳴るのをやめた。

すごく不思議そうに、

「人ってこんな急に死ぬもんか？　しかも、よりによってナラが。あいつハンザキなのに。殺されたって死ななそうなやつがよぅ……」

「えっと、それは……」

「月夜、おまえ、ナラが倒れたときそばにいたんだってな」

「うん……」

高梨先輩はそっと腕を上げた。アメリカンクラッカーが一度だけ鳴った。あたしはびくっと肩を震わせ、目を閉じた。

「――アーモンド、か？」

背中に寒気がせりあがってくる。

「……そう」

と、あたしはゆっくりとうなずいた。

すると、震えてもう立ってられないぐらいになった。

そう。

――お兄ちゃんは生まれつきのアーモンドアレルギーだった。

それは町じゅうの人がずーっと昔から知ってたこと。お兄ちゃんは子供のころから、アーモンドがちょっとでも入ってるものを食べるたび息がほぼ止まっちゃって救急病院に運びこまれたりした。その発作が白目をむいて胸をかきむしってもんのすごい様子なので、あの姿を一度でも見た人はけっして忘れられないだろう、どれぐらいかっていうと、ぜんぜん自分のことじゃないのに死ぬときの走馬灯にまで一瞬入りこんできちゃいそうなぐらいインパクト大なんだ、って噂されてた。だから、学校近くのパン屋さんでも、クレープ屋さんでも、お兄ちゃんがうっかりして――本人はのほほんとしてて、よくうっかりした――アーモンド入りのやつを買おうとすると、お店のおじちゃんやおばちゃんがおおげさなぐらいの大声で止めた。「こらーっ、そんなの食べたら一口で死んじまうよ！　おとうさんを泣かす気かい、やめときなっ！」て。そのたびお兄ちゃんは「ほんとだ。……たははは！」とかのんきに笑ってた。あたしも一緒だったときがあって、つられて「たははは！」と笑ってしまった。

そういうときのお兄ちゃんは、きまって楽しそうな微笑みで、でもちょっとだけきまり悪そうで、そりゃ危ないのは知ってるけどさぁ、って、まさかそんなことでほんとうに自分が死ぬなんて夢にも思ってないみたいだった。「たははは！」って笑いながらあっというまに百まで生きちゃいそうな無邪気さで。

昨日、死んじゃったけど。

「月夜！　あいつになにがあったのか、教えてくれよっ！」

カチンカチン、カチン。

「おい、月夜！」

カチン、カチン。

「……おい、君。こんなときにご遺族に向かって騒ぎたてるんじゃない。しかもなんだねそんなへんなものを持って、喪服も着ずに、ばかみたいに。常識がないのかね？」

物思いから我に返ると、集団であたしに詰め寄ってるお兄ちゃんの友達を、上の兄貴の弔問客らしき大人が止めていた。

二人の兄の性格の違いを表すみたいに、両方の弔問客の性質がぜんぜんちがってた。兄貴の職場の人や友人はいかにもしっかりしてそうな大人ばかりだったし、おとうさんのお客さんもあたしの友達もおとなしくて、気配を殺してるのかってぐらいしーんと静かにしてたし、はっきり言って、お兄ちゃんの友達だけ、目に染みるほど、浮いていた。

まったく常識がない。

へんなものを持って、ばかみたいに騒ぎたてて。

確かにね。

……だけどね、お兄ちゃんにもちょっとだけそういうところがあったの。なんか、男の子だったんだもん。むちゃくちゃで、楽しい気分重視で、止めてもきかないぐらい悪乗りするからひどいときもあって。

お兄ちゃん。

奈落。

高校のアイドル。

昨日、急にいなくなっちゃった、あの男の子。

あたしは小声で「……こっち!」と高梨先輩を引っ張った。するとお兄ちゃんの友達がうつむいて両腕をだらりとさせたまま、みんなしてぞろぞろ、ぞろぞろ、ぞろぞろついてきた。もう十九歳なのに、まだまだ子供の歩き方で。

商工会議所の裏口から出る。

外は蒸してとんでもなく暑かった。蝉も鳴いてる。あぁ、もう夏なんだ。

「あのね、高梨先輩……。あのね、あのね……」

と話しだした。

昨日の昼間のことを。

蝉の声がぐんっとおおきくなっちゃう。耳鳴りみたい。怒ってるみたい。そんなに責めないでよってあたしはビビッて思わず目を閉じた。

A6

――昨日。

お昼ちょっと前。

天気はっていうと、今日よりさらによくって、夏の日が町中にさんさんと射していた。

夏休み前の最後の日曜日。あたしは住宅街にある家を出て、町の中心にあるバイト先に向かう途中だった。……あ、でも、つい出来心で、角のところにできたばっかりのコンビニに寄った。最近までずっと空地で、子供のころはみんなのかっこうの遊び場だった場所。

まだちょっと時間に余裕あるし、あんまり暑いからアイスでも食べていこうかな、っていう出来心だった。店を出て、日陰でしゃがんで、アイスが溶けちゃうから急いで食べ終わって、それにしても太陽が眩《まぶ》しいなぁとぼけっと見上げてたら、銀色に光るものが空を近づいてくるのが見えた。

未確認飛行物体《UFO》。

……じゃなくて。

お兄ちゃん、だった。

この日もいつもの自転車に乗ってた。銀色に塗った、ほっそりしたフォルムのマウンテンバイク。あたしの姿に気づいたのか、すっと曲がってコンビニの前まできて音もなく停まったけど、眩しそうに細めた瞳は、なぜか、怒ってるようにも見えた。

あたしの手元を見下ろして、片手を上げて黙ってうなずく。無言で店に入っていく。

と、すぐに飛びでてきた。

手元には定番のアイスバー。

あたしの横にユラリと立って、

「おーい、月夜」

と呼んだときには、もう怒ってるようにはぜんぜん見えなかった。むしろ照れたような微笑を浮かべてて、首をちょっとだけ傾げて「こんなとこでなにしてんのさ」と聞いてきた。あんまり優しい顔つきだったんで、あたしまで照れた。

「バイト行く前。あの、んん、考え事」

「怒ってるのかと思ったよ。すごい顔してたからさ」

「えー、あたしがぁ？」

「ん」

お兄ちゃんは急に目をそらして、

「好きな男でも、いるのか」

「えっ！　い、いない。そんなの、生まれてこの方、いないし。……じゃなくって！」

あたしはうつむいた。

べつに隠し事してるってわけじゃなくて、あたしはもう高校三年なのにほとんど誰ともつきあったことがなかった。なんていうか、男の子としてこのお兄ちゃんの出来が良すぎたのが不幸だったのかもしれない。何度か告白とかをされたけど、ピンとこなくって首を傾げてばかりだった。あ、一回だけ、転校生の男の子に告白されて、べつにいいよって言ったことがあったけど、すぐまた転校してっちゃったから。

自分から誰かを好きになったことは、まだなかった。

じゃなくって、あたしがいま考えてたのは、もらわれっ子である自分の来し方行く末のことだった。こっちのほうが、深刻でしょ……。あたしは高校ではけっこう真面目グループに属してて、成績もよくて、推薦で入れそうな大学が幾つかあった。でも、上の兄貴は進学したけどお兄ちゃんのほうはしてないわけだし、あたしはどうしよう、って考えるとぼやっとした。

はっ、と気づいたときには、お兄ちゃんの顔がびっくりするぐらい近づいていた。あたしは思わず目をぱちくりした。切れ長の瞳はどこか物問いたげで、黒目のほうは真面目だけど、白目のところだけ悪戯《いたずら》っぽく、濡《ぬ》れていた。

「あの、お兄ちゃん？」

首を傾げて、聞いた。お兄ちゃんはアイスを齧《かじ》ってから、目をそらした。ゆっくりとうつむいて、

「――ぼく、ずっと、月夜に言いたかったことがあるんだ」

「なぁに？」

と、聞きかえしたけど、お兄ちゃんはその問いに答えられなかった。

あれっ、近かった顔がどんどん遠ざかっていくぞ、と思ったら、背の高い体を夏の空に向かって投げだすようにして仰向《あおむ》けに倒れていくところだった。あたしは鞄《かばん》を放りだして立ちあがった。お兄ちゃんはコンビニの駐車場の灼熱《しゃくねつ》アスファルトに倒れて全身を激しく痙攣《けいれん》させ始めた。お兄ちゃんの細い腕が当たったせいで、銀色の自転車も、ゆっくりとスローモーションで、でもおおきな音を立てて灼熱アスファルトに、倒れた。

あたしがあの恐ろしい発作を見たのは最初で……最後だった。人間のあんな形相は死ぬまでもう二度と見たくないな。あたしは座りこんで狂ったように泣き叫ぶだけで、コンビニのバイトの人が救急車を呼んでくれて、しかも学校の保健体育の時間に習ったっていう応急処置みたいなのもやってくれて、救急車もそこの角に隠れて待機してたのかってぐらいのスピードであっというまに到着したけど、だけど……。

だめだった。

お兄ちゃんの時間は、十九歳と一カ月でとつぜん止まってしまった。

……それは、まだ、たった昨日のこと。

「言いたかったことって何？」

カチンカチン、カチン。

と、あたしの目の前で、アメリカンクラッカーの赤い玉がせわしなく行ったり来たりしていた。

カチン、カチン、カチン……。

あの世から吹くような妙に生暖かい風が吹いてきて、高梨先輩のそれにしても長すぎる前髪を揺らしていく。ネズミみたいに細い目が一瞬、見えた。白目のところがすごく真っ赤で、その目に盗まれちゃったように、唇のほうには色がなかった。

「……わかん、ない」

「エッ？」

聞こえなかったみたいで、聞きかえされた。あたしはヒクッとしゃくりあげてから、先輩の耳に口を近づけて、もう一回「わかん、ない」と言って、「……ん、です」と敬語になった。

「でも、じゃ、自殺とかじゃないんだよな！」

「エッ」

「いや、だってさ。そういう噂があって……。あっ、ごめん！　でもなにしろとつぜんのことだから、仲間内でも情報がへんに錯綜《さくそう》してるんだよ。ナラはぜったいアーモンドを食べちゃいけない、息が止まっちゃうからって、あんなに有名で、本人だってよぅくわかってるのに。あいつ、アーモンドのアイスバーなんかで窒息して死んだんだよな？　そんなこと、まじであるかよ？　もしかして……わざと食べたんじゃないのか、って」

「それは……」

あたしはうつむいた。

そのとき、助け船のように、裏口の扉が音もなく開くのがわかった。

先輩グループに連れていかれたあたしを心配してくれたようで、クラスの女友達が四人、トーテムポールみたいに縦一列に顔を出してこっちを窺《うかが》っていた。

そろって成績が良くて、素行にも問題がない友達グループ。一目見て真面目女子集団ってわかるビジュアルをしている。

リーダー格は、日に焼けてて髪の長い、まきだ。代表して声をかけようとして、でもためらってやめる。

高梨先輩が「ん？」とあたしの顔を覗きこんだ。身長が同じぐらいだから、視線が同じ高さでぴたっと合う。

あたしは目をそらした。

カチンカチン、カチン！

「目が紫だと、なに考えてるのか、わかんないなぁ！」

「えぇーっ……」

高梨先輩はちょっと笑ってみせて、

「〝ぼくのパープル・アイ〟って、ナラのやつよく言ってたもんだぜ。ちいさいころから、月夜のことめちゃくちゃにかわいがってたよなぁ。空地で遊ぶときもぜったい連れてきたし。でさ、そうやって背がひょろひょろ伸びてきてからは、妹がへんな男にひっかからないようにって、高校に月夜包囲網が敷かれて。あいつの眼鏡に適《かな》った男しか君にはまともに告白さえできなかったんだぜ。……でも、君、それもぜーんぶ断ってたけどね」

「……知らなかった、です。それ」

「んー、自分はいろんな女とつきあうくせに……。あ、だから余計に、か。心配だったんだろうな。でも、昨日、君にいったいなにを告げようとしてたんだろう。なんか、俺も、気になっちゃうけど」

「……えぇ」

「でも、それってえいえんに解けない問いなんだなぁ……」

「月夜ーっ！　大丈夫ーっ？」

甲高い叫び声に、あたしはビクッとして振りむいた。

友達グループの中から、眼鏡のぷっくりした女の子——なみが、遠慮がちに、肉付きのいい手を振っていた。自分から人に話しかけることなんてほとんどない物静かな子だから、あたしはびっくりした。まきがいつまでも声をかけないからついフライングしちゃった、って感じだ。

「あっ、うん！」

「行こうよ！」

なみが三歩、近づいてきて、でもそれ以上は怖いみたいで、背伸びして、右腕を伸ばして、あたしの手をつかんだ。で、むーっ、むーっと引っ張る。子供のころの陣取りゲームみたいだった。おっとっと……とおおきく揺れながらあたしは友達グループのほうに歩いていった。

つられたように、先輩たちも一緒になって扉をくぐって建物にもどる。

と……。

作りかけのＵＦＯグッズであふれた薄暗い廊下に……。

赤茶色のふわふわ綿菓子ヘアーに、お人形みたいにぱっちりした瞳をした、小柄な超絶美少女がいて、大粒の涙を床にこぼしていた。

「イチゴ……ッ！」

高梨先輩が、ちょっと甘い声で美少女を呼んだ。

——この人は、遠藤《えんどう》苺苺苺苺苺。苺《いちご》を五個も書いてようやくイチゴと読む、すごくへんな名前の人。

「きてたのか！」

「おいてってごめんな。何度も電話したんだけどさぁ……」

「大丈夫かよ？」

先輩たちが駆けよって声をかけようとすると、イチゴ先輩はそれをふりはらった。綿菓子みたいな髪が夏の空気をはらんでふわんっと揺れた。

ガラス玉を埋めこんだような瞳で、まっすぐにあたしを睨《にら》んで、

「やっぱりつめたい妹ね！」

「おいっ、イチゴ……」

「あんたって、こんなときも泣かないわけ？　兄妹《きょうだい》のくせにね！」

まぁ、まぁ、なにもいまそんなこと言わなくてもさ、って先輩グループの女の人たちがイチゴ先輩を囲んでなだめ始めた。

なみが小声でびっくりしたように、

「な、なに、あの人？　へんなの。こんなときに月夜に怒るかなぁ……？」

「知らない！」

あたしは肩をすくめた。歩き去ろうとしながら、

「あたし、あの人から宿命的に嫌われてんの。それだけ」

「……なんですって！」

あたしの声が耳に届いたみたいで、イチゴ先輩がこっちに向きなおってわめき始めた。

「なにが宿命的よ、また芝居がかって！　あんたが無神経でいやな子だから昔っから大っ嫌いなだけでしょっ。なによ、いつも自分の気持ちのことばっかりで！　このナルシスト！」

「ちょっともらわれっ子で、瞳がパープルだからって、いい気にならないでよっ！」

「もうやめなって……！」

あたしは黙って先輩たちを見た。

それから、目をそらした。

壁にこわれかけの古い柱時計がかかっていた。振り子のところが鏡になってて、くすんだそこに、いい加減見慣れたあたしの顔が映っている。

青白い膚《はだ》。

まっすぐのばした長い髪は、いつもはポニーテールだけど、今日は下ろしてる。

顔立ちは、べつに、普通にこの国の人っぽいと思うけど。でもおおきな瞳だけ濃い紫色に光っている。いったいどこの国の血を引いてるのか、自分でも知らない。おとうさんにひょいっと拾われてきただけだから。

脅かすようにクワッと唇を開く。すると、鋭い牙が……って、犬歯がおおきくて尖《とが》ってるだけだけど……覗いた。イチゴ先輩が怯《おび》えたように下がってから、ますますむきになって大声で、

「月夜ばっかり！　あの人が死んだときだって、そばにいて！　わたしは自分ちの店でもう働いてたのにっ。あんただけナッちゃんのそばに……」

「そっ、そんな……」

「おい、イチゴ……」

「ナッちゃんはわたしの恋人だったのに！」

イチゴ先輩が周りの制止を振り切って、猛禽《もうきん》類の動物みたいに飛びかかってきた。長く伸ばした爪で引っかかれて、頬に痛みが走る。続いて髪の毛をつかまれた。身長差が二十センチ近くあるから、まるで子供に襲いかかられてるみたいだ。あたしはしばらくされるがままになった。

お兄ちゃんはどうやら今年の春ぐらいからイチゴ先輩とつきあい始めてたみたいだった。その前は誰だったっけ……。よくわからない。いつごろからか、お兄ちゃんはとっても恋多き男の子になってたから。と、高梨先輩がアメリカンクラッカーを宙に投げだして、イチゴ先輩に腕を伸ばし、背後から力いっぱい抱きとめた。大切そうに、ふんわりと。あたしの周りにも守るように友達の輪ができたけど、みんなして「こわーい」「なに？」「奈落先輩のカノジョだって」「えー、でも、どうして恋人の妹にケンカ売るわけ？」と顔を見合わせていた。

騒ぎを聞きつけて、廊下に大人たちが出てきた。

上の兄貴が、先輩たちをみつけるなり、「いたいた、青年団！　張りぼて作りのセミプロ集団！　おいっ、はやく祭壇直すの手伝え！」と男の子たちを呼んだ。女の子たちのキャットファイトなんて、興味がなさ過ぎて天才的現実主義者の目には見えてないみたいだった。

「えっ、祭壇？」

「祭壇？」

「は、祭壇？」

「そう！　祭壇っ！　トンカチと釘《くぎ》はどこだよ？

「あっ、受付は俺の友達がきちんとやってるからそっちはいかなくていい！」

先輩たちは一瞬立ち尽くして、それからあわてて工具を探し始めた。

男の子たちがばたばたと去っていって、蒸し暑い廊下には十八歳と十九歳の女の子たちが残された。十八歳は制服の夏服。十九歳はみんな喪服。一歳違いなのによくわからない一線がビシッと引かれてるみたい。

イチゴ先輩は悲しくてたまらない表情をむきだしにしてまた泣き始めた。たぶん町でいちばんかわいい、テレビや雑誌で見るタレントと張りあえるぐらい整ってる顔が、涙と鼻水で目も当てられないぐらいべとべとになる。

先輩……。

あたし、なんて言ったらいいのかわからない。

そのとき廊下におとうさんが顔を出した。

困惑しきって、いちど引っこむ。

すぐにまた出てきたときには、もう人のよさそうないつもの笑顔を作っていた。

「遠藤！」

「あ、先生……？」

「おっきくなったなぁ。最近、奈落と仲良くしてくれてたんだって？　今日はきてくれてありがとう。ちょうどよかった。先生を助けてくれないかな」

「へっ？」

「祭壇に飾る花なんだけどねぇ、どうも男ばっかりだから、殺風景な飾りかたをしちゃっててね。それに、一度崩れちゃったし。遠藤は絵の成績がよかったよなぁ。きれいに飾ってくれたらあいつもきっと喜ぶよ」

イチゴ先輩はガックリとうなだれた。で、一度だけまたあたしを睨んだ。でも結局、小学校のときの担任の先生におとなしくついていった。

女子の先輩たちも所在なさそうにぞろぞろ、ぞろぞろ、ぞろぞろと続いた。

「おい、こら待てっ！　月夜！」

「やだっ、やだやだ、やだっ！」

――その夜。

お骨になったお兄ちゃんの骨壺《こつつぼ》を抱えたおとうさんと、胸の前に遺影を持った兄貴と、戒名が書いてあるへんな札を抱きしめたあたしは、黒い車を降りて三人で家にもどった。

玄関の横。

ちいさな庭に通じる芝生の小路に、ぽつーんと、ピカピカの銀色の自転車が停めてある。

お兄ちゃんのえいえんに十九歳の自転車。

三角屋根の、二階建てのこぶりな一軒家だ。一年に一回、家族会議で色を決めてペンキを塗り替える。いまは渋い緑色で、柱や窓枠だけ薄い茶色。去年の秋、お兄ちゃんの意見が通ってこうなった。その前はあたしの希望でかわいらしい臙脂《えんじ》色の家だった。

ドアノブは真鍮《しんちゅう》製。呼び鈴が狼の顔の形をしてる。鼻を押すとベルがウォォーッと鳴る。

兄貴が家の前に用意していた〝清めの塩〟。おとうさんはおとなしく頭からバッサバサとかけられていたけど、あたしは札を握ったまま兄貴から全力で逃げだした。

「やだやだっ、ほんとに、やだってば」

「なんだよ！　いっつも聞き分けのいい妹なのに、急にどうしたんだよ、月夜！」

「塩なんて、かけないでってば」

「いや、でもそういうキマリゴトなんだよ。えっ？　おまえ、もしかして外人だからいやなのか？　なに、急に外人ですみたいになるのか。昔から葬式の後はこうすることになってるんだよ。知ってるだろ。死者の魂を祓《はら》うために、この国ではこうやってな、塩を、な……」

と兄貴はあたしをなだめるように、自分の頭にも塩を振りかけてみせた。天才的現実主義者の兄貴らしくなく、えーっと思わず目玉をむきだして見入っちゃうぐらい、とんでもない量だった。

ビシッと七三分けにした頭の上にこんもりと盛り塩ができる。

あたしは顔をしかめて、ゆっくりと、

「兄貴こそ、なにしてる、のよ。……おか、しい、でしょ」

「は？」

心底、不思議そうに聞きかえされた。

「そ、それに、死者ってお兄ちゃんのことじゃない。大好きなお兄ちゃんの……。祓うなんて、あたしは、いや……」

「月夜ーッ！」

とつぜん怒鳴りつけられた。

えっ。なんで？

あたしはまず、むっとした。それから急に兄貴に対して反抗的な気分になった。いつもなら家族のすることに本気で怒るなんてまずないんだけど。もらわれっ子として、成績優秀で品行方正で、目が紫なのをのぞくとごく平凡で目立たない女の子、を目指して日々精進してるし。

それなのに今夜は、なぜかむきになって追いかけてくる兄貴から逃げ回って、おとうさんの周りを猫とネズミみたいにぐるぐる三周もしてから、自転車の横を抜け、両腕をひろげて、夜の庭に飛びこんだ。

すると……。

目もくらむほど月が眩しかった。

——その瞬間、暗い庭は、不思議な力に満ちてるように見えたんだ。

大人に反抗するあたしに月のパワーを分け与えるように、庭のなにもかもがぬらぬらぬらぬらと光っていた。夏草も、古めかしいベンチも、風に揺れる木のブランコも。

靴を脱ぎ捨てて、縁側から家に飛びこむ。「あっ。コラッ!」と兄貴の激しい怒号が聞こえる。

「そんなことしたら、ほんとぉに、死者の魂がついてきちゃうじゃないかよ!」

ほとんど悲鳴みたいだった。おとうさんが、まぁまぁ、それもこれも迷信だからねぇ、この世に幽霊なんているわけじゃなし、といなす声も聞こえてきた。

なによ。死者って、お兄ちゃんのことでしょ。

ほんとに、へん。

兄貴ったらどうしてあんなにもしつこく祓いたがるんだろう、おとうさんも幽霊なんておかしなこと言って、とあたしは腹を立て、長いため息をついた。急いでリビングを抜けて、薄黄色の階段を駆けあがる。

二階にはね、あたしの部屋と、奈落の部屋があるの。

自分の部屋に飛びこんで、ぴしゃりとドアを閉めてやった。

机の上に、昔、お兄ちゃんにもらった手作りのネックレスが光っていた。銀色の三日月に紫色のちいさな星がくっついてる。確か中学のとき美術の授業で作ったんだったな。指を這わせる。ネックレスまでもう死んでるようにつめたかった。窓からの月明かりが煙のように音もなく揺れていた。

あたしはそっと歩いて廊下に出た。

お兄ちゃんの部屋のドアに、震える指をかけた。

開けてみる。

作りかけの宇宙人の着ぐるみがベッドに投げだされていた。これも全身が銀色だった。三角の目は緑色。長身のお兄ちゃんにあわせてあるから、腕も足も長くて、片足が床に向かって力なく垂れていた。

夏祭りにはお兄ちゃんも参加するはずだった。

青年団……なんて名ばかりで、むしろ少年団って感じだけど。団長としていろいろ責任があった。

けど行けなくなっちゃって。

こんなに、急に。

奈落が、奈落に、落ちた……。

――もっと、ずっとちいさかったころ。とつぜんもらわれてきたばっかりのあたしと、奈落は、ぜんぜん口を利かなかった。おとうさんは普通で、兄貴の一郎は「この女児はうちの一員になった。よって常識の範囲で家族らしく振舞う」と決めたみたいな感じで、奈落だけが、違和感があるよって沈黙によって表明してた。

奈落が楽しそうに遊んでるところに近づいていくと、すーっと離れていっちゃった。あのねぇって話しかけると、答えてはくれるけど、こっちをぜったい見なかった。一郎を兄貴、奈落をお兄ちゃんって呼び分けるって、なんとなく決めて、初めてお兄ちゃんって呼んだときだけ、顔を上げて、すごく不思議そうに……それこそ宇宙人でも見るみたいに、あたしをひんやりと眺めてみせた。

ある夜。

やっぱり寂しくて、施設に帰ったほうがましな気がして泣いていたら、奈落が通りかかり、ギョッとして立ちどまった。

どうしてもそこから立ち去ることができないみたいに。

お兄ちゃん、つめたい、ってあたしは責めた。それまで、もらわれてきたこの家になんの文句もぜったいに言わなかったけど、急に、なぜか、怒った。そういえばあのときが第一回の反抗期だったのかも……。そしたらお兄ちゃんは黙って近寄ってきて、真面目そうな黒目と、濡れてる白目の混ぜ混ぜのあの独特の目つきで、あたしを見下ろした。

そのまま長い時間が経った。

黙ったまま、両腕であたしをぎゅっと抱きしめた。

翌日からお兄ちゃんはあたしをかわいがるようになった。家族の中でいつも庇《かば》ってくれたし、空地に遊びにも連れていってくれたし、それきりいままで仲がいいままだった。あたしの反抗なんて一瞬で終わっちゃって。それからずーっと、幸せだった。

急にいなくなってしまうなんて夢にも思ってなかった。

それはあたしだけじゃ、ないと思う。

きっと、誰もが。

あの、いやなイチゴ先輩だって……。

よりによって奈落みたいな特別な男の子がって。

元気で、明るくて、性格もすごく温厚で、面白いやつでもあって、もちろん男友達もたっくさんの人気者で、女の子にとってはえいえんのアイドルで、それで……。


「——たははは！」

と、考えこんでるあたしをおいてきぼりに、遠いところから罪のないあの笑い声がいまにも聞こえてきそうで、こわくなってぎゅーっと目を閉じる。


〈——ずっと、月夜に言いたかったことがあるんだ〉

お兄ちゃんは、最後にあたしになにを告げようとしてたんだろう？

柱時計の振り子の音が氷のように冷え冷えと響いて聞こえた。（あたしの……）一階でおとうさんと兄貴がなにか話している声が遠く聞こえてきた。（せいじゃ、ない……）外からはときどき車のエンジン音が。（って、誰か……）風が窓を揺らした。（言ってよ……）夏の虫が庭で涼やかに鳴いていた。

罪の意識に責めさいなまれながら立ち尽くしていた。ずいぶん時間が経ったような気がして目を開けたけれど、時計を見たらまだ五分も経ってないぐらいだったからおどろいた。

床に座りこんで、あたしはぼーっとしていた。

ベッドに置かれた宇宙人の着ぐるみ。三角になった緑の目が責めるようにじっと見上げてるようだった。

——こうしてです。長い、長い、あたしと死者の夏の月の夜が始まろうとしていました。

二章　ハンザキ

Ý

「月夜。明日から夏休みなんだろ。どっか行くのかよ。ん？」

「未確認飛行物体でも探しに行こうかな、なんて」

「エッ⁉」

「……きゃっ」

　拾われてきて以来、あたしが住んでるちいさな町は、噂によると昔から、未確認飛行物体、つまり宇宙船らしきものの目撃談が絶えないっていう、なかなかに不思議な土地だった。

　荒野の真ん中に、ぽつーんとあるの。

　××県、無花果《いちじく》町――。

ミニチュアの模型みたいに全体がキュッと締まったコンパクトすぎる町で、特産品とかもとくになくて、すごく地味なはずの場所。

宇宙船の噂以外は、ね。

誰かが発見した文献によると、なんでも古くは、室町時代だか、戦国時代だか、江戸時代だかに（……いつだったか忘れちゃった）〝うつろ船〟っていう銀の円盤が目撃されたんだとか、それからおおきな異人が降りてきてとか、いやいやいや、どうせ外国から流れ着いた漂流船だったんだろとか、ばかだなぁ、この町には海がないだろとか……。そういやかぐや姫の伝説もこのへんが発祥らしいねぇとか……。つまりはそういうこと、だった。

何十年か前に宇宙人とかがブームになったころから、町をすこし離れた砂埃《すなぼこり》だらけの荒野や、郊外にある小高い山の上とかでも、UFOが目撃されたり、わやわやだけど写真撮影に成功する人が出てき始めたんだって。確か、お兄ちゃんと高梨先輩も、中学生のときに山で遊んでて空に銀色の円盤を見て、なんと地元の夕方のニュース番組にばっちり映ったことがあった。その夜、家族そろってその番組を観たことをよく覚えてる。リビングのソファに四人ぎゅうぎゅうで座って。兄貴は「円盤かよ～。おっまえ、馬鹿言え～」って最初からゲラゲラ笑って、おとうさんは「うむ。これはなかなか子供の深層心理の勉強になるねぇ」なんて生真面目そうにうなずいてて。

で、あたしは……。

その円盤はすぐに飛び去っちゃったって話だったんだけど、お兄ちゃんに、乗ってた宇宙人の想像図を描いてみてよっておねだりした。あっさり、いいよー、って鉛筆を握って、さらさらさらっと描いてくれた絵を覗《のぞ》きこんだら、なんと、お兄ちゃんをみつめてわくわくしてるあたしの顔のスケッチだった。おおきく見開いた目。期待に揺れる長いポニーテール。おくれ毛が耳の下を雲みたいに漂ってる。……ちょっとぉ、あたしは宇宙人じゃないでしょ、そりゃ目はちょっと紫だけどぉって怒るより、まずびっくりして黙りこんじゃうぐらい、達者で……。

それは、夢みたいにきれいな絵だったんだ。

おとうさんは思わず感嘆の声を上げたけど、兄貴のほうはなぜか怒ったような顔をして黙りこんだ。

そのスケッチ、自分の部屋の引き出しに入れて大事に持ってる。

奈落って男の子は、昔っから、こめかみに青筋立ててガシガシがんばるなんてことはなくて、のほほんとしてるくせに、いざやってみると意外となんでもできちゃうのだった。まさか絵まで上手だなんて、あのときまで知らなかったけど。

ま、それは、ともかく。ちいさな町がUFOや宇宙人で盛りあがり続けてたもんだから、十年ぐらい前に、いっそこれで町興ししましょうよってことに決まったらしい。だからいまでは、無花果駅前には宇宙博物館があるし、あたしが週末にアルバイトしてるカフェも、衣装やメニューが特別にカスタマイズされてるし、年に一度、お盆のころにある夏祭りは、その名も〈無花果UFOフェスティバル〉！　全国からちょっとばかり変わり者の観光客が押し寄せてくるの。手作りの宇宙船でいちばん長く飛んだグループが優勝する宙《ソラ》人間コンテストとか、宇宙人の格好でのミスコンとか、展示会とか、とにかくいろんなことで、ひと夏、町の人と観光客が一体になって盛りあがって。

その設営のために一時的に仕事が増えるから、夏祭りの前になると季節労働者の若者たちがトレーラーハウスに乗ってやってくる。今年もそろそろその季節かな。

だから、そう、今年の夏、お兄ちゃんたち青年団が熱心にやってたのも、この特殊な夏祭りの準備で……。

——冗談で答えたのに、「エッ⁉」と耳元で大声で返されたもんだから、あたしは思わず「……きゃっ」と悲鳴を上げて耳を押さえちゃった。そしたら高梨先輩もあわてて「おっとぉっ！」と謝って、右手に握ったアメリカンクラッカーをまた振り回した。

カチンカチン、カチン、カチン……。

目の前で赤い玉が行ったり来たりし始める。

あたしはちょっと笑って、

「冗談です。予定は未定で、たぶん、あたし、今年はずっと家にいると思う」

「だっ、だよなぁ！　いや、まず俺の質問からしてちゃんちゃらおっかしいんだよ。そりゃ夏休みどころじゃないもんな。月夜んちは」

「いやぁ、そんな……」

あたしは無理にたはっと笑った。

先輩も情けない顔で微笑んでみせた。

あのお葬式の日から三日が経った。高校では一学期の授業も終わるころだ。でもばたばたしてるうちに時間が過ぎちゃったし、もうこのまま夏休みまで休んでしまおうかって思ってるところ。今日は夕方ぐらいまでうちにいたんだけど、散歩というか憂さ晴らしというかで、なんとなく町に出てきたの。

そしたら大通りでばったり高梨先輩と行き合った。心配そうな顔つきの上にパカッと被《かぶ》せたようなむりのある笑顔で、話しかけてくる。あたしのほうもがんばって明るく答えるんだけど、残念ながらどっちも如才ないタイプじゃないし、すぐにぎくしゃくした変な会話になっちゃった。

だけど、せっかく会えたからもうすこしだけおしゃべりしたいなと思った。高梨先輩のほうも名残り惜しそうに首をかきむしってる。

汗に濡《ぬ》れたTシャツ。首から汚れたタオルを下げてる。すごく忙しいみたいで、肩でハァハァと息をしてる。

どうして、って目で問うと、向こうも目で商工会議所を指してみせる。

――つい三日前、お兄ちゃんのお葬式をした場所。

「くるか」

「……うん」

大通りを並んでゆっくりと渡りながら、「月夜。俺、急遽《きゅうきょ》、副団長から繰りあがったんだよ。それで忙しいの。ナラはいなくなっちゃったけどさ……。俺たちだけで夏祭りの作業を最後までちゃんとやろうぜって、みんなで約束したんだ」カチン、カチン……とアメリカンクラッカーを鳴らしながら、熱く語る。

「そうですか。それで……」

先輩に連れられて、建物に入る。

お葬式の日には作りかけのまま廊下に斜めに投げだされてた宇宙船の張りぼてが、完成に近づいた姿でロビーに鎮座してた。こうやって近くで見ると、自動車ぐらいおおきい。建物中に人が溢《あふ》れていた。高校でも見たことのある顔がけっこういるみたい。みんな汗だくで、トンカチを使ったり、手作りの幟《のぼり》に絵を描いたりしてて、たいへんそう……。春に卒業したばかりの先輩が多いようだ。地元で就職した人もいるし、町を出て進学した先輩も、大学はもう夏休みだからか、帰省してて、楽しそうに作業してる。まるで夏の学園祭の前夜みたい。

……あの日までは、ここでお兄ちゃんがみんなを引っ張ってたんだ。

奈落があの達者な筆で描いた幟とかないかなぁ、と見回してたら、高梨先輩が自販機の前に立って手招きしてた。ぼんやり見ていると、「……ほれっ！」と缶コーヒーを投げてくれる。

湿った手で、手首をギュッとつかまれた。そのまま引っ張られて、屋台の作りかけや垂れ幕やいろんなものでごったがえす長い廊下を歩いて、奥の会議室に入った。ようやくゆったり座れるスペースがみつかる。パイプ椅子に座って缶コーヒーを飲む。

汗が出てきて、暑い。

いつのまにか、もうとっくに夏なんだ。

座ってるうちに気持ちが落ち着いてきたみたいで、沈黙もべつに気まずくなかった。

コーヒーを飲みながら、目の前の高梨先輩をしみじみ、見る。

顔も、性格も、友達だったお兄ちゃんとはべつに似てないけど、同じ文化圏の男の子だよって感じの、どこか似た雰囲気を持ってる人だった。なんて、いうかね……。元気で明るくて、いつだってとにかく楽しむことが最優先で。そのくせ妙に繊細なところもあって。こうやって女子とも屈託なく話すくせに、そのことに常にちょっとばかり照れちゃってるという、この、なんかへんな、感じ。

「高梨先輩、あのねぇ」

「おぅ！　どうした。なんでも俺に聞けよっ、パープル・アイ!!」

調子っぱずれのラッパみたいな甲高い声が返ってきて、あたしはびくっとした。あは、こういうとこはお兄ちゃんとはちがうんだなぁ。

「えっとね、お葬式のとき言ったでしょ」

と、気を取り直して聞く。

「ん？」

「──ナラは自殺したんじゃないのか、って」

途端にゴブッと茶色い液体を吹いた。あわててタオルで顔をごしごし拭《ふ》いて、そこまでっていうぐらい恥ずかしそうに顔を赤くして、身悶《みもだ》えまでしながら、

「俺ってば、へんなこと言ったもんだよなぁ！」

「いえ。でも、ほんとにそう思いますか。先輩」

「まっさかぁ！」

心底、意外そうな顔で答える。缶を置いて、アメリカンクラッカーをまたせわしなく振り回しながら、

「あいつに限ってそんなことあるわけないだろ。ただ、あの日は俺びっくりしてパニックになってたからさ。おかしなことばっかり口走っちゃって。だって、あんなハンザキみたいなやつがさぁ、まさか死んじゃうなんて思わないからさぁ」

「ハンザキ？」

そういえばあの日もそう言ってたな。あたしったらぼやっとしてて聞き流しちゃったけど……。

先輩はぽりぽりと顎《あご》をかきながら、

「えっと、確か……。半分に裂かれても生きてるぐらい強い生き物、のことだったと思うけど。昔、生物の授業で習った。でも、もう忘れちゃったよ……。ナラってさ、元気だし、ぜんぜんめげないし、頼りがいもあるし、かといってカタブツじゃなくて、男としてちゃ

ーんとバカだったしさ。ああいうやつって、俺とか君とはちがって、たとえ体を半分に裂かれても意外とけっこう大丈夫そうに見えるっていうか。なんか、そういう印象。……わかる？」

「ちょっと、わかります。ふふ」

「ふふふ。だからさ、ただあいつの半分が死んで、ああやって棺《ひつぎ》に入ってつめたくなっちゃってるだけで、もう半分はまだ生きてそこらへんにいてさ、俺たちのことを見てるんじゃないかって。うわ、タカのやつ、泣いてるよ、ぱにくってるよ、まったくよぉ、って笑ってたり、なんてな。つい考えちゃう。俺、それでまだピンとこないのかな。ガキのころからのスペシャルな友達がいなくなっちまって、悲しいっていうより、『……は？』『それで、なに？』って感じだよ。ちゃんとホカホカのお骨になって出てきたところまで見てんのになぁ……」

先輩の目が、潤んだ。

あたしは顔を伏せた。

「だけどさぁっ、月夜！」

「わっ」

「……お葬式の日、聞いたけど。あいつ、君になにかを話そうとしてる途中で倒れてとつぜん死んじゃったんだよな。それなら、なおさらさ。自殺なわけないだろ。だからおかしなこと気にするなって。……って、もとはといえば俺が言いだしたことだったっけ。スッ、スマン！　この通り!!」

「ううん……」

「でも、な」

カチン、カチン、カチン……。

と、赤い玉が行ったり来たりする。

高梨先輩は何度も瞬《まばた》きした。そしたら、目からつーっと涙が一滴こぼれた。手の甲であわてて拭きながら、

「わざとじゃないなら、だよ。ぐすっ……。あいつはあの日、いったいどうして、危険なはずのアーモンドアイスをあえて食べたんだろうな。俺、それだけは、ほんとぉにずっと不思議でならないんだよ……。うぐっ……」

あたしの胸が急に苦しくなった。

カチン、カチン……と赤い玉が動くのを悲しい気持ちで見ていた。

高梨先輩の鼻がぐすぐす鳴ってる。

「もし誰かのせいだったら、俺はそいつを思いっ切り殴ってやるぞ！」

そのとき、開けっ放しのドアの向こうを、見覚えのあるふわふわ綿菓子ヘアーの超絶美少女――イチゴ先輩が通り過ぎていくのが見えた。誰かの衣装を作ってるみたいで、青や銀の布をたくさん抱えている。相変わらずはっと目を引く美貌《びぼう》だ。高梨先輩がその姿を目で追ってるのがわかった。

この先輩にはなんにも話せない、とあたしは黙ってあきらめた。

「ん？　月夜どうした？　顔色が悪くなってきたぞ。なんだよ、急に真っ白じゃないかよ
……でしょ？

……。ぐすっ」

「あの、みんな忙しそうだから、あたしそろそろ帰ります！」

「忙しい？　えっ、俺らがぁ？　おいおい、子供がそんな気を遣うなって」

涙を拭いて、ふざけたようにニカッと笑ってみせる。

急に子供扱いするから面白くなかった。一つしかちがわないくせに。アメリカンクラッカーなんて持ってるくせに。それに、いまちょっと泣いてるのに。

わざとつんと顎を上げて、

「じゃ、ばいばい、先輩。子供の話し相手してくれてありがとっ！」

「話し相手ってよぉ。おまえ、もう大人だろうが」

「なに、それ。いったいどっちですかぁ」

「わっはっは。……んー、んー、でも」

洟《はな》をすすって、立ちあがる。

アメリカンクラッカーをジーンズの尻《しり》ポケットにしまいながら、汗に濡れた腕を伸ばして、あたしの肩をすっと抱いた。長年、女の子の扱いに慣れてる自然な仕草だった。やたらあわてたり身悶えしたりするところは、ぜんぜんちがうけど、でもこういうとこはやっ

ぱりお兄ちゃんと同じ文化圏の男の子なんだなぁ。

だけどお兄ちゃんとは身長がちがうから、背の高いあたしとだと、男どうしが肩を組んだようなシルエットになっちゃう。

途端に、胸がへんな音で鳴った。

(お兄ちゃんは、もう、いないんだ……)

そう、思った。

先輩は廊下に出て、わさわさと行き過ぎる先輩たちからあたしを守るようにして、足早に歩きだしながら、

「あのな。俺たち十九歳は、もう立派な大人なんだぜ」

「えー。それは、人によるんじゃないですかぁ?」

「こらっ、言ったな」

と、歯を見せて笑う。

「でもさぁ、十八歳って微妙だよな。とくに、月夜の十八歳は。大人なのかなァ、まだ子供なのかなァ。俺、わっかんないや! 昔からよく知ってる子だけど。高校に入ってから背もずいぶん伸びたし、きれいになったってドキッとさせる瞬間も、がんばって探せばなくもないんだけど。こうして話してみると、言うことも表情も、まだまだてんで子供っぽいんだもんなぁ。中学のころと中味はほぼ同じっていうか」

そんなことないもん!

ぜったい！

とあたしは不満を表明して、ちいさく鼻を鳴らした。

「それってさ、わざとなの？　なんてな」

「なんですか、それ……。もうっ」

商工会議所を出て、大通りを渡って、もといた場所にもどった。

あのお葬式の日、十八歳の女の子と十九歳の女の子のあいだに引かれていたような気がする、よくわからない一線のことを思いだしながら。

家に帰れる方向のバスが、ちょうどきた。あたしはステップを踏んで、車体のあちこちが錆《さ》びてる古いバスにタッタと乗りこみながら、言った。

「あたし、もう大人ですし」

「ほんとかぁ？　あはは！」

と、高梨先輩がふざけたように体を揺すって、笑う。

「──だって、秘密があるから」

あたしは、今日、言いたくて言えなかったことを呑《の》みこみながら、振りむいて高梨先輩を見た。下唇を噛《か》む。するとあの不気味な熱が唇によみがえってきた。思わずうつむく。

「エッ？」

「なに？　それも冗談、かよ？」

「……うん、そう。やだ、ばれた？」

がんばって笑って、うなずいてみせる。

すると先輩は、ほっとしたような笑顔にもどった。

両腕でガッツポーズを作りながら、あたしを元気づけるようにさらになにか言ったみたいだけど、そのときちょうどおおきな音を立ててドアが閉まったから、もうなんにも聞こえなくなっちゃった。

バスが、夕闇の中を、浮かんだばかりの月に白々と照らされながら、走りだす。

空《す》いてるので、いちばん後ろの広い座席に腰かけた。それから首をひねって、遠ざかっていく夕刻の大通りにじっと目を凝らした。

小走りで忙しそうに商工会議所にもどっていく高梨先輩の、小柄で痩《や》せた後ろ姿が見えた。建物の外で立ち話してたほかの先輩たちに呼び止められる。腕を組んで、なにか相談し始める。女の子三人組がばたばたと出てきてそれに加わった。イチゴ先輩らしきふわふわの赤茶色の髪も見えた。

すごく活気のある光景だった。商工会議所自体生きてる人たちの躍動感に満ちて眩《まぶ》しく輝いて見える。その向こうの空に白い月が軽々と浮かんでいた。

——生きてる十九歳たちは、悲しいけど、ちょっと泣きながらだけど、もう前に進みだしてる。

バスがどんどんスピードを増していく。車体が一度、おおきく揺れた。あたしはきしむ座席に沈みこんで、痛みを感じるほどギュッと瞼《まぶた》を閉じた。

こうして、あたしは古いバスと一緒に、また月の夜の宵闇の奥深くにもどっていったのです。

×

ところで、前嶋家自慢の〈むりやり四人掛けソファ〉――って命名したのは、中学生のときのあたしだけど――は、三角屋根のちいさな二階建ての家の、一階のほとんどを占有してるリビングの、そのまた真ん中にどぉぉんとあった。

なんと、いまから四十年近く前。おとうさんが子供だったころにやってきた北欧家具なんだって。細長い形で、横幅も、肘《ひじ》置《お》きの重厚さも、背もたれの分厚さも、全部、昔風のビッグサイズ。座ってみると、まるで雲に包みこまれてるように優しい心地だった。もっとも、いまではもう古いから、二人以上座るとスプリングが苦しそうにぎぃぎぃ鳴っちゃうんだけど。あんまり座り心地がいいもんだから、ついまた、みんなして押し合いへし合い座っちゃう。

お葬式の翌朝のこと。あたしは奈落の骨壺《こつつぼ》と戒名を書いたお札を、ソファの右隅に置いてみた。そしたら、キッチンで遅い朝ご飯の目玉焼きを三人分、じゅうじゅう焼いていた兄貴が、銀色のフライ返しを握ったまま、バトンを持つリレー走者みたいに全力疾走してきたかと思うと、

「却下ーっ！」

「おっ、おとうさーん！」

「おぅ、上等だ！　家族会議だ、家族会議だ、親父っ、非常招集っ！」

「……若者たち、朝からいったい何事だね？」

灰色のネクタイを、いま首に巻こうとしてたというように両手で持ったまま、おとうさんがのそのそとやってきた。わっ。いつも通りの人のよさそうな笑顔だけど、目だけがウサギみたいに真っ赤だ。

ソファに置かれた骨壺と、フライ返しを握って顔を真っ赤にしてる兄貴と、寝間着にぼさぼさの寝ぐせのままで涙目になってるあたしとを、すばやく見比べてから。

ふぅ、とため息を一つ。

「月夜。君の気持ちはわからなくもないけどねぇ」

「もぅっ、おとうさんまで……」

「ここに、これがあるとね。大切なものなのに、PTA会議で疲れて帰ってきた日とかにだよ、うっかり蹴っ飛ばしてしまいそうだしねぇ……」

と、短い家族会議の結果、兄貴の意見が通っちゃって、骨壺は壁際にあるおおきなキャ

ビネットの真ん中の棚に置かれることに決まった。隣にブランデーの壜《びん》とか、兄貴が中学生のときに獲《と》ったなにかの賞状とかもあるから、それもなんかちがうんじゃないですかってあたしは一人でしつこく主張したわけなんだけど。でも。

「月夜ッ」

「な、なによぅ……」

兄貴は自分とおとうさんを順番に指さしてみせて、

「俺、ネクタイ。親父、結びかけとはいえ、ネクタイ。おまえだけ、寝間着。ほら、勝敗は決まったようなものだろう。あきらめろ」

「もう、いったいなにが言いたいの」

「よって、結論！　月夜、おまえはまだ寝ぼけてるんだよ。あぁ、かわいそうにな……」

「ちっがーうっ」

と、いうわけで。

あたしは敗者になり、前嶋家の長年の〈むりやり四人掛けソファ〉は、死んじゃったお兄ちゃんも入れて四人で座り続けたいっていう義妹《いもうと》の説が速攻で却下されたために、この朝から〈普通の三人掛けソファ〉に転生しちゃったの。

つまり。

リビングにおいて、三人の生者と一人の死者の居場所は、ソファとキャビネットにきっちり分けられたってわけ。

――バス停で高梨先輩とばいばいして、古いバスに揺られて帰ってきて、「ただいま……」と言いながらキッチンを覗《のぞ》いたら、ご飯の準備はきっちりできてるのになぜか誰もいなかった。

リビングに入ってみる。

一階には広々としたリビングとドイツ式のシステムキッチン。奥にちいさな部屋も二つある。庭に面したこぢんまりしたほうがおとうさんの書斎兼寝室で、窓がない代わりにちょっと広いほうが兄貴の部屋。さらにその奥に、お風呂《ふろ》と男性陣のトイレ。

リビングの隅にある、薄黄色の絨毯《じゅうたん》を敷いた木の螺旋《らせん》階段を上がっていくと、三角屋根の屋根裏ちっくな二階に着く。で、階段の左右にあたしとお兄ちゃんの部屋があって。

家族みんなの個室がちゃんとあるんだけど、だからといって帰宅してすぐに籠《こも》ったりとかは誰もしなくて、リビングに集まってわいわい過ごす時間のほうがずっと長かった。

きっと遠くない将来、兄貴の一郎が誰かと結婚してこの家を継ぐんだろうなって、あたしはなんとなく思ってた。でも、そのころにはきっと、お兄ちゃんもあたしもこの家を出て、それぞれ立派な大人になってるはずなんだって。

期間限定の仲のいい共同体。その期間内での平和を守るためにがんばってるところ。そういう形の幸せな家族。

ふぅ。

なんていうか、ね。

前嶋家のそういう感じって、あたしはべつにきらいじゃない、けど。

で、今夜はめずらしく無人らしきリビングで、あれ、あたしやっぱりすごく疲れてるなぁと思って、ソファに体を投げだすように座ったら、スプリングがぎぃぎぃきしむ音と、お尻の下でなにかが潰《つぶ》れるくぐもった悲鳴が聞こえてきた。

「うぐっ！」

「……エッ、なに、兄貴ぃ⁉」

あわてて飛びあがる。

夏用スーツに書類鞄《かばん》、いつになくほつれ気味の七三分け。兄貴の一郎が、しっかり者らしくなく、だらしない酔っぱらいみたいにぐでーんと伸びていた。

恨みがましい目つきでジロッと見上げて、

「大事な義兄《あに》を、尻で踏んだな。この人でなしめが」

「だ、だって、まさかこんなところで寝てると思わないもん。どしたの？」

「帰ってきてすぐ、お米研いで、晩ご飯のおかずを三品も作ったんだぞ。あぁ、外、暑かった」

「……着替えて、シャワー浴びたら？　きっとすっきりするよ」

って、ついいたわるような声になっちゃった。こういうのは恥ずかしい。

この家では昔から、家事を四人で分担する決まりだった。おとうさんと兄貴が、料理と食器洗い。あたしが洗濯。で、お兄ちゃんは掃除、って。けっこう古くて家具とかも多い家だから、掃除当番もなかなかたいへんそうだったけど、お兄ちゃんは歌ったり、箒《ほうき》を使って即興のへんな踊りを披露してみせたりしながら、ぜんぜん苦にならないよって感じで家じゅうを掃いて回ってた。自分が楽しむことも、人を楽しませることもめっぽううまい男の子だったから。一人のときもそれなりに軽やかだし、あたしがやんやとその姿を見てるときなんて、観客を得たせいでミュージカルスターみたいな軽さになっちゃって、ふざけるほどにさらにきらきらした。

──立ちあがった兄貴が、くらっと立ちくらみしたので、「ちょっと、兄貴⁉」とあわてて支えた。

キッチンからいろんないい匂いが混ざりながら漂ってくる。兄貴の料理は、決まってレシピ通りにきちっと正確に作られるから、いつも外れなくおいしい。照れちゃうからわざわざほめたことはないけど。

「おい。勉強、してるのかぁっ」

立ちくらみしたばかりのくせに、威張って胸を張りながら言うので、あたしは思わず「えっ」とあきれたような声を出した。

すると、頭をぺしっとはたかれた。

兄貴は、あたしの性別が女だってことをひんぱんに忘れる……いや、もう何年も忘れっぱなしみたいで、その太い腕を駆使して、弟の奈落にするのと同じぐらいの乱暴さで小突いたり叩《たた》いたりする。

「もう、痛いってば」

「月夜っ！　おまえ、高三なんだからな。受験生だろ。わかってるか」

「……う、ん」

「せっかくこれまで、成績もいいし、素行も問題なくきたし。おまえはな、俺と親父の自慢の優等生なんだぞ」

それは、もらわれっ子だからがんばってるせいだもの。

「言っとくけど、ここで急に成績を落としたりするなよ」

……あたしは黙ってこくんとうなずいた。

話題を変えたくて「そういや、おとうさんは？」と聞いたら、

「書斎だろ。さっき見たら、またおでこに万年筆を載せてたぞ」

「なにそれ？」

まだ義妹の頭をはたきたりないらしくて、アメフト仕込みのごっつい腕を伸ばしてくる兄貴から逃れて、あたしはすばやく廊下を走り抜けた。

おとうさんは、確かに書斎にいた。

しかも、脚にちいさな車がついてる真っ黒な椅子に座って、天井を向いて、広い額になぜか高級万年筆を載せて、ボール遊びするアシカみたいなポーズでクワッと白目をむいて

いた。

「ねぇ、おとうさーん。……うわっ」

「……なんだ、月夜か」

おとうさんは万年筆を手のひらで額に押しつけるようにしながら、首を動かしてゆっくりとこっちを見た。

あたしは戸惑って、

「いったいなにしてるの」

「なにって、これかい。考え事をするときのポーズだよ。昔からよくやるんだけどねぇ。不思議だね、極めて集中できるんだ」

「それ、知らなかった……」

「ほんとか？ ははは。……明日は終業式だから。なにか話さなくちゃいけなくて、しかし、さてどうしようかなって考えてたんだよ。ずっと。……月夜？」

と優しく手招きされて、近づく。

おとうさん、今日も目が赤いみたいだった。やっぱり、あれ以来みんなあんまり寝てないのかな。あの兄貴でさえも、いまだかつて見たことのないだらしなさででーんとソファに伸びてたし。

そう思ってると、おとうさんがあたしの顔を覗きこんで、聞いた。

「今年もみんなで花火をするかね」

途端にうれしくなって、

「おとうさん、買ってきてくれたの？」

「おぅ。さぁ、一郎も呼んできなさい」

「えぇー」

「なんだい。君たち、またケンカしたのか。まったくどっちもよく飽きないなぁ」

おとうさんがおかしそうに笑うので、ふくれながら、

「笑いごとじゃないでしょ。すぐに小突くし、あれしろこれしろってうるさいし。それにケンカじゃないもの。いつも兄貴が一人でカッカしてるだけ。いい迷惑だもん」

「おまえに遠慮がないってことで、いいじゃないか」

そう言われて、黙りこむ。

おとうさんはウサギみたいに赤い目玉のまま、

「月夜。家族のもめごとなんてものはねぇ、犬のケンカと同じなんだよ。きっかけもたわいないし、怒りを忘れてすぐまた仲良くなれる。一郎とおまえは、昔から、あれっ、一郎のやつがまた騒いでるな、と思っても、おまえは気にしない質《たち》だし、一郎だって五分も経つと犬みたいにコロッと忘れてるじゃないか」

「うぅーん……」

と、あたしはうつむいた。

――そういえば、お兄ちゃんのほうとは一度もケンカなんてしなかったな、とふいに思

った。

それって、どうしてかな。毎日仲良しで、不満も一つもなかったし、自分がお兄ちゃんを困らせてるって思うこともぜんぜんなかった。

不安になることも、腹が立つこともなくて。

ただお互いに大好きで。

まるで夢のような時間……。

しぶしぶ兄貴を呼びに行くと、「なに、花火？　じゃ、飯を炊くのは後にしようか。あとバケツはどこだっけなぁ」とつぶやきながらウロウロし始めた。で、あたしとおとうさんが書斎のサッシを開けて庭に出たときには、裏口からやってきたらしくて、もう庭にいた。水の入ったバケツを置いて、すばやく蚊取り線香も設置して、曇りのない笑みですっとライターを差しだす。まったくもって一分の隙もなかった。地銀でも、昔からのお得意さんから極めて有能な青年だと重宝されてるって聞いたことがあるけど、なるほどなと思った。

花火セットをおとうさんが出してきて、いそいそと開けた。一本ずつ持ってお互いに火をつける。オレンジ色の火花がバチバチと散り始めた。

昔からね、夏の初めに、よくこうやって家族で花火をやったの。

庭のあちこちに、思い思いに立ったり座ったりして。おとうさんとあたしは地味に線香花火が好きで、二人並んでしゃがんで、どっちのが長持ちするか競争したりした。二人とも置物みたいにじっと動かずにいるのが得意だったから、うっかり落としちゃうこともなかった。兄貴は普通のやつがいちばん気に入ってるみたいで。で、一袋につき一個しか入ってない打ち上げ式の派手なやつは、お兄ちゃんのお気に入り。

奈落が庭の真ん中に設置して、火をつけると、あたしたちは「わーっ！」「きゃっ！」「逃げろーっ」なんておおげさに叫んでは、指で耳の穴をふさぎ、遠巻きになってしゃがんだ。

こらっ、近くにいたらほんとに危ないぞって注意されても、お兄ちゃんはけっこう平気な顔をしていて、設置した場所のすぐそばに立ったまま、眩しそうに、夜空に向かってヒュルヒュルと上がっていく花火を見上げていた。ふふ、去年の夏もそうだったなぁ。天まで届けと打ちあがって、華々しく光り輝いて、でも案外すぐに消えちゃう、打ち上げ花火。

切れ長の瞳を夢見るように見開いて、薔薇《ばら》色の唇には微笑みを浮かべたまま、一年前の高校三年生のお兄ちゃんは、名残り惜しそうにいつまでも夜空を見上げていたのだ。痩せた腰の辺りに夜風が当たって、お気に入りのTシャツが夏なのにやけに寒々とたなびいていた。

そのとき、空色の短パンを穿《は》いたお兄ちゃんの長い足が、ほんの何ミリかだけど庭の土からふわりと浮いて見えて、あたしは、うわ、お兄ちゃんってやっぱり天才的に絵になる男の子なんだなぁと思ったんだ。

「片付けるぞー。おい、月夜。なにをボンヤリしてんだ？」

「……えっ」

「受験生、受験生。ほら、撤収っ」

花火の跡をきちきちっと掃除しながら、兄貴があたしに話しかけてた。

受験生、と聞いて、おとうさんも「そうだな。月夜、そうだった……。いけない、いけない」とうなずいてる。

バケツの中には、燃えかすがたくさん。最後の一本の線香花火が、おとうさんの手に握られて幻のようにぼうっと燃えていた。

空には、朧月夜《おぼろづきよ》。

雲がすこし出てきたみたいだ。さっきから生暖かい風が頬に当たってる。

——あたしは、袋の中に残ってる打ち上げ花火を見下ろしていた。

あの天才的に絵になる青年は、今年はもうどこにもいない。だから家族の誰も、扱いに困るこのおおきな花火を使おうとしないんだ。打ち上げ花火はこうして使われないまま捨てられてしまうところで。そして、そのことについてみんな言葉にしようとはせずにいて。

兄貴もおとうさんも、悲しすぎてフラフラなの。

だって、二人にとっては血が繋《つな》がってる弟とか息子だもの。

……あたし、ねぇ。

ほんとは、ねぇ……。

もしもこの家族の中で誰か一人が死んじゃうなら、お兄ちゃんじゃなくて自分だったらよかったのかなぁ、だってもらわれっ子だし、って、やっぱりすこしは考えてしまう。兄貴もおとうさんもなにも言わないけど、じつはそう感じてるんじゃないのかなと思うと、聞きたいことがあっても、聞いてほしい告白があっても、遠慮して黙りこんじゃう。

実際はね、奈落の話題自体を避けてるみたいで、あのお葬式の日以来、どっちもぜったいにその名前を口にしようとしないんだけど。

だから、やっぱり、兄貴にもおとうさんにもあたしはうまく言えそうにない。

……あれっ。二人がなにか話してるみたい。

「明日は終業式だからね。今日まで忌引きで休んでいたけど、もう行かなくてはいけない」

「親父ぃ、俺も。今日までは、どうしてもの用のときだけ職場に駆けつけてたけど、やっぱり限界で。悪いけど明日から出勤してくれないか、ってさ」

忙しい大人が二人、同時にため息をつく。

それから、あたしのほうを見て、

「月夜はこのまま夏休みなんだな」

「でも、さぼるなよっ。二学期が始まったとき、学年で五十番も百番も成績が下がってるとか、そういうのはなしだぞ。言っとくけど、俺、おまえを見張ってるからな。英国のスパイみたいにだぞ。見張ってるからな」

「もうっ。わかってるよぉ」

兄貴がまた頭を小突こうと太い腕を伸ばしてきたので、あわてて後ずさりして逃げた。

今夜はおおきな花火が打ちあがらなかった夜空では、雲に半ば隠れながら淡い月が揺れていた。

風がゆっくりと吹きすぎていった。

――どうやら、前嶋家の新生〈普通の三人掛けソファ〉もまた、悲しいけど、目が真っ赤だったり、ぐでーんとしてたりするけど、こうやってすこしずつ前に進もうとしているみたいだった。

Ð

だけど……。

あたしが、とんでもないことに気づいてしまったのは、翌日の夕方のこと。

Ø

翌日は、朝からなんだかはっきりしない感じの曇り空で、湿気があって、それに気温もどんどん上がってるところだからか、やたらむしむししていた。さらにお昼過ぎぐらいから、風が雨の匂いをはらみ始めた。

庭でぼんやりしてたら、電話がリンリン鳴り始めた。兄貴もおとうさんも出勤してたから——天気のせいか、おとうさんはだるそうで、兄貴はなんだか機嫌が悪かったな——あたしがのっそりと電話に出た。

ちなみにこの日のあたしの状態はっていうと、朝から、だるいのと不機嫌なのとのダブルパンチ。もしかして三人の中でいちばんひどい状態だったかも。

『……おーい、月夜？』

と、電話の向こうから声がした。

あたしはごくっと唾《つば》を呑んだ。

「は、い？」

『こちら、まきだよー』

「……なんだ。まき。いったいどしたの？」

『あのさぁ、いまねぇ、終業式終わったとこ。よかったら月夜も出ておいでよ。みんなでお茶して帰るからさ』

「やったぁ」

あたしは電話を切って、ボサボサになってた髪をブラッシングしてポニーテールにまとめた。お気に入りの白い木綿の夏用ワンピースに着替えて、出かける。忘れずに折り畳み傘を持って。

無花果駅前の、コンクリートが幾何学模様みたいにびっしり罅《ひび》割れてる噴水広場——水は出てないけどね——に着くと、制服姿の女友達が四人、乾いた噴水の縁に座りこんでぺちゃくちゃとおしゃべりしてた。ワンピースの裾《すそ》を揺らしながら走っていくと、なみが気づいて笑顔で振りかえった。

「おっ、月夜」

「なんだ。元気そうじゃない」

「あれ、でも痩せた？」

「甘いもの、食べにいこうよ。〈UFOカフェ〉は？」

「あっ、えっと……」

あたしは首をかしげた。

〈UFOカフェ〉は、内装もメニューも観光客用にきっちりカスタマイズされてる、無花果町内会自慢のコンセプト・カフェだ。それにケーキやパフェもちゃんとおいしい。だけど週末のあたしのアルバイト先なのだ。それに、経営者である遠藤オーナーの娘さんっていうのが、つまり……。

例の、イチゴ先輩だったりもして……。

「べつの店に、しない？」

と、提案したら、いいよー、とみんなあっさり賛成してくれた。地元の高校生のたまり場になってる裏通りの古い喫茶店に移動する。

今日はどこの学校も終業式だったみたいで、店内はいろんな制服の高校生たちでわちゃわちゃに混みあってた。真ん中の丸テーブルがちょうど空いたので、わーっと突進して、座る。

「この苺《いちご》ワッフル、おいしそう」

「ほんとだ。わたしもそれにする」

「わたしも」

「じゃ、わたしは苺パフェにしようかな。月夜は？　ここはやっぱり苺でしょう？」

「……エッ⁉」

と急におおきな声を出したのでビックリされた。一斉に顔を覗きこんでくる。あたしはあわてて、

「今日はべつのにしようかな。えっと……バナナのワッフルにする。ねぇ、みんなもちょっと味見してよね」

「いいね、それ。そしたら、わたしも苺ワッフルはまきとかぶってるからやめて、やっぱりミルフィーユにしようかな」

と、なみが眼鏡に指をかけながら笑顔になった。さっそくわーわーと注文する。

あたしが休んでるあいだにクラスで起こった出来事を教えてもらう。つきあいだしたカ

ップルとか、あの子、例の後輩の男の子と別れちゃったらしいよ、とか。あと先生のことも……。

担任の先生が、どうもあたしのことを心配してて、「夏休みになったら家庭訪問しようかしらん」と言ってた、らしい。あたしが「それ、ちょっとやだなぁ。めんどうくさいし」と答えると、みんなうなずいて、

「月夜のうちは、おとうさんも一郎さんもいて、すっごく仲いいし、大丈夫ですってちゃんと言っといたからさ」

「先生がきたら逆にお腹が痛くなるかもですよって」

「それ、言いすぎ。あはは っ」

「でもさぁ、あの……。お葬式の日の月夜を見てさ、心配だ、心配だ、ってあんまり繰りかえすもんだからさ。一人だけ泣いてなかったのが余計気になるって。いったいどういう意味だろうね？ ま、とにかく、なんかごちゃごちゃ言ってるのを途中で遮ってさ、まぁ、まずあたしたちが月夜に会って様子を見てきますからね、先生はどうぞご心配なくって止めといたから」

「なんだぁ。それで誘ってくれたんだ。ちょっとぉー、みんな優しいじゃないのー」

とわざと茶化すように言うと、一斉に恥ずかしそうにもじもじした。

まきだけ、ふっと目をそらして窓の外を見始めた。

ワッフルとパフェとケーキが運ばれてくる。

あたしは自分の目の前に置かれたバナナのワッフルを見た。ワッフルの上に、生クリームとバナナの輪切り。チョコレートソースできれいに飾ってあって、いちばん上に……。

アーモンドスライスが、三枚。

友達が、一人、また一人と気づいて、うわっ、やば、という顔をしてこっちを見守ってるのがわかった。

あたしはとっさに平気なふりをしてしまおうと思った。じゃないと、先生が心配してうちまできちゃうし。いや、べつに先生のこと苦手じゃないけど。でも。

フォークをつかんで、アーモンドスライスの載った生クリームをすくおうとして……。

すると、口の中に、いまはまだ食べてないはずのアーモンドの香りが……。

あの日の、記憶が……。

ガツンといやな音を立てて一気に広がった。

あたしはフォークを取り落として、手のひらで口を押さえた。しばらく椅子の上で身じろぎしてから、席を立つ。

トイレに向かって一目散に走る。

うぇー、うぇー、うぇー、って、トイレの洗面台の前で肩で息をしながら、しばらく堪えていた。朝からだるかったし、体調もあまりよくなかったんだろうなぁと思った。だけど友達を待たせてるし、とにかく席にもどらなきゃ……。

トイレのドアをすこし開けたら、いつのまにか、あんなに混んでたはずの店内はガランとしていた。

真ん中のテーブルにいる友達の話し声が、茂りすぎなぐらいやたらと元気な観葉植物の葉っぱのあいだから漏れてくる。つい聞こえちゃって、思わず動きを止めた。

「……ねぇ、月夜ってさ、さっき、どうして苺ワッフルを頼むのをいやがったのかな。メニューを見た途端、真っ青になってたけど。なに、あれ？」

「もしかして、あの日のこと、かなぁ？　あのさ、うちの従兄《いとこ》が警察に勤めててさ。聞いたんだけど。コンビニの前でさ、月夜がカフェのアルバイトの前に寄り道して、苺アイスのバーを食べてたんだって。そこに通りかかった奈落先輩が、俺もアイス食べよって、コンビニに入っていって……」

「で、アーモンドのアイスを買ったの？　じゃ、月夜のせいだったんだ！」

「いや、さすがにそれはぁ……。まぁ、きっかけにはなっちゃったんだろうけどさ。月夜はべつに悪くないんじゃない。けど、本人は気にしてるかもしれないよね」

「じゃ、それで苺味のものを食べたくないのかな」

「というわけで、バナナを頼んだら、アーモンドが載ってきちゃった、と。……すべてバナナが悪いんだよ、バナナが！」

「だね」

「賛成ー」

「わたし、さ！　月夜って、さぁ！」

急にまきの声が響いた。あたしはびくっとした。

友達がみんな、どしたの、と耳を澄ますような気配がした。

「中学のときから、いちおうあの子の友達だけどさぁ。前から思ってたけど、月夜のああいうとこって、わたし苦手かも……」

店内でかかってたBGMが軽快な曲に変わった。

ずんちゃか、ちゃか、ちゃか、ちゃか、ってリズムに乗って、まきが妙に滔々《とうとう》としゃべりだした。

「あの子っておとなしいしさ。怒ったりとかもめったにしなくて、扱いやすい優等生みたいな感じなんだけどさ。ときどき芝居がかっちゃうところが惜しいんですよねっていうか。まぁ、わざとじゃないんだろうけど……。二言目には〝もらわれっ子だから〟って言うでしょ。あれ、ほんと困るんだよねぇ」

「あっ、確かにそれ、よく言うよね。もらわれっ子キャラ！　わたし、もう慣れたけど。まぁ、毎回へんな空気にはなっちゃうけどもさ。本人もきっとぜんぜん悪気ないんだって」

「紫の目だしっていうのも、よっく言うよね。そんなの、見ればわかるっつーの！」

「ちょっと、まきぃ……」

「それに、隙のないいい子みたいに思われてるけど、じつは歳よりめちゃ子供っぽいし、けっこう思い込みも激しいしさ。たまに妄想とか入っちゃってるときもあってさぁ」

「なに、妄想ぉ？　えー、そこまではねぇ……」

「だって、あんたらは高校からのつきあいじゃないの。わたしは前から知ってるもん。つきあいきれないってうんざりするときもあったよ」

「うーん。まきの言いたいことって、わかるとことわかんないとこがあるけど。でもさぁ……」

一人が困ったような声で、言った。

「ねぇ、みんな、あのときのことを覚えてる？　お葬式の日にさ、いきなり月夜のことを責めて騒いでた女の先輩がいたじゃない。背がちっちゃくて、すっごいかわいい顔の。あの人もさ、確か、いまのまきみたいなことを言ってたよね。月夜って、芝居がかって、無神経で、いやな子ねって。ま、二人のあいだにいったいなにがあったのかは知らないけどさぁ……」

「はぁー。明日から夏休みになってよかったって感じ。毎日、教室で〝月夜劇場〟を観せられるの、気が重いもんねぇ」

「まき、それ、言いすぎ……」

あたしは反論とかもしたくなくて、肩を落としてトイレからのっそり出た。それから裏口に回って喫茶店を出た。

一人で裏通りを歩きだす。

確かにまきは、中学も一緒で、だいぶ前からお互いによく知ってた。はっきりきっぱりしてる子だから、いまみたいなことも、面と向かってわぁわぁ言われたことが何度もあった。自分の境遇のことが悲しくなって、いろいろ話すたびに、「出た～、〝月夜劇場〟だよ～。あぁ、かわいちょ、かわいちょ、もらわれっ子のパープル・アイ‼　もう聞いてらんないっすよ～」とか全力で茶化すから、怒りたいのについ笑っちゃって。あたしのつまんない身の上話なんてすぐ終わっちゃう。

でも、ね。

同じ内容でもさ、陰でこっそり言うのはぜんぜんちがうでしょ、まき。

サーッとつめたい音がして雨が降ってきた。

あっ、傘、と思ったけど、右手を見て、左手を見て、どっちも完全に手ぶらなのを確認して、ようやく、鞄も傘も喫茶店に置いてきちゃったことに気づいた。

仕方なくびしょびしょに濡れながら歩いてたら、後ろから軽い足音が聞こえた。

傘を差しかけられる。

振りむいたら、般若《はんにゃ》のような恐ろしい形相をしたまきが、自分の傘をこっちに差しかけてきていた。口角が上がって、いまにも唇の両端がビシッと音を立てて裂けちゃいそうな顔だった。正直、こわかった。

喫茶店から走ってきたみたいで、まきも手ぶらで、こっちに傘を傾けたから、たちまち日に焼けた頬と長い髪がびしょびしょに濡れていく。

ゆっくりと口を開く。

よかった、さっきの陰口のこと謝ってくれるんだ、と思った。

まきは仲良し、だし。

「また芝居がかったことして！　雨の中をわざわざ濡れて歩かなくってもいいでしょ！」

……ちがった。

あたしはカーッとなった。

傘を思いっきりはたき落としてやったら、まきはびっくりして瞬《まばた》きした。

まだまだ怒り足りなくって、あたしはもう一度手を振りあげて、まきのほっぺたを思いっきり叩いた。濡れた膚《はだ》と膚が合わさって、お餅《もち》をついたときみたいなぺたんっという音がした。

「痛っ！　な、なにすんのよ！」

「……」

「暴力、反対っ！」

「……」

友達。

友達なんかじゃない。

まき、好き。

きらい。

陰口言うような子って思ってなかった。

「なによ！　そんな、睨んじゃってさぁ……」

「……」

あたしはきびすを返して、両腕を振り回して全力で走って裏通りを逃げた。すると背後から、まるで女プロレスラーみたいな「待てッ！　こっ、この野郎ッ！」というドスの利いた叫び声が追いかけてきた。

ちょうどバス停の前に、バスが一台、揺れながら停まったところだった。別の方角行きのやつみたいだけど、もういいやって、ちょうど扉が開いたその古いバスにばたばたと飛び乗って、あたしは全身びしょ濡れのまま逃げた。


夕立ちは、降り始めと同じくとつぜん止んだ。

ぜんぜんべつのバス停で降りちゃって、前嶋家のある無花果町新聞屋通玉葱《たまねぎ》横丁――たぶん道路が玉葱の皮みたいな茶色だからだと思う――に向かって、あたしはうなだれながら歩いてた。かなりの、とぼとぼ。明日から長い夏休みが始まって、だけどクラスの友達グループとはいきなり気まずくて、家に帰ったら、お兄ちゃんがいなくなったことより、おまえは受験生なんだぞってそればっかりな感じで。

くしゃん！

と、くしゃみが出た。冷えちゃったのかな。車内の冷房もはんぱなかったし。

まだ夜には早い時間で、夕刻の曇った空には薄灰色の雲がゆったりと流れていた。その雲と一緒に、ふと、時の流れもゆっくりになったような気がした。あたしはふてくされて両腕をぶらぶらさせながら歩き続けてた。

どう考えてもどっこも行き場所がなくて、なんていうか、こんなに惨めっぽい夏は初めてだった。

角を曲がろうとして、あっ、この先にあのコンビニがあったんだ、と思いだした。躊躇《ちゅうちょ》してちょっとだけ足を止めたけど、気にしないことにしてまた歩きだした。

逢魔時《おうまがとき》、だ――。

夕方と夜のあいだのあいまいな時間が、曇り空のせいかいつもより速く長くなってるみたいだった。

コンビニが見えてきた。止んだばかりの雨がうっすらとした靄《もや》になって辺りを包んでいた。空気はもわもわと蒸していた。

駐車場のアスファルトに、外灯が映しだす長い人影が伸びてる。あれ、誰かいるのかなとじっと見た。それにしてもずいぶん縦長のシルエットだな。

その片腕がゆっくりと上がって、合図した、と見えた。

その瞬間、あたしの背中の膚が粟立《あわだ》った。

顔を上げて、長い影の主を探す。

コンビニの横に誰かがうっすらと立っていた。外灯と、雲が晴れて射し始めたオレンジ色の夕日に邪魔されて、はっきりとは見えない。

ほっそりしたシルエット。

背は、高い。百八十センチ以上はあるだろう。

身体の全体が銀色に光ってる。目のところが、緑だ。やだっ、宇宙人の着ぐるみを着てるんだ……。夏祭りはまだ先なのに……。

それを、着たまま……。

おどけたように片手を上げて、停止してる。

夕日がぐんと眩しくなった。

──あたしが、よりによってこの人のシルエットを見間違えるはずがないのだった。それは確かにお兄ちゃんの形のはずだった。あたしはまず全身が凍りついて、それから、転びそうにつんのめりながら必死で走りだした。靴に雨水が弾《はじ》かれて、白いワンピースに汚い泥はねが上がる。夕日という炎にジリジリ焼かれてるような気がする。走る。お兄ちゃん。すぐそこに。お兄ちゃん。五日前には棺でつめたくなってたはずだけど。四日前には、ごーごー焼かれてお骨になったのも確かに見たけど。それがなんだ。それがなんだ。だって。いま。すぐそこに。どう見てもお兄ちゃんのシルエットが。このあたしが見間違えるはずのない、確かな……。かけがえのない、あの……。

人間と、幽霊の、再会っ！

「──お兄ちゃぁーんッ！」

ピカッ、とどこかで稲妻が光った。続いて、ゴォォォォッと轟音《ごうおん》を立てて遠くに雷が落ちた。まるで大地が割れた音みたいに闇雲におおきかった。

……はっ、と瞬きしたときには、そこにはもう誰の姿もなくなってた。あたしは駐車場に一人ぽつんと立ってるだけで、この辺りに確かにいたはずの、宇宙人の着ぐるみを身にまとった背の高い人影は、もうどこかに消えてしまっていた。

あたしはポカンと立ち尽くした。

「お兄ちゃんっ。あのときの、話の、続きっ……。あ、あ、あと……」

震えるちいさな声で、もういない人影に訴える。

「あたしのしたことを、怒って、る……？　許して、くれる？」

でも答える声はなかった。風がびゅうっと吹いた。

「ねぇ！　答えてよっ？」

濡れたワンピースの裾が足にぴたっとはりついて、気持ち悪い。

「お兄、ちゃ……。ク、クシュン！」

また、くしゃみ。

かたたたっと不吉な足音を立てて、背中をいやな寒気が駆けあがってくる。

全身がひどくだるい。

夕日が徐々に薄くなっていって、雲の晴れた群青色の空がひろがっていって、その真ん中にうっすらと、青白い幻のような月が浮かび始めた。

明日から、いまだかつてなかった夏休み。
そう――。
あたしの〝幽霊の夏休み〟が、とうとうやってこようとしていました。

三章　幽霊の夏休み

K

夏休みの思い出って、いろいろある。

たとえば？　友達の家の庭でキャンプしたり、凍らせたジュースを持参して川で遊んだりね。あと、誰かの家に集まってホットケーキ焼いたりとかね。

じゃ、家ではっていうと、兄貴は歳が上で、あたしが子供のときにはもう大人になりかけの男の人だったから、遊んでもらった記憶ってほとんどない。お兄ちゃんのほうは一つしかちがわないから、ずっと、最高に楽しい遊び相手だった。あちこちに連れてってくれたし。リビングで向かいあって座って夏休みの宿題をして、わからないところを教えてもらったりもした。

いちばん忘れられないのは、二年前。あたしが高一の夏だ。玄関を出たら、お兄ちゃんがちょうど自転車で出かけるところだった。あたしに気づいて、片手を上げていつもの合図。

冗談のつもりで「後ろに乗せてよー」とねだったら、軽く、

「いいよ！」

「……えっ」

「って、なんでおどろくんだよ。月夜。へんなやつっ」

と笑いながらひらりと飛び降りてきた。後輪のところに二人乗り用の金具をつけて、ほらっと手招きする。

おそるおそる後ろに立ち乗りして、お兄ちゃんの肩に手のひらをのっけた。十七歳の肩は痩《や》せてて、固かった。Tシャツの薄い布が汗ですこし湿ってた。生きてて、あったかかった。

ぶんっとしなって自転車が走りだした。

勢いよく。

玉葱横丁の薄茶色い石畳を、あっというまに抜けていく。町のほうに向かう大通りじゃなくて、郊外に続く、人気《ひとけ》のない道をまっすぐ走る。けっこうな上り坂にさしかかったけど、スピードは緩まない。あたしの髪が後ろになびく。お兄ちゃんの前髪も風に揺られて、後ろから覗《のぞ》きこんだら形のいい額が全開になってた。

やがて、小学生のころはよく遊びに行った小高い山が遠くに見えてくる。

自転車はそのままぐんぐん進んでいく。

どこまでも。

ふっと不安になって、

「どこに行くの？」

そう聞いたら、声が小さかったみたいで「……えっ？」と聞きかえされた。だからもう一回、今度はおおきく息を吸って、

「どこにーっ、行くのーっ？」

お兄ちゃんは、ときどき車が追い越していくぐらいでもうほとんど誰もいない郊外の坂道を、風を切って全力で上りながら、振りかえった。いかにも楽しくてたまらなそうな満面の笑みを浮かべていた。

唇をゆっくりと開く。

あたしは一心に耳を澄ました。

「雲の上までだよ！」

それであたしは、確信に満ちた無邪気なその答えを聞いて安心して、二人でこれから行く先にわくわくしながら、お兄ちゃんの背にコトンともたれてみたんだ。

ほら、ぼくたちはどこにでも行けるって、いつまでも楽しいって、出会う人みんなにそんなふうに思わせてくれる、不思議な力と明るさが、お兄ちゃんにはあったから。

だから。月夜は奈落が、えいえんに大好き。

＋

「こら、どこに行くんだよっ。月夜ッ！」

——帰宅したかと思うと、びしょびしょのまま、放たれた矢みたいにリビングに飛びこみ、薄黄色の絨毯《じゅうたん》の敷かれた螺旋《らせん》階段をスタコラと登ってったあたしを、遅れて後ろから兄貴の怒声が追いかけてきた。

続いて、ドタバタした足音も続く。

兄貴のほうも、どうやらいま帰ってきたばかりみたいだった。冷房のスイッチをまだ入れてないから、家じゅうがむしむしと暑かった。湿ったワンピースが背中や足にぺたっとくっつく。

奈落の部屋に飛びこむ。

外はもうだいぶ暗くて、それに部屋のカーテンも閉めたままだから、ほとんどなにも見えない。

震える指で照明をつける。

パチッと音がして、蛍光灯が白々とついた。

青いシーツが敷かれたままのベッドの上に、銀色の宇宙人の着ぐるみが投げだされていた。あの日のままのようにも見えるし、角度が変わったような気もするし……。

三角の緑の目が、飛びこんできたあたしの顔を不思議そうに見上げてる。

あたしはゆっくりと部屋を見回した。

カラーボックスの上に、奈落がこだわってた〈世界のマスタードコレクション〉と〈世界のタバスココレクション〉がぎっしり並んでる。昔からけっこうな辛党で、いろんな香辛料を集めてて、カレーライスとかにも、自分の皿だけ激辛にするためのチューブ型辛味調味料なんてものをかけては混ぜ混ぜしてた。もちろん唐辛子も大好き。タバスコとかマスタードは、いろんな国の商品をわざわざ取り寄せては、あれこれ評したり笑ったりしながら楽しそうに食べ比べてた。

……って、そんなことは、いまはいいの。

じゃなくって。さっきのは誰？

ぜったいにお兄ちゃんだと思ったけど、ちがったのかな。でも背の高いあのシルエットも、仕草も、間違いなく……。だって、あたし……。あたし、でも……。

わっ！

肩に、急に手を置かれた。あたしは声のない悲鳴を上げて飛びあがった。

「いったい、どうしたんだよ？」

兄貴が背後に立って、あたしの肩を揺すっていた。

「そんなに血相変えて帰ってきちゃってさ。チェーンソーを振り回す殺人鬼でも出たのか？　それとも露出魔か？　転んだとか？　おい、月夜？」

ふざけたような声。でも濡《ぬ》れた髪からぽたぽたと水滴を垂らしながら振りむいたら、兄貴は息を呑《の》んで後ずさりした。「おまえ、唇まで青くなってるぞ。まるでホラー映画みたいな顔じゃないか。全身びしょ濡れだし。……しょうがねぇな。まず風呂《ふろ》に入れ。あったかい紅茶を淹れてやるから」と一気にまくし立てると、こっちに背を向けた。

暑い。

兄貴のワイシャツも妙に汗に濡れている。

ガタガタと震えながら、後について一階に降りる。兄貴がリビングのエアコンをオンにした。しっし、とあたしをお風呂のほうに追いやる。

湯船でゆっくりあったまって、Tシャツに短パン、頭にタオルを巻いて出てきた。リビングに顔を出すと、兄貴がもう待機していた。

完璧《かんぺき》に紅茶をサーブし始める。温めたポットに、秤《はかり》できっちり量った分量の茶葉を入れて、熱湯を注いで三分。

兄貴の淹れてくれる紅茶は、驚異的なぐらいいつも同じ味になるのだ。今日はいつもより濃かったとか、しまった渋くなっちゃったけどいいかなんてことは、いままでに一回もなかったと思う。

そんなことを考えてぼんやりしてるうちに、いつのまにか三分経ったみたいで、気づくと目の前にもうティーカップが置かれていた。四客セットで買った花柄のカップ。でっかいソファの柄とちょっと似てて、リビングの雰囲気ともよく合っている。

キャビネットの棚に置かれた骨壺《こつつぼ》の前にも、いつのまにか湯気の立つティーカップが鎮座していた。兄貴はご飯を炊くたびに、どこから探してきたのか、ドールハウス用みたいなちいさな食器を使って御仏供《おぶく》を供えるのだ。今夜はついでに紅茶も置いたみたい。

キッチンでごそごそやってると思ったら、いただきもののクッキーを探しだしたようで、わざわざ皿に盛ってまた給仕してくれた。……兄貴のやつ、今日はこわいほどやけに優しい。

四人家族の中で甘党なのは女の子のあたしだけで、おとうさんも兄貴も甘いお菓子は一切食べなかった。お兄ちゃんだけは、まぁ筋金入りの辛いもの好きだから、砂糖なんて一粒もいらないって思ってたのかもしれないけど、あたしが食べてるところを通りかかると、近づいてきては興味津々で味見するくせがあった。つまり、あたしが食べてなければ、お兄ちゃんが甘いものを口にすることはないのだ。

紅茶にも、あたしはいつも砂糖をたっぷり入れるんだけど、おとうさんたちはストレート。だからお兄ちゃんはあたしのカップにだけ、角砂糖を二個とか三個とか、そのときの気分でかなり適当に入れてはわしゃわしゃかき混ぜてくれた。ときどきはお兄ちゃんも、つられて角砂糖を一個だけ入れてみては、やっぱり甘いな、これってじつに女の子って感じだよな、とかつぶやきながらちろちろと飲むこともあった。

おっと。

兄貴がじっとあたしを見下ろしてる。

「いただき、まーす……」

「ぼんやりしてると、冷めるぞ」

「ん」

「さっき、なにかあったのか？　おまえ、あからさまに様子がおかしかったぞ。いったいどうしたんだよ」

「えっ、と……」

あたしは言葉に詰まった。

だって、家の中では奈落の名前自体がタブーみたいになってるし。筋金入りの現実主義者である兄貴に、さっき見たもののことを話すなんて、ちょっとな……。

黙ったままカップを持ちあげた。

「……あつッ！」

一口飲んで、紅茶の熱さに声を上げる。

それから硬直した。

顔色が変わったことに兄貴が気づいて、物問いたげに首をかしげる。

「なんだよ。俺、ちゃんと淹れたぞ」

「う、うん、おいしい。ところで兄貴、これって砂糖を入れてくれたの？」

するると兄貴は、鼻の頭をゴリゴリかきながら、

「入れるわけないだろうが。いくらなんでも、それぐらいは自分でやれって。この末っ子の、甘ったれが。ほら、お嬢さま、砂糖壺はこちらでございますよ。うん？」

あたしはこくっとうなずいた。

もう一回、ゆっくり飲む。

あつあつの紅茶は甘かった。角砂糖を二つ入れたときの味だ。でも、兄貴じゃないのなら、いったい誰が入れたっていうの？　いまこの家にはあたしたちしかいないのに。

——生きてる者は。

と思いついて、思わずカップを取り落としそうになった。

辺りを見回す。

どこもかしこもまるでいつも通りのリビングだった。冷房が利いてきたせいか、ちょっと寒気がする。あたしは何者かの手で角砂糖を入れられたらしき不可思議な紅茶をまた飲んだ。

俺も飲もうかな、そのクッキーは月夜が全部食べろよ、賞味期限近いからな、とかいろいろ言いながら、兄貴がキッチンにもどっていく。カップを出す音が聞こえてくる。

あたしはソファから立ちあがって、キャビネットの前に進んだ。骨壺の前に御仏供として置いてあるもう一つのカップに、震える手を伸ばしてみた。

こっちにも、こっそり口をつける。

ルビー色をした熱々の液体。

すこしだけ、甘い。

お兄ちゃんがつられて一個だけ角砂糖を入れたときの味だ。

うわ、甘いなぁ、いかにも女の子だよなぁ、とぼやいてみせるときの、ふざけてるように細まった楽しそうな目を、胸の痛みとともにありありと思いだした。

「……お兄ちゃん、なの？」

小声でつぶやく。

部屋中をまた見回す。どこにも奈落の気配はなかった。もちろんこわくなくて、あたしは幻を追うようにリビングのあちこちをみつめて、あの男の子がまだいる、なにかがあってあの世からもどってきてるという奇跡の気配を探そうとした。だけどヒントになるようなことはなにもなくて。ただ、あたしの紅茶と御仏供《おぶく》の紅茶がなぜか甘いというだけで。

と、外で車のエンジン音がした。ほどなく玄関から、おとうさんが帰ってきたらしい物音も聞こえてきた。

あたしの靴も兄貴の靴もあるのに、どっちも出てこようとしないから、わざとらしく「はー、どっこいしょー」とおじいさんみたいな声を上げている。

「終業式はほんっとにたいへんだなぁ。教頭先生はがんばった。あぁ、そしてようやく帰ってこられた。この峠の我が家に。もう安心だ、この世に恐れるものはなにもない。……

おっ、なんだ。月夜じゃないか。どうしたの」

「峠じゃないでしょ、ここって」

兄貴のほうはどうやら紅茶抽出中で手を離せないらしいので、あたしが玄関に出ていった。

「くっ。もう、おとうさんったら」

「ただいま、月夜」

おとうさんの白目もまだすこし赤いままだ。弱々しく微笑んでみせながら、

「なぁ、今夜はピザの出前でもとらないか。なんだか急に若者みたいなものを食べたくなってねぇ」

「いいね。……おーい、兄貴ー」

連れだってゆっくりと廊下を歩く。

おとうさんが汗を拭《ふ》きながら入ってきた途端に、なんともいえずおかしな感じだったリビングも、また日常を取りもどしたみたいだった。

古くておおきな柱時計はチクタクと時を刻んでいる。エアコンがかすかに唸《うな》っている。その風にテーブルクロスが揺れる。カレンダーも細かく震えている。壁に飾られた額縁の絵は柔らかく照明を照りかえしている。

おとうさんと兄貴が電話でピザを注文してるあいだに——パインが載ってる甘いのを提案して、やっぱり却下された——二階に上がった。お兄ちゃんの部屋を覗いてみる。

そこにも、やっぱり誰もいない。

生きてる者も。

そして、たぶん、いってしまった者も。

あたしはうつむいた。カーテンをそっと開けてみると、今夜も月がうっすらと瞬いていた。魔力を秘めてるような青白くて透明っぽい光を放ちながら。

——窓の外の夜空を見上げながら、誰もいないのに急に牙《きば》をむきだしてみた。

普段はこのへんな感じの歯を隠したいのに、どうしても思い通りにならないことがあるとやってしまう、昔からの癖。

鋭くておおきな犬歯に、月の光が当たる。

紫の瞳《ひとみ》を見開いて夜空を見上げながら、あたしは喉《のど》の奥でこっそりウォォーッと咆《ほ》えてみた。

それからカーテンを閉めて、自分の部屋に入った。引き出しにしまっていたあの銀色の月のネックレスを取りだして、首元にかける。Tシャツの下にそっと隠して、布の上から撫《な》ぜた。

階下から「おーい、ピザがきたぞっ」というおおきな声がした。あたしは、クシュン、とくしゃみをひとつしてから、はーい、と螺旋《らせん》階段を降りた。

2

……ウォォーッと、遥《はる》か遠くで玄関のベルが鳴る音がした。あたしは目を開けて、ゆっくりと寝返りを打った。そしたらまた苦しくなったのでコンコンと咳《せき》もして、それからあきらめてむっくり起きあがった。

今日も、おとうさんと兄貴は仕事に出かけてて、いないで、あたしはっていうと、熱を出して朝から寝てる。コンコン……。コンコン……。

寝間着が汗でびっしょり濡れてた。タンクトップとデニムのパンツに着替えて、湿った髪を背中に垂らしたまま階段を降りる。

もう一度、玄関のベルが鳴った。

ウォォーッ。

苛立《いらだ》ったように、三回目。ウォォーッ。

「はいっ！」

声を出した途端にまた咳《せ》きこんじゃったもんだから、おばあさんみたいにふらつきながら、樫《かし》の木でできた重たい扉をよいしょと開けた。

……うわ、最悪！

イチゴ先輩が、しかもきちっとお化粧して、総レースのブラウスとミニスカートとはいえいちおう全身黒のコーディネートでもって、すまして立っていた。

足元で、ウォーッ……じゃなくて、ワンッと低い鳴き声がした。イチゴ先輩の飼い犬――白銀色の短い毛で、尻尾《しっぽ》だけ箒星《ほうきぼし》みたいにフカフカで、顔つきは日本犬っぽい、確か縄文柴《じょうもんしば》っていうかなり昔の犬種らしい変な生き物――が、ガラスをはめこんだような青黒い目で、そう興味もなさそうにこっちをぼんやり見上げていた。

イチゴ先輩のほうも、あたしを見てがっかりしたみたいだった。その表情を見たら、相乗効果なのか、あたしもさらにがっかりした。

「もしかしてあなたしかいないのかしら」

「えぇ。残念ながらハズレの子しかいませんけど」

「ハズレ？　もう、いちいちへんなつっかかり方しないでちょうだい。……お焼香にきたの」

「どうぞ、どうぞ。入場券はありませんから！」

「……あなたねぇ！」

イチゴ先輩の茶色っぽいくりくりの瞳が、天井に向かってぎゅーんと吊《つ》りあがった。

――もうずっとずっと前の、どっちも小学生のときから、この先輩とあたしはどうにも相性ってものが悪かった。おとうさんとは小学校の担任の先生と生徒という関係で、しかもおとうさんのお気に入りの子《ティーチャズ・ペット》だったらしい。その縁なのか、中学生のときには兄貴の一郎を雇って、週に二回、家庭教師をしてもらってた。お兄ちゃんとは高校のときのクラスメートで、卒業した今年の春から、つきあい始めてもいて……。

で、あたしとは、例の〈UFOカフェ〉ウェイトレスの先輩と後輩にして、オーナーの娘さんとアルバイターという関係。

つまり、うちの家族みんなとなにかしら繋がりのある人なんだけど、なぜかあたしとだけ、宿命的に波長が合わなくて、お互い相手の言うことも行動もなにもかもとにかく苦手でしょうがないのだ。アルバイトしてるときも、この先輩がそばにくると、うっかりお皿を落として割っちゃったり、お釣りをまちがえちゃったり、似合わない失敗ばかり繰りかえしちゃう。イチゴ先輩のほうも、厨房《ちゅうぼう》で火傷《やけど》したり、頭が割れるように痛くなったりとか散々だから、むむ、なんていうか、引き分けだけど。

ほら、いまもゾクゾクと寒気が。うぅ。

……って、これはちがう。風邪のせいなんだった。

「夏風邪、馬鹿がひく、っていうわね」

「馬鹿は風邪ひかないともいうから、先輩にはうつらないですけど。ハッ、クシュン！」

「もうっ」

言い争いながらも、廊下を歩く。

玄関で靴を脱いだらびっくりするぐらい縮んで、イチゴ先輩はたちまち子供みたいな背丈になった。あたしはおおきいから、痩せた巨人になったみたいに、ぬっと先輩を見下ろす。

　すると、邪魔そうに手の甲で顔を払われた。勝手に連れて入ってきた銀色の犬が、足元で短く鳴いた。

　無言でリビングに通すと、イチゴ先輩はあきれたように目を何度もぱちくりさせて、キャビネットと、そこに鎮座してる骨壺と、ドールハウス用みたいなミニ食器に並べられたトーストやトマトの切れ端を見上げてみせた。

　それから振りむいて、肩をすくめた。なんだか甲高い声で、

「やっぱりねぇ」

「なんですか」

「おかしな家の、おかしな人たちって思っただけ。いったいなによ、これは？」

「この家のみんなのこと、すごく好きなくせに。……あたし以外は」

「……そりゃ、好きよ！　ここの人たちはみんな、思いやりがあって優しくて、いつも笑いかけてくれて、まるで太陽みたいなんだもの。……好きよ」

　と急に傷ついたような低い声で言うので、あたしはコンコンと咳をした。

　――遠藤オーナーは、あのカフェのほかにも素敵なレストランやワインバーを経営してて、無花果町のセレブおじさんなの。レストランは奥さんに切り盛りさせてるけど、新しいワインバーを任されてる若い女の人は、愛人一号か、いや、二号だったかも……という、噂。

「コメディ劇団の公演を観てるみたいで、楽しいの。それだけ」

「そうですか」

「あなた以外は、ね。月夜」

先輩が鼻を鳴らす。すかさずあたしも、

「えぇ、あたしは月の夜の子ですから」

そうつぶやきながら、クワッ、とするどい犬歯を見せてみた。そしたらイチゴ先輩はいやそうに身悶《みもだ》えして、二歩下がった。

「いちいちそういうことを言うところが、よ」

「大っきらいなんでしょ、先輩。よく知ってます。……クシュン！　クシュン！」

あたしはくしゃみを連発してから、イチゴ先輩とはいえお客さまだし、なにかお出ししなきゃと思ってよろよろとキッチンに向かった。

ピザを注文したとき、頼んだくせに結局おとうさんが飲まなかったコーラが残ってた。グラスに注ごうと思ったんだけど、ふっとめんどうになって、リビングに立ち尽くしてる先輩に向かって、ソフトボールの投手みたいなフォームと気合いで、缶を投げてみた。

「きゃっ。わっ、あぁっ」

おおげさなぐらいあわてて、イチゴ先輩が缶を受け取ろうと両腕を振り回し、さらに足踏みまでして、古代の雨乞《あまご》いの舞みたいなのを情熱的に舞ったあげくに、なんとか無事に受け取った。……この人の運動神経、どうなってるんだろ。

こういう、美形なのにどんくさいところがもうたまらなくかわいいって、高校でもカフェでも男の子からすごく人気があるのを、あたしは長年苦々しく思ってた。でも先輩のほうはというと、牙がちらっと見えて、エッ、いまのはなに、と二度見されるのがいやだから唇を動かさないようにちいさな声でしゃべっちゃうあたしをトッ捕まえては、「まったく、古典的な手を使う子よねぇ。だって、そんな話し方されたら、どうしたって聞きかえしながら顔を近づけるしかないじゃない。男の子は必然的にドキドキしちゃうにきまってる！」と一刀両断する。

　そしてお互い、さらに、ふんって思う。

　思いっきり舞ったときに引綱を手放しちゃったらしくて、縄文柴が興奮してリビング中を駆け回り始めた。あたしは咳をしながら、あれ、ちょっと待ってよ、むしろお焼香するのに犬を連れてくるほうがおかしいんじゃないかな、とイチゴ先輩の横顔を軽く睨《にら》んだ。

　先輩は骨壺に向かって、目を閉じ、両手を合わせてた。

　頬を涙が伝い始める。

　げっ……。

　と、あたしは黙って天井を見上げた。

　なにかぶつぶつ言ってる。……べつに、聞きたくないけど。

「ねぇ、いいよね？　もういいよねぇ。だってあたしも……。タカちゃんも……。でも、もぅ……」

　いったいなんの話だろう。

あたしは何度もくしゃみした。いや、邪魔してるんじゃなくて。ほんとに鼻も喉《のど》も苦しくて。うぅ。

――バッド・エンド。

お兄ちゃんは、死んじゃって。

「……こら、ハッピー！」

ゆっくりと目を開けたイチゴ先輩が、駆けまわってる縄文柴に気づいて叱り始めた。犬はくーんと鳴いて飼主の足元に駆け寄ってきた。

この犬の名前は、正式にはハッピー・エンドゥという。たぶんまだ生後半年ぐらいの子供。春にお兄ちゃんが郊外でうっかり拾っちゃって、誰か飼わないかって仲間内に声をかけたら、イチゴ先輩がすぐに挙手した。どうやらそれがきっかけで二人は付き合い始めたらしいんだけど。名付けたのは、お兄ちゃん。昔からハッピー・エンドの小説や映画が好きだから、だって。あと遠藤って苗字《みょうじ》に掛けてね。つまり、遠藤ハッピー。なんというベタな。まったくお兄ちゃんったら。

イチゴ先輩がコーラを飲み始めたので、あたしは横に座って、コンコン、コンコン……とまた咳をした。朝よりもさらに熱が上がってきたみたいで、意識にぼんやりと霞《かすみ》がかかってきた。白銀色のカタマリ――ハッピー・エンドゥが、立ちどまってじーっと宙をみつめ始めるのがわかった。まるでそこに姿の見えないなにかがいて、あたしたちを見ているかのように。

咳きこみながら、なんだろ、と思わず振りむいたけど、ただ二階に通じる木の螺旋《らせん》階段があるだけだった。

そのとき、ふっと……。

〈あの犬さぁ、ときどきへんなんだよ……〉というお兄ちゃんの声が耳によみがえった。あれって今年の春の終わりごろだったと思うけど。

〈――だってさ、散歩させてて、お寺の前とかを通るときさ。とつぜん腰を抜かして動けなくなったりするんだぜ。それに、お墓が集まってるところとかだと、いったいなにを見てるのか、人の動きを追うのと同じ目つきで、誰もいない空間を見始めていつまでも動かないときも、あってさ……〉

お兄ちゃんがくすくす笑いながらそう言ってたことがあった。そうだ、この場所、リビングでのことだ。兄貴がまた、おまえ、馬鹿言えよ～、と頭を思いっ切りはたいて、するとお兄ちゃんはいたずらがばれたような顔をして舌を出してみせた。それからあたしだけに向かって、でもほんとうの話なんだって、月夜だけはぼくを信じてくれるよな、とささやいた。もちろん、とあたしはうなずいた。それから、おでこをくっつけあって互いに目配せしたのだ。

あたしは昔から、お兄ちゃんの言うことはなんでも、信じる。

たとえ、宇宙船を見たとか、宇宙人は存在すると言われたって。

月夜は、奈落が、えいえんに大好き。

――ハッピー・エンドゥは螺旋階段の上をじっと見上げて、誰もいないのに、まるで誰かが軽快な足音とともに降りてきたというように視線を下に向けてぐるぐると螺旋状に動かした。それから床の一点に向かって、尻尾《しっぽ》を激しく振ったり後ろ足で立ちあがったりと熱狂的にアピールし始めた。その場でくるくると行ったり来たりしては、じつにうれしそうに、なにもない空間に執拗《しつよう》にじゃれついて……。

「もう、帰るわ。またくる。今度は、先生か、センセがいるときにお邪魔するわね」

と、イチゴ先輩が急に言った。おおきな声だった。あたしはびくっとした。

ハッピー・エンドゥの動きがぴたっと止まった。

かき消えてしまったなにかを探すように、不思議そうに宙を見上げては、白銀色の首をかしげている。

どうやらイチゴ先輩から、先生、って丁寧に呼ばれてるのがおとうさんで、センセ、とカジュアルに呼ばれるのは兄貴のほうらしい。で、お兄ちゃんのことはナッちゃんって。

この人はこんなふうに、極めて仲よさそうに、前嶋家の明るくて優しくて太陽みたいな〝えいえんの男の子たち〟のことを呼ぶのだ。

あたしはまた意地悪な気持ちになって、

「月夜がいないときだと、なおいいですね」

「ほんとよ。まったくその通りだわ」

と、文句を言いながら帰り支度をし始めた。

そのあいだに、こっそり縄文柴の顔を覗きこんだ。

目で、聞いてみる。

(ねぇ。いま、いたの……?)

犬が首をかしげて、青黒い目でじっとこっちを見かえしている。

(ほらっ、春にまだチビだったあんたを拾ってくれた、あの背の高い男の子よ。なついてたでしょ。その人が、いま、いたの……?)

犬は反対側にも首をかしげて、ぼんやりとあたしを見続けている。

やがて、引綱を握ったイチゴ先輩に「帰りましょ!」と乱暴に引っ張られて、白銀色の犬は廊下をタタタッと走りだした。


——コンコン、コンコン、と咳きこみながら、右に左によろめいて玄関まで送っていくと、靴を履いてまたちょっとだけおおきくなったイチゴ先輩が、ぱっと振りむいて、

「さっき、玄関が開いたときにね。わたし、一瞬だけ期待したのよ……」

「は?　なにを」

「でも、やっぱり、あなたは普通の病人みたいねぇ」

「じゃ、普通じゃない病人ってなんですか。先輩。あたしはいつも通りです。……クシュ

ン！　クシュン！　クシュン！」

と、くしゃみを連発してるあいだに、苛立《いらだ》ったような先輩の大声にさえぎられた。

「だからね、深い悲しみのあまりに寝込んでるとかじゃなくて、ただ単に、昨日夕立ちが降ったときに馬鹿みたいに濡れたかなにかして、今日は熱を出してる人ってことよ。あなたってつくづくつめたい妹ね」

「はぁっ？」

「……それって、やっぱり、ナッちゃんとは血が繋がってなかったからでしょ？」

「なっ……」

「昨日、カフェにセンセがきたから、わたし、思い切って聞いてみたのよ。お葬式の日にけろっとした顔をしてるあなたを見たときから、ずーっと気になってたから。月夜、家では泣いてるんですかって。そしたら、いや泣いてないよ、イチゴありがと、あいつは大丈夫だからね、って。ねぇ……。いったいどうしてなの……。あんなに自分をかわいがってくれてた、恩人のナッちゃんのために……」

玄関で振りかえって、イチゴ先輩はもう一回、責めるような声色で言った。

「あなたは、なぜ一滴の涙さえ流そうとしないの？」

黒いレースのブラウスを着たちいさな背中が扉の向こうに消えていった。犬が引っ張られて走りだす。長い尾が左右に揺れていた。樫《かし》の木の重たい扉がゆっくりと閉まっていく。

あたしは壁にもたれて、熱の上がってきた額を押さえながらため息をついた。

ｂ

その日の夕方のこと。

あたしが一人で寝てるときに、もう一人の「泣かないの?」の人——つまり、担任の女の先生——まで訪ねてきちゃった。ウォォーッと玄関の狼が何度も鳴るので、ベッドでうつらうつらしてたところを、むっくり起きあがった。

樫の木でできた重たい扉を、またよっこいせと開ける。すると、申しわけなさそうな微笑みを浮かべた先生がぼんやりと立ってて、

「何度か電話したけど、出なかったものだから」

「熱があって。寝てたんです……」

それきり、ぼやけた沈黙になった。

目をこすりながらよく相手を見ると、手になにか白いものを持っていた。一瞬、骨壺みたいに見えてぎょっとしたけど、もちろんそうじゃなくてケーキの箱だった。もう片方の手には、うわ、昨日あたしが喫茶店に置きっぱなしにしちゃった鞄と折り畳みの傘だ。まきたち、先生に渡すなんて、まったく……と思いながらも、弱々しく受け取った。

仕方なく「どうぞ」と招き入れて、またリビングに案内した。どうやら熱はまだ下がっ

てくれないようで、歩くとやっぱりふらふらする。お茶を淹れるのもたいへんそうだから、もういいやと思って、ケーキだけど麦茶を出すことにした。先生も察して、お皿とフォークを出すのを手伝ってくれる。

椅子に座ると、先生はキャビネットに置かれた骨壺とおままごとみたいな御仏供《おぶく》を、ビックリした牝狐《めぎつね》みたいな顔で眺めていた。それから、気を取り直したようにこっちに向きなおって、

「すっかり夏休みになっちゃったわねぇ。また学校にくるのはしばらく先のことになるわね。……いま、どうしてる？」

「えっと。勉強したり。ゴロゴロしたり、です」

「お食事は大丈夫？」

「もともと、兄貴が得意で。あ、上の兄貴。銀行員の、です」

「一郎先輩でしょう。よく知ってるわ」

「……エッ？」

エッ、と、ゲッ、の中間の変な声になった。蛙の鳴き声みたいで、自分でもつい苦笑いする。

先生は目を細めて、友好的な感じで微笑んでみせて、

「じつは大学の二つ先輩なの。わたしはチアリーディング部で。アメフト部の試合の応援にもよく行ったのよ」

「えーっ、先生がミニスカでバトン投げたりしてたの？　うっそだぁ！」

つい、家族や友達にするような言い方をして、それから背中を丸めてちいさくなりながらくすくす笑った。

だって、学校で見る先生は、ぶかっとしたポリエステルのブラウスに膝下《ひざした》タイトスカート。あの人、まだ誰ともつきあったことないらしいよ、って噂が定期的に流れちゃってる、壊滅的に地味な先生なのだ。笑いながら、その噂をつい本人に教えちゃうと、先生は怪談を聞いたような顔をして、

「……やだ、そんなわけないでしょう」

「ですよねぇ。……あっ、いまの。兄貴かも」

カタン、と物音がしたので、首を伸ばして玄関のほうを見ながら、なにげなくつぶやいた。そしたら先生がとつぜん、あからさまに怯《おび》えたように息を吸って、体を縮めた。あたしはきょとんとしたけど、すぐに事態に気づいて、

「いや、一郎のほうです。早いな、もう銀行から帰ってきたみたいですね。車のエンジン音はよく聞こえなかったけど。ほら、熊みたいなでっかい足音がするでしょ」

「……ええ」

先生はうなずいて、ケーキのちいさな切れ端を口に運んだ。

紺のタイトスカートで武装して、いかにも真面目そうな顔をつくって座っている先生のことを、ついからかいたくなって、

「先生、いま、幽霊かと思ったんじゃないですか？」

そう問いかけると、先生は複雑な眼差《まなざ》しを投げかけて、

「……そんなわけないでしょう」

と、否定した。

「またまた、ギョッとしてたくせに。……ハッ、クシュン！」

いい気になって先生をからかってたら、また熱が上がってきたみたい。

廊下を近づいてくる男らしいおおきな足音。兄貴が「なんだ、お客さまか？　月夜、おーい。倒れてないか？　どこにいるんだよ」と、なんだかんだ言いながらヌッと顔を出した。

あたしを見て、先生を見て、きょとんとして黙りこむ。「……担任の先生だよ。家庭訪問なんだって」と説明すると、途端に如才ない笑みを浮かべながら会釈して、

「そうでしたか。先生、いつもお世話になっております。私はこの子の義兄《あに》でして、父親ももうすぐ帰宅すると思いますので。さて……」

「先輩。わたしですって」

と言いながら、先生が眼鏡を外した。

それでも兄貴が、さて……の顔のまま黙っているので、先生はバトンを投げるような仕草をして、チアガールらしいキメ顔でおおきく微笑んでまでみせて、もう一回、

「わたし、ですって」

「なっ、なんだよおまえか。えっ、先生って、おまえ？　うわ、いったいなんなんだよその格好は。気持ちわりぃやつ。あ、でもおまえってそういやさ、妙にコスプレの似合うタイプだったよなぁ。わかった、さてはそれもコスプレだな。わははは、はいはい、似合う、似合う。まるで高校の先生みたいに見えるぞ」

「もう、先輩っ……」

と、先生が小声になる。眉毛《まゆげ》が神経質そうにぴくぴくする。

あたしは席を立って、キッチンに兄貴の分のグラスを取りに向かった。リビングから和気あいあいとした話し声が聞こえてくる。二人して学生時代の思い出話なんて始めてるみたいだ。楽しそうだな。それに、あたしの話をされるよりはずっといいや。

そのとき、ふっと、顔の近くでかすかに風が吹いた。

まるで誰かがあたしの横を走って逃げていったような。ほんのわずかな空気の動き。さらに足音まで聞こえたような気がして、振りかえった。

廊下には、でも。

誰もいなかった。

お風呂に続く廊下の木目がランプにうっすらと照らされて、氷の表面みたいにつめたく光っていた。壁にはランプのおおきな影がかかっていた。廊下は静かで、エアコンの回る音がどこからかかすかに聞こえた。

あたしはまたぼうっと立ち尽くした。

……もう、なんの気配もない。

気を取り直してキッチンに入って、アンティークのおおきな食器棚からグラスを取りだした。麦茶を出そうとして冷蔵庫に向かう。

「あ、れ？」

……さっきちゃんと閉めたはずなのに。冷蔵庫の扉がすこし開いたままになっていた。

あたし、やっぱり熱があるから今日はダメなのかな、と思った。冷蔵庫を開けっ放しにするなんて、こんなの兄貴にみつかったらむちゃくちゃ怒られるし、機嫌のよくないときなら、さらにお尻まで叩かれちゃうかも。あぁ、もう、いまのうちにさっさと閉めちゃおう。

と、扉から中を覗きこむ。

使いかけのマスタードの壜《びん》。お徳用のおおきなやつ。その蓋《ふた》が開いて、木のスプーンが無造作につっこまれたままになっていた。

——甘党のあたしには信じがたいことに、これがお兄ちゃんお気に入りの〝三時のおやつ〟だった。まぁ、三時に食べるとは限らないけどね。寒い季節は赤い唐辛子を齧《かじ》ってあったまって、暑くなると今度は黄色いマスタードでサッパリして。ミルクを舐《な》める猫みたいにうれしそうに目を細めては、冷やしたマスタードを舐めるの。で、こうやってスプーンを入れたままにして、これはだめだろ、だらしないやつだなって兄貴によく叱られる。

あたしはゆっくりとスプーンを取りだした。壜の蓋も閉めた。それからスプーンを流しできれいに洗って、元の場所にしまった。

……うわ。

手、震えてるけど。

これってどういうことなのか、よくわからない。

とにかく、麦茶を入れたグラスを持って兄貴と先生のいるリビングにもどった。すると学生時代の思い出話はもう終わっちゃってて、残念なことにあたしの成績とかの話題に変わっていた。

「推薦で入れるなら、そうしたらいいと思うんだよな。なぁ、どう思う？　月夜はこれでなかなか成績がいいからなぁ」

「えぇ、それもいいと思いますけど。ただ、先輩と似てどの科目もまんべんなく勉強してるタイプで、どこにも穴のない成績なんですよね。オールマイティプレーヤーには、科目の多い国立を狙うという道も有効ですよ。さて、どうしましょうか」

「うーん、それはどうかな。うちは親父も俺もいるから、学費の心配はいらないし、国立か私立かにはこだわらないけど。ま、いずれ本人次第かな。……おい、どうなんだよ、本人は？」

「むっ？」

急に話を振られて、びくっとした。さっきのことのせいで体の震えが続いてて、まだぼんやりしてて、

「えっと、とりあえず兄貴と同じとこはやだなぁ。マイウェイがいいって感じ、かな……」

「あらぁ、いい学校なのに」

「おい。月夜はさ、将来はなにになりたいんだ？」

「まぁ、それよりいまは受験が先でしょうね。えぇと、もう七月ですから、もし私立の推薦を受けるなら、すくなくとも夏休みの終わりまでには志望校も……。でも、待って。そういえば、わたし、今日はこのことで家庭訪問したわけじゃないんですけど……。あの、心配なことが……」

「なんだよ。これこそいちばん大事なことだろうが。さて、どうするかな。まぁ、親父ともよく相談して……。おいっ、月夜？　おまえ、この話題になると見事にぜんぜん聞いてないよな。言っとくけど、自分のことなんだぞ。なぁ？」

「う、ん……」

あたしはうつむいて、ギュッと目を閉じながらうなずいた。

将来の話。進路の相談。なんか、苦手なんだけどな。って思いながら……。

兄貴がケーキを素手でつかんで、おおきく口を開けて、ぱくっと一口で食べた。もぐもぐもぐ。ごっくん。そして、麦茶に向かってマッチョな腕を伸ばす。おぉ、天才的現実主義者のゆるぎなき咀嚼《そしゃく》。

おとうさんがまだ帰ってこないから、先生はひとまず帰ることになった。兄貴がキッチンから「おい、煮豆がたくさんあるから持って帰るか？　大豆は美容にいいらしいぞ。イソフラボンが入っててなぁ……」と声をかけている。

先生は玄関まで歩いていくと、「あのねぇ」とつぶやき、数秒、沈黙した。それからとつぜん魔法少女みたいにクルクルッと回りながら妙に華麗に振りかえった。あたしは油断してたもんだから、びっくりしすぎて無言でおおきくのけぞった。

そういやこの先生は、学校でもときどき妙に身のこなしが軽々と弾んじゃってることがあった。チアリーディング仕込みだったとは、知らなかったけど。

いまも、華麗に回りすぎたせいで後ろにいたあたしの顔の前をちょっと通り過ぎちゃって、止まった。それからドタバタと足踏みしてあたしの正面にもどってくる。

表情がかたい。

「夏のあいだ、ときどき顔を見にきてもいいかしら」

「えっ。それってもしかして、心配だからですか？」

あたしはめんどうだなぁと思って、冗談交じりに聞いた。

と、タッパーを包んだかわいい風呂敷包みを持った兄貴が、ドスドスと足音を響かせて近づいてきた。先生は丁寧にお礼を言って受け取りながら、

「うーん、先輩とももっとお話ししたいし、受験の相談ももっと受ける必要がありそうだからよ」

先生はふっと寂しそうな横顔になった。それからちらっとこっちを見上げた。心配してこっそり様子を窺《うかが》ってるような表情だった。うわ、重い。こういうのって苦手かも、とあたしはこっそり吐息をついた。

外まで見送りに出る。

夕刻の玉葱横丁には夏の風が吹きつけていた。熱くて、乾いてる。額から汗が流れる。一日うちにこもってたから気づかなかったけど、これはもう夏だなってみんなしてうきうきしちゃうような、いい天気だった。

「ねぇ、先生……」

「なぁに」

「先生って、じつはけっこう変な人だったんですね」

「いやね、そんなわけないでしょう！　まったく、もう」

誰かに聞いてみたくなって、でも身近な人にはできなくて、だからつい先生に向かって、

「あのね」

「ん？」

「先生、は、ね……」

「先生、その……」

「——幽霊って、いると思う？」

風が急にビュッと強く吹いた。

どうやら先生は、さっき、あたしが兄貴と言ったのを死んだお兄ちゃんのほうと勘違いして思わずビビッたことをしっこくからかわれてる、と解釈したみたいだった。頰が一気に赤くなる。恥ずかしそうにうつむきながら、

「そんなわけ、ないでしょう！」

「ん」

「幽霊なんてぜったいにいないわ。ぜったいによ」

「……ですよ、ね」

「あら、どうしたの？　顔色よくないみたい」

「えっと、熱がなかなか下がらなくて。あたし寝てなくちゃ。じゃあ先生、気をつけて帰ってください」

どうしてかよくわかんないけど、なぜか目頭が熱くなってきちゃった。あたしは泣きそうな顔を隠したくて、ばたばたとせわしなく手を振った。

ハッピー・エンドゥと同じような角度で真横に小首をかしげて、先生がこっちを見上げている。

扉を開けて、家の中に逃げこむ。それから玄関の天井を見上げた。

ねぇ……。

と誰にともなく問いかける。

あなたは、幽霊、いると思う?

――あたしは、ね。

もしかしたらいるんじゃないかって、思い始めていました。

Ā

周りの人が指摘するには、この日からあたしは、日に日に、目に見えてやつれていったんだって。

といっても、自分では気づかなかったんだけど。しつこい夏風邪がなかなか治らないなぁ、ってだけで。

目が落ちくぼんで、紫も濃くなってもうほとんど黒に近いって。それに急に痩せてきたぞって。

なにかにとりつかれてるみたいで、怖いって。

そんなふうに、言われたけど。

だけど、自分ではそんなことよくわかんなかったから。あたしはずっといつも通りの月夜のつもりでいた。

G

ようやく風邪が治ってきて、散歩しようと思って町を歩いてたら、会う人、会う人にギョッとされちゃったりした。高梨先輩なんて、おまえ、さてはちゃんと食べてないんでないのって、マクドナルドでメガサイズのハンバーガーとポテトのLをおごってくれて、あたしがゆっくりと食べるところを、アメリカンクラッカーを振り回しながら、ポカーンと口を開けて眺めてた。

べつの日は、ぼんやりして歩いてるときに、前からきた誰かにいきなり怒られてびっくりして飛びあがった。なんと、まきだった。隣になみたちもいる。どうやらあたし以外のみんなで誘いあって遊んでるところに、タイミング最悪でフラッと通りかかっちゃったらしい。でも、いや、べつに、通りかかったこと自体を理不尽に怒ってるわけじゃ、ないらしくて……。

「わたしたちのこと、そうやって無視するわけ？　またおかしな演技でさ。自分には現実なんてなんにも見えてないんですって顔して、フラフラ歩いてみせちゃって」

あたしは顔を上げてぼんやりと友達を見た。

ちがうよ、ほんとに気づかなかっただけ、って説明するのもめんどうだと思った。だるくって、頭の中が真っ白になっちゃって、で、もうなんでもいいやーって、まきたちに背を向けて走りだしちゃった。

空には幻のような月が浮かんだり消えたりしてた。まさに幽霊の夏休み。

○

つぎの週。朝から図書館の自習室で受験勉強してたら、急に、どこからか口笛が聞こえた。あたしだけじゃなくて、ほかの生徒たちの耳にも届いたみたいで、何人かが顔を上げてキョロキョロと辺りを見回した。

それは、お兄ちゃんがあたしを呼ぶときの合図の音だった。図書館とか塾とか、声をかけて呼べない場所にいるときは、お兄ちゃんはきまって物陰に隠れて、あたしに向かって口笛を吹いてみせるのだ。ずっとちいさなときから、いい加減、聴きなれてるあのメロディ。スタンド・バイ・ミーの曲。

いつも同じところで、誘うように、ふざけるように、リズムが急に速くなって、かと思うと、ふぅっと、消えて、いって……。

——お兄、ちゃん？

と、あたしは顔を上げた。

自習室を飛びだして、廊下を見回す。階段も見上げる。ロビーを覗く。

でも、やっぱり誰もいなかった。

お兄ちゃん……。

どうして気配だけで、出てきてはくれないの？あの日、あたしにいったいなにを告げようとしてたの？答えがなくて、だから、あたしはずっと考え続けてしまう。

ときどき、まだお兄ちゃんがそばにいる気配を感じたり、合図を受け取ると、もう一度逢《あ》いたくて胸がまたキュッと苦しくなる。だけど、こうやって口笛が聞こえたり、そっくりな人影を見たり、紅茶にとつぜん砂糖が入ってたりはするけど、お兄ちゃん本人がもどってきてくれることはけっしてない。姿を現しては、くれない。これってなんなんだろうって考えても、答えはなくて。

……苦しいな。

なんだか、悲しくて辛《つら》い気持ちの、川の流れが、また流れの速いとこにさしかかっちゃったような感じ。いつまでも海には出られなくて。あたしの悲しみの水はどこまでも続いてく川をドドドッと流れ続けている。

ねぇ、お兄ちゃん？

もしかして、お兄ちゃんも一緒にこの川を流れているのかな。

魂を半分に裂かれて。死んでる半分はごーごー焼かれてお骨になってたのに、まだこの世に残ってる半分は、水の中をゆっくりと、悲しむあたしの隣を流れているところ。

♂

——お兄ちゃんったら、それにしても夜中までいったいなにを熱心に作ってるのかなぁと何日も不思議に思ってたら、完成した後、なんとあたしに「……ほらよっ」と無造作にくれた、紫の星付きの銀の月のネックレス。確か、中学生のときの美術の授業の課題だったんだけど、授業の時間だけじゃ足りなかったみたいで、家に帰ってきてからも夜中まで熱中してたんだよね。いまでもよく覚えてる。

お兄ちゃんは凝り性だから、気に入ったことがあるとあきれるほど没頭するんだ。そういうときでも、眉間《みけん》に皺《しわ》を寄せて無口になったりとかはしなくて、音楽をかけながら肩を揺らして、鼻歌交じりに楽しそうなのだった。

三日も四日もかかってついに完成して、あたしの首にかけてくれた。そしたらあまりにも出来がいいもんだから、うちでも「奈落、すごいじゃないか」っておとうさんが褒めちぎるし、中学でも、一個上の学年の女の先輩たちが、見せてってあたしの教室まで訪ねてきた。もちろん、学校にそんなのつけていったら先生に取りあげられちゃうから、うちで大事に保管してたけど。

「お兄ちゃん。これ、すごく評判いいみたい！」

と報告したら、興味なさそうに、そのくせ涼しげな感じで「えっ？」って返事をされた。お兄ちゃんはそのときにはもう、彫金っていう高度な遊びからさっさと卒業しちゃってたらしくて、高梨先輩たちとつるんでうちのリビングに転がっては、「銀山《かな》がいいんじゃないかな。いちばん高いしさ」「いや、宇宙パワー的にはだんぜん引き出し広場でしょう。高台になってて、裏手に崖《がけ》があるだろ。あの崖に落っこちる寸前ぐらいのところが、いちばんのパワースポットなんだってさ」「へぇ。だから夏祭りもあの広場でやるのかな」「ま、どっちも行けばいいんじゃないの。俺たち、どうせ暇だし」とか言って、〝再び宇宙船を目撃するための作戦会議〟に熱中していた。

「じつにもったいないことですけどぉ。ちょっと、お兄ちゃん？　だって、こんな素敵なネックレスが作れるのにさ。これってもはや特技って誇れるレベルだよ。ねぇ、つぎは自分用のチョーカーとかもやってみたらいいのに」

「月夜、べつに特技なんてなくていいよ。いまが楽しければ、それでさ」

「んー」

「それに、そんなに何度も作っちゃったら、最初のときみたいにはもうドキドキできないかもしれないしさ」

なるほど、ドキドキですかぁ、それって正論かも、ってあたしは割とすぐに納得した。お兄ちゃんの考えることに間違いはないって信じてたから。もっともおとうさんのほうは、ネックレスの出来を見て舞いあがっちゃって、つぎは自分のネクタイピンを作ってもらえないかって、手を替え品を替え交渉してたけど。あたしは「説得しても無駄だと思うなぁ」って止めた。

「いったいどうしてだね。ここは一つ、おとうさんにも……」

「もうほかのことに興味が移っちゃってるみたいだし。それに、お兄ちゃんって、内緒で作ってビックリさせること自体が好きなんじゃないかな。相手からリクエストされて、その通りに作って、っていう展開だとどうも燃えないのかも」

「なるほど。おまえは奈落のことがよくわかってるねぇ」

結果、あたしがおとうさんに頭を撫でられた。

とはいえ、その後もおとうさんはじつはあきらめてなくて、彫金に奈落の興味がもどってきたタイミングでまた頼もうと思ってたみたいだった。まぁ、一年後か、二年後か……いや、もっと先かもしれないがねぇって……。

もっと先、は、もうこないけど。

だから、家でも学校でも評判になったぐらいの腕の、お兄ちゃんの彫金の作品は、いまでもこの銀色の月のネックレス一つっきりだ。

――七月の終わりごろのこと。

夕方、まだ晩ご飯の前という時間に、家族会議をしようって声をかけられたので、あたしはむにゃむにゃと起きあがった。

しかしだるいなぁ、と自分の部屋を見回す。

外から、リンリン……とかすかな音がした。

立ちあがってカーテンを開けて、窓の外を見る。

誰もいない、家の玄関。日が落ちかけてオレンジ色の光が眩しく射している。それに照らされて、外壁に無造作に立てかけられたままの自転車が銀色に光ってるのが見えた。人が乗ってないのに、リンリン……とベルが鳴ってる。そういうことにももう慣れてきてた。あの日以来、毎日なにかしら不思議なことが起こってたから。

もう一回、階下から呼ばれた。あたしは薄黄色の絨毯《じゅうたん》を踏みしめて螺旋《らせん》階段を降りていって、リビングに顔を出した。

おとうさんと兄貴が待っていた。

二人とも、あたしの顔をつくづくとみつめていた。おとうさんは心配そうに眉をひそめてて、兄貴は怒ったように唇を引き結んでる。

テレビもついてなくて、時計の音がやけに響く。

身じろぎすると、布がこすれる音がよくわかるぐらい静かだった。カーテンが照明を反射して、てかってた。

「月夜、わかってほしいんだがね。みんな、おまえのことを心配してるんだ」

と、おとうさんが口火を切った。

あたしは黙ってうなずいてから、ソファに座りこんだ。とにかくすごくだるくって、なにを言われてるのかよくわからない。

エアコンがブーン……とかすかな音を立ててうなってた。キッチンからはまたいい匂いがした。柱時計の振り子がゆっくりと右に左に揺れていた。

兄貴が低い声で、苛立《いらだ》ったように、

「でも、月夜。おまえさ、さてはそうやって受験から逃げてるんだろう」

「いや、それはちがうだろうよ。一郎」

「なにもちがわないだろ、親父！　だって、去年のことを覚えてるか？　一年前、ちょうどあいつもこうだったろうが」

「一郎、そのことは、いまはねぇ……」

「だって、これじゃまるで同じことの繰りかえしだろ。あいつもさ、自分で進路を考えて、決めて、大人になって前に進んでくっていう、ごく普通のことを、いやがって、徹底的に抗《あらが》って、ぎりぎりの時期までのらりくらりと避け続けやがって……。毎日、暗い顔をしてブラブラしてて……。結局、受験することにしたけど、準備もろくにしてないからやっぱり落ちただろうが！」

「でも、一郎。月夜はなぁ……」

おとうさんはなにか言いかけて、黙った。

うつむいて考えこんでいる。

外からまた、リンリン……とかすかにベルが鳴る音がする。あたしはそっちが気になって、そっと顔を上げた。

あんまり外ばかり見ているので、兄貴が「なんだよ。どうしたんだよ」と聞く。

あたしは小声で、

「あの……。二人とも。あれ、聞こえ、ない？」

「は？」

「自転車の、ベル！」

「そんなの、風に押されて自然に鳴ってるだけだろうが。そんなことよりなぁ、おまえは……」

「でもっ！　今日は風もない日だし、自然に鳴るにしては、リズムを取って、合図みたいに鳴り続けてる、で、しょ……？」

と、だんだん自信なさそうになって、尻すぼみに言うと、兄貴が大声を出そうとしてるみたいに思いっ切り息を吸った。

ひゃっ、と覚悟して目をつぶる。するとおとうさんがかばうように割りこんできて、

「なぁ、月夜。どうやらいろいろと気にしてるみたいだけれどねぇ」

と、物柔らかな声で説得してきた。

「でもそういうのはぜんぶ気のせいなんだよ。なにかを怖がってたり気にかけたりしてるときには、風に揺れる柳も人に見えたりするというからね」

目を閉じて聞いてると、次第に心地よくなるようなセラピーっぽい声色だった。いつものあの人のよさそうな笑顔でこっちを見てるんだろうなとわかった。で、兄貴のほうは歯ぎしりせんばかりにあたしを睨んでるだろうってのも、やっぱりわかる。

おとうさんがゆっくりと続ける。

「ぼくはね、そろそろ五十に手が届くというころだから、自分の親や、親戚《しんせき》や、仕事の関係者や……それに、年下の友人までもだよ。大事な人がさきにいってしまうたびに、やっぱり寂しくてね。そのうちに、深い悲しみから学んだことがあるんだよ。聞いてくれるかな、月夜」

「うん。なぁに」

あたしは目を開けて、おとうさんの顔をみつめかえした。

……初めて会ったときのことをまだ覚えてる。修学旅行の引率で訪れた京都の街で、あたしを拾ってくれた優しいおじさん。気味が悪いはずの紫の瞳のことも、この人の善良なるフィルターを通すと「春っぽい感じで、それに神秘的でかわいらしいと思ったよ」とのことだ。……また、嘘ばっかり。だけど、ありがと。

おとうさんはにっこりと微笑んだ。そうすると逆に泣きそうに顔が歪《ゆが》んだ。

「生きてる人はね、残念ながらさきにいなくなってしまった人たちにね、あまり囚《とら》われすぎてはいけないよ。そうなってしまうと、自分が前に進めなくなってしまうし、もしもそれを知ったら、いなくなった人たちだってきっと心配することだろう」

あたしは目を伏せた。

続けておとうさんは、悲しそうな声で、

「——生者が死者に対してできる唯一のことは、〝忘れること〟なんだよ」

あぁ、そうなんだ。

昔から、おとうさんは思いやりがあって、それにきちんとしてて正しい人だから、こうやってなにかを諭されたときにも、あたしが反論したり、反抗的な気持ちになることってまずなかった。この歳まで、この人が教えてくれることを割と素直に信じて生きてきた。

だからあたしは、なんだ、そうなんだぁと思って、ちょっとほっとして、また顔を上げようとした。

と。

そのとき……。

窓の外から、また……。

——リンリン！　リンリン‼

と、自転車のベルが鳴った。おとうさんもふっと窓の外を振りかえって「今日は風が強いのかねぇ」と不思議そうにつぶやいた。

——リンリン！

〈ちがうぞ、忘れるな!〉

——リンリン! リンリン!!

〈まだ、全部は消えてない! ぼくの半分はここにいる!!〉

——リンリン!!

〈気づけ、月夜!! ぼくのパープル・アイ!!〉

「ほら……っ」

気づくとあたしはソファからすっくと立ちあがって、窓の外を指さしていた。死者に命じられて動いてる人形のように。震える右腕を持ちあげて、まっすぐに指さしてみせる。

二人のほうを振りかえって、

「ねぇ、聞こえるでしょ? おとうさんにも、兄貴にも……」

「は? 月夜?」

「おい、おまえ、いい加減にしろよ」

「月夜ーって、呼んでるでしょ。ぼくはまだここにいるよって。だから、あたし……」

おまえはこのまま忘れてはいけない。

だって、おまえは……。

ぼくが、最後のあのときに言いかけた大事な言葉を知らないままじゃないか。それに第一、ぼくからまだあのことを許してもらってないだろう。

妹よ。おまえは死者《ぼく》のことを忘れて前に進んではいけない。

兄よ。あたしにはまだ死者《あなた》のことを忘れて前に進むことは許されない。

月夜。月夜……！

お兄、ちゃん……！

お兄ちゃぁぁーん！

そのとき、おとうさんが困りきったような顔をしたままで立ちあがった。お手上げだよ、というように両腕をおおきくひろげながら、「いったいどうしたんだね、月夜。おまえはずっと聞き分けのよい子だったのに。奈落とはちがって……」と呻《うめ》いた。

……あっ。

と、あたしは息を呑んだ。

だってそれは、あの日以来、前嶋家で初めて口にされた奈落の名前だったから。でもおとうさんはそれっきり誰かに舌をもがれたようにビシリと黙りこんだ。あたしはそのおとうさんの顔を黙ってまじまじとみつめた。

そのとき、真横からなにかが左頬に当たって、熱いッと思ってあたしは甲高い悲鳴を上げた。手のひらで押さえながらそっちを見ると、兄貴が仁王立ちして睨みつけていた。

……また、犬のケンカの始まりかな。

いやっ、ちがうみたい。いつもの冗談交じりで小突いたりはたいたりとかじゃなくて、いまのはかなり本気のグーパンチだったもの。あたしの体は衝撃で知らないあいだにだいぶ右に瞬間移動してたし、いまも、壁によりかかって絵画の額縁にこめかみを当てたまま倒れそうにかたむいていた。
「兄貴っ……。痛い、よ？」
「いい加減にしろよなっ、おまえは！」
頭ごなしに怒鳴られて、カッとなった。
あたしが応戦しちゃったら、今夜のこれはきっと人間のケンカになっちゃう、それって
この家にとってじつに洒落《しゃれ》になんない事態なんだって予感があった。それを避けるために
は、いつもみたいにあたしが兄貴の言うことをのらくらとかわせばいいんだって。よくわ
かってたのに、なぜかできなかった。
あっ、ずっと鬱屈《うっくつ》してたなにもかもが、喉からワーッと出ちゃいそう。それは、ダメ。
でも。あぁ……。ダメ……。
気づくと、あたしは思いっきり怒鳴りかえしてた。まるであたしじゃないべつの人みた
いに。
「どうしてよ！　悲しんじゃいけないの？　後ろを振りかえっちゃいけないの？　誰より
も大好きだったし、誰よりもかっこよかった人が、あんなふうに急にいなくなっちゃった
のに。忘れろ、忘れろ、前に進め、受験生、って、二人してそればっかり。おっ、お兄ち
ゃんが、いなくなっちゃってから、まっ、まっ、まっ、まだ、そんなに経ってないのにぃ
……っ」
「月夜ッ！」

「兄貴、あたし、知ってるんだからね。言っとくけど、ずっと、ずっと、兄貴の秘密を知っていたんだからね。うっ、ぐっ」

「……は？」

不審そうな顔をして、兄貴が聞きかえしてきた。

「秘密ぅ？　なんだよ、それ。言ってみろ」

「兄貴、はぁっ！」

しゃくりあげるように喉が激しく鳴るけど、不思議と涙は出なかった。あたしは、うっ、ぐっ、うっ、と喉を鳴らしながら、

「兄貴は、お兄ちゃんのこと、嫌いだったんでしょ！　小突いたり、馬鹿だなぁってからかったりしてたけど、あれって冗談だけじゃなかったんだよね！」

だから、兄貴は……。

あまりひどく悲しんではみせないんだろうか、とあたしは内心でこっそり疑ってた。それって、イチゴ先輩が「泣かないの？」ってあたしにからむのとおんなじタイプのしょうもなさで。こんなときにお互いの気持ちをそんなふうに疑いあうのって、人としてどうかと思うけど。

でも、どうやら、あたし、もう言ってしまったみたい……。

やっちゃった！

あー、どうしよう。

兄貴は不思議そうにポカンと口を開けてあたしを見てた。

いけない、って焦った。ひどいことを言っちゃった。とりあえず、いますぐ謝ってみようかなと迷った。

だけど、兄貴の表情に見たことのない憤怒《ふんぬ》がみるみる広がり始めてるのが見えて、あたしの背中から、プシューと音を立てて勇気入りの空気が抜けてくのがわかった。あわてて震え声で、

「兄貴、やめてね……。あの……」

「あぁ、その通りだよ！　俺は奈落のことを嫌ってたさ！　……これでいいんだろ？」

「あの、ごめんなさい。へんなこと言っちゃってすみません。兄貴、この話はもうやめよう。ごめんね、ねぇ……。いやだ、やめてってば……」

「嫌いで悪いかよ！　月夜、だって、あいつは、ずっと……」

と、兄貴はおおきな声で叫んだ。

「——最っ低のオトコだったじゃないかよ！」

あたしは両手のひらで、そんなの聞こえない、って耳を押さえた。

助けて、おとうさん。ずっと仲のよかった四人家族が、あたしのせいで完全にちがう団体になっちゃう……。

「そっ、そんなことないって。兄貴、いったいなにを言ってるの。おとうさん、兄貴を止めてよっ。うっ。ぐっ。ごめんなさいっ……。これって、あたしのせいだ……」

「そりゃ、あいつはさ。確かに面《ツラ》もいいし、それにちょっとは面白いやつだったさ！　仲間や、後輩や、女たちから人気はあったよな。俺とは逆のタイプだよ。明るくってノリが軽くて、すっげぇいい加減な、みんなの人気者！」

あたしは震えて、なぜか気をつけの姿勢のままで首だけガックリとうなだれたまま聞いていた。

怖くてたまらない。

だって、血のつながった兄貴とお兄ちゃんのあいだで、仲が悪くなったり、あからさまに嫌いあったりしたら、もらわれっ子のあたしの居場所はたちまちなくなってしまう。だから子供のころから二人のあいだにクッションみたいにはさまってたの。

……それはそうと、兄貴の口、どうやら急に止まらなくなっちゃったみたい。なんかずっと怒鳴ってる。

「でもよ。あいつって、その場を盛りあげるだけ盛りあげといて、言ったことを実行しなかったり、思いつきで動いてみんなを巻きこむのに、責任を取らなかったり。で、そのたびに高梨君がフォローに回ってたろ。だからいまだって、奈落がいなくなっても青年団の活動はスムーズに続いてるってわけだ。それに、浮気してはイチゴを泣かせてたし。ふんっ。ああいうとこ、母親に似たのかねぇ……。とにかく、その場の気分だけで動くやつだから、そばにいる大事な人に迷惑かけてばっかり。だろ？」

「ち、ちが、う……？」

「ああいう男子ってさ、俺が高校生のときも、いたぜ。ま、学年に一人はいるもんだよなぁ！　お祭り男。ローカルの人気者。だけど、所詮《しょせん》、高校までのスターなんだよ！　卒業の時期が近づいたら、途端にブラブラしだして、受験の準備さえまともにできなくて。で、ギリギリで適当に決めて受けた学校に、やっぱり落ちてさ。春から暇そうだったじゃないか。仲間たちは、大学生になって町を離れたり、就職したり、家業を継いだり、とっくにそれぞれの道を歩きだしてるってのに。あいつだけはずっと高校生気分のままでさ。浪人生なんだかフリーターなんだか、はっきりしない宙ぶらりんの立場のままで。一人だけ、町の仲間たちからも情けなく取り残されて」

「……兄貴ぃ」

頭がふらついて、立ってられないぐらいぐらぐらだった。

これってほんとにもう犬のケンカじゃない。兄貴とあたしは、いま、二度と取り返しのつかないことをし始めてる。

……そのまま黙りこんで、リビングに三人で、いた。

外でも、自転車のベルはもう鳴らない。

で、余裕で五分ぐらい経ったけど、兄貴はもちろん、今夜ばかりは犬みたいにコロッと忘れてくれたりはしなかった。あたしも顔面蒼白《そうはく》のままで突っ立っていた。もうけっして、前嶋家自慢の〈普通の三人掛けソファ〉で兄貴と寄り添って、日曜洋画劇場を観ながら寝ちゃったりなんてできないんだと思った。すべては変わってしまうんだって。

……しかも、まだ終わりじゃなかった。

兄貴がとつぜんズイッと一歩、進んできたかと思うと、

「なんだよ、こんなもの！」

「……えっ」

「彫金？　スケッチ？　はんっ、宇宙船？　そんなガラクタの山が、大人になって、生きてくうえで、いったいなんの役に立つんだよっ！　馬鹿やろうがっ！」

「兄貴っ、なに……？」

あたしの首元に手を伸ばして、「月夜。おまえはな、石ころをダイヤモンドだと思いこんで、大事に宝箱にしまいこんでるばかなガキなんだよ。でも、もう大人になる時間だぜ。受験は半年後だし、二年後には成人だ。おい、そろそろ目を覚ませ！」と言いながら、月のネックレスを引っ張ってブチッと奪って、テーブルに置いた。

ペーパーウェイトを思いっきり振りあげて、

――ガスッ！

「兄貴っ……」

鈍い音とともに、ネックレスの銀色の月が真っ二つに割れた。あっ、やだ、ハンザキ……。

あたしがあまりにも悲しそうな顔をしてそれを拾いあげたので、兄貴はさらにカッとしたみたいで、

「これ以上生きてたって、もう輝けなかったんだよ。石ころみたいな男だったからな！」

「でも……」

「だから、だから……」

「兄貴……」

「十九歳で、死んで、かえってよかったんだ！　あんなやつ！」

「……一郎」

ようやく呪縛《じゅばく》が解けたおとうさんの、ひどく悲しげな声がリビングに響いた。

それを聞いたら、あたしも兄貴もいたたまれなくなっちゃった。いつも優等生だったはずの二人なのに、今夜は、仲のいい素敵な前嶋家を破壊したテロリスト二人組だ。あたしの喉が、うっ、ぐっ、とまた鳴った。

と、あっ。

主犯の兄貴が、なんと、逃げた。

外に走りでてったかと思うと、車のエンジン音が聞こえてきた。ほどなく、爆音とともに、もう二十六歳のやり手銀行員とは思えない勢いで玉葱横丁を飛びだして、どっかに爆走してっちゃった。

兄貴が誰かに背中を見せて逃げるところなんて、あたし、生まれて初めて見た。

と、おとうさんがこっちに腕を伸ばしてきて「なぁ、月夜……」と、ちいさな子供にするようにぎゅっと抱きしめてくれた。

あたしは震えながら、首を振っていた。内心では、おとうさんが兄貴の口にした暴言の数々を、ひとつひとつていねいに否定してくれるのを望んでた、けど……。

おとうさんはなぜかそのことについてはなにも語ろうとしなかった。ただあたしの頭を優しく撫でて、

「大丈夫だから、ね」

「うっ……」

「一郎もいい大人だし。すぐに帰ってくるだろうよ」

「ぐっ……」

「月夜は、ほら、お腹空《す》いてたらなにか食べて、もう寝なさい」

「おとう、さん……？」

「さぁ、さぁ」

あたしは立ち尽くして、兄貴の言葉を思いだしては、（ちがう、ちがう……）って弱々しく首を振り続けていた。

——そして、その夜以来。お兄ちゃんの気配はとつぜん途絶えた。

自転車のベルはもうリンリン鳴ったりしなかったし、なつかしい口笛も聞こえなかったし、冷蔵庫にも、飲み物にも、おかしなことはなにも起こらなくなっちゃった。

お兄、ちゃん……。

Y

あたしは午前中から出かけては、図書館の自習室で勉強した。夕方、もどってきて家でご飯を食べてから、また自分の部屋で勉強するのだ。でもあまりしっかりは食べられなくて、鎖骨が浮きでるぐらい痩《や》せてきちゃった。一度、先生がまた訪ねてきたけど、勉強のわからないところを聞いたりしただけで、後は一郎先輩こと兄貴に任せちゃった。

兄貴とは、あのケンカ以来、一言もしゃべらなくなった。だってすごく怒ってるみたいだったし、あたしのほうも兄貴がこわかった。おとうさんはずっと悲しそうな顔をしてて、静かだった。

これまではずっと、兄貴とお兄ちゃんがぶつからないようにって普段はあたしが真ん中に挟まってたし、たまにあたしが兄貴に叱られそうなときは、きまってお兄ちゃんがふざけたふりをしてなにかやらかしてくれて、それで兄貴の怒りの矛先がそっちに変わったりして、あやうく助かってたの。

もっとも兄貴のほうも、わかっててあえてお兄ちゃんの手に引っかかってる感じだったんだけど。明るく楽しい前嶋家の、共犯者たる三人の子供たち。協力しあって保ってたあのバランスはもうもどってこない。これってあたしのせいだ。

あたしはますます青白くなって、日に日に痩せていった。図書館の自習室と家を往復するだけの、なんにもない夏休み。いつもぼんやりしてた。町を歩くたびに、またお兄ちゃんの気配を探した。口笛が聞こえないかな、どこかから片手を上げて合図してる人影がいないかな、あぁ、どこかにあの男の子がいてくれないかな、って。でも、ああいう不思議なことはもう二度と起こらなくて。

悲しみの川をいく、あたしの体とお兄ちゃんのハンザキの体は、流れに押されてるうちに、いつのまにかばらばらの場所に流れだしていったのかも。

ねぇ、お兄ちゃん。

お兄ちゃん。

……どこ？

どこに、いますか？

あたし、あなたをずっと探しています。

明日から八月になるという日。晩ご飯の席で、悲しそうなおとうさんと、痩せ細って青い顔をしてるあたしが黙って咀嚼《そしゃく》してたら、急に兄貴がまた癇癪《かんしゃく》を起こした。食べかけのお皿を放りだして、茶碗《ちゃわん》も投げて、「いい加減にしろよ。なんだよ、この空気は。いまごろお通夜みたいになるって、おかしくないか？　だってお通夜の夜も、葬式の日も、案外普通にしてたじゃないかよ。それが、なんでいまごろこの空気なんだよ！」って怒鳴った。おとうさんがのっそりと立ちあがって、散らばった食器やおかずを片付けながら「すまんなぁ、一郎。せっかく作ってくれたのに、黙りこんでたな。ほら、月夜もちゃんと食べなさい！　お箸《はし》でこねくり回してないで」とあたしに注意した。

兄貴はしばらく、憎たらしくてたまらなそうに唇をひん曲げてあたしのことを睨《にら》んでたけど、やがて、

「……あきらめたのか？」

急に、あたしに声をかけた。

一瞬、なんのことかわからなくて目をぱちくりした。

「月夜。うちの大事な受験生。幽霊なんてこの世にいないって、ちゃんともう納得したのかよ？」

……して、ない。

って、答えたらまた前嶋家の戦争になるので、あたしは注意深く黙ってた。もう一回、同じことを聞かれたので、ここはひとまずうなずいておこうと思ったのに、どうしても顎《あご》が持ち主の言うことを聞いてくれなくて、カチーンと固まったままだった。

　そしたら兄貴は、なんと、あたしの手から、中身をこねくり回してたお茶碗を乱暴にもぎ取ってブン投げて、

「……おまえなんか、もううちの子じゃないっ！」

　子供みたいにふくれて、怒る。それって洒落《しゃれ》になんないんですけど、と言いかえしたいけど、あたしは結局、黙ったままうなだれて席を立った。

　久しぶりに兄貴と口を利けたと思ったら、それにしたってひどい会話だったって落ちこみながら。

　部屋にもどって、布団をかぶって、目を閉じた。

　――その夜、あたしは夢を見た。

　そこはどこでもない、ほんとにもうなにもない空間で、でもよく見たら星がきらめいてるようにも思えたから、宇宙空間だったかも。銀色の光が遠くに見えてて、だんだん近づいてくるから、彗星《すいせい》の接近かなと思ってあたしは目を凝らした。いつのまにかあたしも宇

宙空間にプカプカと浮いてた。彗星は銀色に光りながらあたしの横を通り過ぎると、カーブして周りをくるくると旋回し始めた。ようやく止まったと思ったら、それは彗星じゃなくて、じつはお兄ちゃんのハンザキだった。お兄ちゃんはあのネックレスの銀の月みたいに見事に縦真っ二つになってて、左半分しかないのに楽しそうににこにこ笑ってた。片手を上げて、いつもの合図。あたしはうれしくなって、

「——お兄ちゃんっ！」

〈よぉ〉

「ひさしぶりぃ。元気だったの？」

〈おぉ〉

「あんまり、声、聞こえない。すごく遠いみたい」

〈……そっちにいっていい？　こわくないか？〉

「えっ、いいよぉ。こわく、ないよぉ。むしろ兄貴のほうがいますっごくこわい」

〈なんだよ、それ。ちゃんと仲良くしろよな〉

「ん……」

「あれ、お兄ちゃん？」

「どこ？」

「お兄ちゃぁぁーん‼」

「……こらっ、静かにしろっ！」と階下から怒鳴られて、あたしははっと目を開けた。

いつのまにか眠ってて、夢を見てたみたい。枕元の赤い目覚まし時計を見たら、もう午前二時過ぎだった。そりゃ、寝ぼけて叫んだら保護者から怒られる時間だよね。あたしは「ごめんっ」と兄貴に怒鳴りかえした。すると「夜更かしせずに、もう寝ろ。もううちの子じゃないとはいえっ」と、また洒落にならないことを叫びかえされた。はいはい、とため息をついて、寝返りを打って……。

そこにいる人に気づいて、思わず声にならない声を上げた。

まるで音も気配もなく枕元に立っていたその人が、あわてたように細い腕を伸ばすと、手のひらであたしの口を押さえた。

つめたい手。

これが、死者の手。

あたしは瞬《まばた》きをして、その人の、いまは月のように青白い顔を見上げた。すると瞳がうるんでいまにも涙が出そうになったけど、でもやっぱり水は流れなかった。憧れと、慈しみと、親愛の情をこめて、あたしは、その人を――

死んだはずのお兄ちゃんを――

じっとみつめた。

お兄ちゃんが、生前とそう変わらない素敵な姿でそこに立っていた。よく見ると、すこしだけ影が薄くて、水に映った姿が風に揺らめいてるみたいだったけど。お気に入りのTシャツに、穿き古したデニム。足元はあたしが十九歳の誕生日に贈ったばかりのスニーカーだ。なぜか片手に、紫色の、おおきな、丸いもの……お盆みたいな、盾みたいなへんなものを持っている。

「お兄ちゃん、なの？」

「うん」

「これ、夢？」

「そう、おまえの夢さ」

お兄ちゃんはにっこりと笑った。切れ長の瞳が糸みたいに細くなって、目尻でなにかが透明にきらっと光った。

「お兄ちゃん……。お兄ちゃん……。お兄ちゃーん……」

「祈りがあんまり強いから、もどってこられたよ。おまえ、すげぇな。とんでもないパワーを持ってたんだな。生きてるときは知らなかったよ。天使様もビックリって感じで、向こうでもなかなか注目を集めてた。……って、月夜だけは、こういうぼくの話を信じてくれるよな」

「もちろん！」

月夜は、奈落の言うことはなんでも信じる。

えいえんに大好きだからね。

すると、お兄ちゃんはまた目を細めて笑って、片手を伸ばしてあたしの頭を撫ぜた。お兄ちゃせすぎちゃって頭の肉も減ったのか、自分の頭が前よりもずっと固い気がした。瘦せすぎちゃって頭の肉も減ったのか、自分の頭が前よりもずっと固い気がした。お兄ちゃんは死んじゃって、つめたくなって、その後ごーごー焼かれていまはリビングのキャビネットの上の白い骨片になってるはずなのに、生前と同じ生き生きとした姿でにこやかに微笑んでて。生きてるあたしのほうが、頰もこけて、手足も木の枝みたいになってて、目だけが不気味にギラギラしてて、どう見てもずっと幽霊っぽかった。急に、恥ずかしくなった。おとうさんの言ってた、〈生きてる者が喪失を乗り越えなかったら、死者たちも悲しむはず〉というのがふっと頭をよぎって、あたしは不安になって唇を嚙んだ。

お兄ちゃんは、でも、子供っぽく笑って愉快そうに、

「こんなにすごいこと、大人にはとてもできないんだろうな。こんなふうに全身全霊で死者を呼び続けるなんてことはさ。ありがとう、月夜。心から言うよ。なにもかも捨てて、まるでなりふり構わず、あの世のふちまで訪ねてきてぼくを呼んでくれるなんて」

「えっ。ここって、あの世のふちなの？」

「そうだよ。おまえはあれきりずっとふちにいて、いまにも落っこちそうになってたんだよ。もっとも、周りのみんなが大声を上げておまえの落下を止めようとしてるところも見えたけど。親父とか、一郎とか、あと、なんか、知らないスーツの女の人……先生って呼

ばれてたけど。それと、誰だっけ、おまえの高校の女の子たち。それからタカと、そうだ、イチゴもいたな。水着にマントっていうへんなコスプレしてたけど。……そういやあの二人、その後うまくいってる？」

「えっ、コスプレ？　水着？　うまくって、なにが？　お兄ちゃん、なにを言ってるの。ねぇ、それに……。すくなくとも高校の友達とイチゴ先輩は、止めてなんてないでしょ。むしろ後ろからガシガシ蹴《け》ってくる感じ」

「はは、そんなことないよ。イチゴなんて、おまえの手首をつかんでさ……。まぁ、それはいいや」

と言うと、お兄ちゃんは、あたしのおでこにつめたいおでこをピタッとつけた。

いつのまにかカーテンを開け放してたみたいで、窓の外に満月が信じられないぐらいおおきくふくらんで光っている。

夏の、月の夜――。

あたしと幽霊の二人ぼっちの夜だった。

「これ、ほんとに夢？」

「うん、そう。夢だよ。だっておまえ、カーテンを閉めてから寝たはずだろ。夢の中だからいつのまにか開いてるんだよ。って、自分でもわかってるだろ」

「んー。ねぇ、つまり、あたしはもう夢の中でしかお兄ちゃんとは逢えないの？」

「いや」

お兄ちゃんはおでこを離すと、間近であたしの目をみつめた。

熱っぽく潤んだ瞳。なにかを言いたげな。理性的な黒目と、情熱的な白目の混ぜ混ぜ。

この素敵な男の子の目つきは、いつもそう。

満月の光が強くなる。

「月夜。おまえは、ぼくのことをけっして忘れないつもりなんだな。ほかの家族が、友達が、元恋人が忘れようとしても。いつまで経っても。おまえだけはずっとぼくを思って世界のふちに居続ける。だからね、忠実なる妹のおかげで、ぼくはすこしのあいだだけこっちに帰ってこられることになったんだ」

「えっ。帰ってくるの？」

あぁ。それなら、聞きたかったことをゆっくり聞ける。

……あのことについて、あたしを許してもらえるのかどうかも、この男の子に問えるんだ。

あたしは夢の中で深く安堵《あんど》して、微笑んだ。それはお兄ちゃんがいなくなったあの日以来、初めて味わう気持ちだった。

「うん！」

お兄ちゃんは楽しそうにうなずいた。

「明日の朝に、ね」

「えっ、明日？」

と、あたしは聞きかえした。

「――未確認飛行物体《UFO》に乗って、還《かえ》ってくるよ」

「UFOに？　えっ、どうやって会うの？　銀山に登ればいいのかな？　えっと、お兄ちゃんって、中学生のときどこでUFOを見たんだったっけ。あっ、高梨先輩に聞けばわかるよね。……でも、待ってよ、どういうこと？　お兄ちゃん、さてはまた思いつきで適当なことをしゃべってるんじゃないの。そういや、兄貴も怒ってたんだから。その場の気分で行動するやつだって」

「……ははは。聞こえてたよ、そのケンカ」

「あちゃあ」

「言っとくけど、ぼくがもどってきてたんじゃないぞ。じゃなくて、おまえがあの世のふちのところにあんまりずっとボケッと立ってるから、ぼくの気配にもいちいち気づいちゃうし、こっちにもそっちの会話が筒抜けになってたんだから」

「あー。ん――……」

「とにかく、明日な。なんとかして帰ってくるから。じゃ！」

「じゃ？」

「だって、おまえ、そろそろ起きそうだからさ。なぁ、またな」

「でも、どうやってみつけるのよ？　UFOなんて！　ちょっと、お兄ちゃん？　どこ行くの……」

お兄ちゃんは窓枠に足をかけて、こっちを振りかえった。

月の光を浴びて楽しそうに笑ってる顔は、やっぱりすごく男前だった。薔薇《ばら》色の唇が花のようにほころぶと、形のいい白い歯がキラッと光った。

この人が、ほんとうはもうこの世に存在しないなんて。

あたしは悲しくて胸を詰まらせながら、お兄ちゃんをじっと見上げた。

「その紫の瞳には死者が見えるよ。だから、おまえは明日、必ずぼくをみつけてくれる」

「お兄、ちゃん……？」

「頼もしきぼくのパープル・アイ！　おまえはすごいパワーを持ってるな。なんたって、ああやって時空を曲げてまで、一人きりでふちにたどり着いて、あんな大声でぼくを呼んでみせたんだからな。『お兄ちゃぁぁーん！』って。あの世中に響きわたった月夜の叫び声！　じゃ、明日な。もっとゆっくり話せるようになるはずだよ。今夜は、もう、だめ……」

「えーっ……」

「あのな、えーって、ぼくのせいじゃなくて、おまえが起きちゃうからだよ。ほら、もう、その寝返り、で……」

「寝返りなんて、あたし……。してな、い……」

バタッと鈍い音を立てて、あたしはベッドから転がり落ちた。

あわててじたばたして、起きあがった。で、お兄ちゃんがいたはずの窓枠を見上げると……。

カーテンはぴったりと閉まったままで、誰もいなかった。

えっ、と……。

夢、かぁ。

あたしは立ちあがって、カーテンを開けて外を見た。

満月じゃなかった。淡い光を放つ月は端っこがすこし欠けていた。

お兄ちゃんの背の高い痩せた四肢が、窓枠からひらりと飛び降りて、庭を駆け抜けて、玉葱横丁を走って消えていくところを想像してみた。若々しい駿馬《しゅんめ》のような、眩しく軽やかな姿を。

それからあたしはベッドの端に座って、ふぅっと息をついた。

体力を使う夢だったのかな、肩で息をしてる。ずいぶん遠くまで走っていって、またもどってきたような感じだった。

だけど、眠る前まではあった、重苦しくて悲しくてどうにもならない、食べることも眠ることもままならない、ただ悲しみという名で呼ぶにはあまりにも不快な、石で胸をかきむしるような喪失感はどこかに消えてしまっていた。

耳に、さっきの幻の声が、蘇《よみがえ》って……。

〈――頼もしき、ぼくのパープル・アイ！〉

あたしは布団に潜りこむと、微笑みながら目を閉じた。

開けっ放しにしたカーテン。窓の外で月がフワフワと揺れていた。夏の風が頬に当たって、心地よい。

あたしはまた寝返りを打って、たちまち、今度は夢も見ない深くて気持ちのいい眠りに垂直に落っこちていった。

⌘

そして、翌朝。

起きだしてきたあたしが、やけにスッキリしてよく眠ったような顔をしてて、しかもちゃんと「おはよう」と言うので、新聞を読みながらブラックコーヒーを飲んでいたおとうさんが気づいて、うれしそうに、

「おはよう。月夜！」

と歯を見せて笑った。

兄貴は、あたしが目玉焼きもカリカリベーコンも焼きトマトも、それに薄いトーストも二枚食べたので、しばらく不気味そうに遠巻きに見てたけど、

「昨夜、ベッドから落ちたろ」

「うふふふ」

「……な、なんだよ、その返事は。おい、おまえ、いったい……」

「まぁ、元気になったんだからいいじゃないか。一郎、コーヒーのお代わり」

兄貴の朝食当番の日は、洋食。で、おとうさんの日は和食だ。あたしは自分のお皿を舐めるようにきれいに片づけちゃって、ばたばたと立ちあがって冷蔵庫を開けた。昨日の朝ご飯の残りの焼き鮭と小松菜のおひたしを取りだして、冷やご飯もお茶づけにして一気にかっこんだ。

さすがにおとうさんが途中で止めて、

「急に食べると、消化できないよ。お腹をびっくりさせちゃだめだよ、月夜」

「こいつ、どうしたんだ？　ベッドから落下したら頭の調子が治ったのか？　月夜、おまえ、叩くと直る昔の電化製品かよ」

「……出かけるね！」

「おっ、図書館かい」

「ちがう！」

あたしは振りかえって、その場で弾んで足踏みをしながら、答えた。

「UFOを探しにいくの！」

背後から兄貴たちの、あいつはなにを言ってんだ、とか、冗談だろうよ、しかしとつぜん元気になってくれたねぇ、という声が聞こえてくるのを振り切って、あたしは玄関を出た。

樫《かし》の木の扉の重たさも苦にならない。

バスに乗ろうかなと思ったんだけど、置きっぱなしのお兄ちゃんの銀色の自転車に目が留まった。

やっぱりこれに乗ることにしようかな。

自転車にまたがる。お兄ちゃんの足の長さに合わせてあるからサドルが高くてふらふらするけど、直すのもいやだなって思った。無理にそのままの高さで、思いっきりペダルを漕《こ》いで、走りだした。

薄茶色の石畳を抜けて、郊外に続く広い道路を走る。町の外に繋がる道。荒野の真ん中にぽつんとある無花果町から出ていくための道。荷物を運ぶトラックぐらいしか通らないから、空《す》いてて、自転車で二車線の道路の真ん中を走ったりしても平気だった。夏祭りが近づくころだけ、観光客を乗せたバスとか、季節労働者を乗せたトレーラーハウスが蛇のような隊列を組んでやってくることもある。そしてまた、夏が終わると彼らは去っていくのだ。

自転車で、飛ばした。

まず、お兄ちゃんたちがＵＦＯを目撃したニュースになったときの場所、銀山の中腹に登ってみようかな。それとも荒野に出てみようかな。

こんなに天気もいいし、それにじりじりと日射しが強くて、眩しくって、すごく気持ちよかった。あたしは自転車を飛ばして、無花果町の人や建物がある辺りからどんどん離れて、郊外に進んでいった。楽しい気分になってきた。両手を放して立ち漕ぎなんてしちゃう。……わっ。グラッとかたむいて転びそうになったので、あわててまたハンドルを握った。びっくりした。いま冷や汗が出た。

あたしはペダルを踏む足を止めた。

遠くから……。

銀色に光るものが走ってくるのが見えた。

……眩しく反射しててよく見えない。目の上に手のひらをかざして、目を凝らす。するときらきらした銀色の乗り物が目に映った。あたしは夢かと思って目をこすって、もう一度よく見た。

唇が動いて、声にならないささやきを漏らした。

（お兄、ちゃん……？）

と。

それからペダルを踏む足に力を込めた。

銀色の乗り物に向かって、自転車で走っていく。日射しがジリジリと暑かった。頬を塩辛い汗が伝う。

UFOが道路をまっすぐに走ってくる。しかもたくさん。

ほんとうに……。

――こうしてこの朝。死者は銀色のUFOに乗ってついに生者のところに帰ってきたのでした。

四章 ハッピー・エンドゥ

一

郊外に続く広い道路を、連なって、銀色のトレーラーハウスが走ってくる。

一台……。

二台……。

五台……。十台……。あれっ、いや、もっとたくさん……。

夏のカンカン照りの日射しに照らされながら、あたしは見守っていた。

毎年、夏になると南のほうからやってくる季節労働者の隊列だ。〈無花果UFOフェスティバル〉の準備のために雇われて、ほんの一時期、町に顔を出す。あたしたちとはちがって、還《かえ》るべき土地も、地面に土台が埋まった家も持たない流れ者たち。もちろん家族連れもいるし、独身の若い人もいる。顔つきも体格もあたしたちと一緒だけど、言葉がほとんど通じないから、アジアのどこかからきた外国人なのかもって人もいる。隊列はつぎの年にもくるけど、そのときはもうメンバーのほとんどが替わってたりして……。

町からしたら、とらえどころのない人たち……。

自転車にまたがったまま、目を凝らす。

一台目のトレーラーハウスが、揺れながらあたしの横を通り過ぎていく。間近で見ると古くてあちこちがひどく錆《さ》びていた。薄汚れた窓から、小学生ぐらいの子供が三人もこっちを見下ろしてるのと、つぎつぎに目があう。運転してるのは父親らしき中年の男性で、ハウスの中で子供の世話をしてる太った女性が母親らしい。どっちもくたびれた横顔をしていた。そう、トレーラーハウスでやってくる旅人たちは、なぜかきまって疲れた顔つきで、表情も硬いのだ。仕事は淡々とこなすけど、町の人とも接触しないし。昔から、そう。

二台目……。

三台目、四台目……。

あたしはぼんやりと見送った。

車列の最後尾に近いところの、比較的新しい車体を銀色に光らせてる一台が、あたしの横でとつぜん「ぷすっ、ぷすぷすっ」とマンガみたいな音を立てた。続いて「……キュウン！」と犬が力尽きたような鳴き声を上げて、停まった。

後ろの車がそれをどんどん追い越していく。

あれっ、どうしたんだろ。

もうすぐ無花果町というところで、なぜか一台だけ置いていかれちゃった新しいトレーラーハウス。運転席の扉がバタンと乱暴に開いた。続いて、「⊃∵⌂⌈⧖……！」と、あたしには聞き取れないし何語なのかもよくわからない外国語で悪態をつきながら、小柄な男の子がゆっくりと降りてきた。

糸みたいに細くて幅の広い目をしてて、白いタンクトップとぶかぶかのズボンの中で痩《や》せた体が泳いでた。歳は、あたしよりは上だけど、トレーラーハウスを運転するにしては若くて……。きっと二十歳ぐらい。

男の子がちらっとあたしのほうを見て、興味なさそうに目をそらす。

ハウスの中に短く呼びかける。

どうやらガス欠らしい。車内にいるらしきもう一人と、よくわからない外国語で言い争ってる。

やがて、もう一人の男の子が、ひどく軽々とした身のこなしで、トレーラーハウスから道路にぴょんっと飛び降りてきた。

……すらりと長い足。

ほっそり痩せて、背の高い体つき。

横顔は妙に青白い。

——視線を感じたように、こっちを振りむく。切れ長のおおきな瞳《ひとみ》。通った鼻筋。角度によっては女の子に見えちゃうぐらい、薔薇《ばら》色をしたふっくら唇。そして、目の端にいつも浮かんでる、いたずらっぽい独特の笑み。

「……あれっ、お兄ちゃん？」

　と、あたしはこわごわと呼んだ。

　どうしてかわからないけど、急にトレーラーハウスから、普通に、まるで流れ者の一人みたいに降りてきたものだから、びっくりした。だけどお兄ちゃんのほうは、確かにあたしの顔を見たというのに、連れの男の子と同じぐらい興味なさそうな態度ですぐ目をそらしちゃった。

「お兄、ちゃ……？」

　どうして？　ぜんぜんこっちを気にしない、けど。

　まるでそれどころじゃないかのような態度で、小柄な男の子と言い争いを始める。やがて二人は仲直りしたらしくて、こちらがたじろぐほど親密な様子で手を繋《つな》ぎあった。体を寄り添わせて、顔も近づけあってなにかをささやきあうと、同時に、幸せそうにくすくす笑いだす。

　その様を、あたしはぼーっと見てた。

　と、小柄なほうの男の子が急にこっちを振りかえった。あたしを指さしてなにか言ってる。お兄ちゃんが、いいよ、というようにうなずくと、男の子は大股《おおまた》であたしに近づいてきて、

「君の自転車、貸シテ！」

　と、不思議なイントネーションで頼んだ。

「……へっ？」

「ガス欠。車、停まった。でも、もうすぐ町でしょ？　ガソリンスタンドみつけてガソリン買ってもどってくる」

「いいけど……。あの、ほら、JAFを呼ぶとかは？」

「そんなお金、ぼくたちにはアリマセンヨッ。……密《ミッ》ッ！」

男の子はお兄ちゃんに向かって、あたしが聞いたことのない名前で呼びかけた。お兄ちゃんのほうも、「ん？」と振りかえり、うなずいてみせた。

お兄ちゃんが無造作に投げた財布をキャッチして、ポケットにねじこむ。続いて男の子は、あたしの手から銀色の自転車を乱暴にもぎ取った。あっ……と思ってるあいだに、もうペダルを漕《こ》ぎだして、細い背中はおどろくほど急速に遠くなっていく。

夏の日射し――。

ミニチュアの車みたいにちいさくなってしまった、トレーラーハウスの群れ。

それを追うようにどんどん遠ざかっていく、知らない男の子の小柄な背中。

「あの、えっと……」

あたしは戸惑いながら、振りむいた。

すると、お兄ちゃんは――これって似てるなんてレベルじゃなくて、まるで同じ顔と体格で、どう見ても本人なんだけど――ものすごくけだるそうに銀色の車にもたれていた。たじろぐぐらい退廃的な雰囲気で、視線もぐっと重たげだった。でも、あたしと目が合うと、いちおう自転車の主の機嫌をとっておこうかというように、バチッとへたくそなウィンクをしてみせた。

　で……。

　えーっ、ウインク？　なんですかそれ、って、あたしは思わずコケそうになったんだ。

「あの、あたしの自転車……」

「すぐ帰ってくるから。大丈夫だって。……君、無花果町の子でしょ」

「あっ、はい。ていうか、あの」

　あたしは戸惑いながら、密、というその謎の男の子におそるおそる近づいた。

　さっきの男の子と同じような、白いタンクトップにぶかっとした麻のパンツを穿《は》いていた。服装だけは見たことのないものだったけど、ほかのパーツは奈落とまったく同じだった。顔も、体つきも。

　それに、声もだ。

　あの声……。

〈――未確認飛行物体《UFO》に乗って、還ってくるよ〉

　昨夜見た素敵な夢をありありと思いだした。そして、胸の鈍い痛みとともにこわごわと密の顔を見上げた。

　いったいどういうことだろ。この人はあの世から蘇《よみがえ》ったお兄ちゃんだけど、もどってくるときに記憶がなくなっちゃったのかなぁ？　そう思って、首をかしげる。

死者かもしれない謎の男の子は、そこに堂々と立っていた。パンツのポケットから煙草らしき箱を無造作に取りだして、一本くわえながら、いかにもめんどうくさそうにこっちを見た。

日射しが眩《まぶ》しいようで、目をかなり細めてる。頬が苦み走って歪《ゆが》む。

青白い膚《はだ》。

それは、やっぱり死者の膚みたいに、見えるけど、なぁ……。

「ん？」

「……えっ」

「なに、じろじろ見てんだよ。……あんたも吸う？」

「あ、はい……」

動揺してて、ついうなずいちゃった。そしたら、煙草らしきものを一本、親指と人差し指でつまんで、その腕を伸ばし、あたしの口に直接ブスッと乱暴に挿しにきた。……わっ。

びっくりしながらも、おとなしく口を開ける。

と、急に上半身も動いて、お兄ちゃんソックリのその青白い顔がぐんっと近づいてきた。

——あの日の記憶が蘇って、あたしはとつぜんこわくなって目をつぶった。緊張して全身に力が入って、そのぶん背中がギューッとなった。喘《あえ》ぐように息を吸ったら、煙草の先がじゅうっと音を立てたので、またびっくりしちゃって、目を開けた。

二人のくわえた煙草の先がぴったりとくっつきあっていた。

額と額がいまにもぶつかりそう。

あ……。

あたしの煙草にも、オレンジ色の火がぼうっと点《とも》る。

目を開いたまま硬直しちゃってるあたしに気づいて、密――やっぱりお兄ちゃん本人だと思うけど――も、ギョッとしたように目を見開いて、

「なに、その顔？」

「あ、いや……」

「もしかして、キスとかしたことないわけ？」

（――キス!!）

途端に、あたしの頭の中で記憶がスパークした。

キス……。

男の子から急いで顔を背けて、

「あります。あたし、だって……」

「へぇ、何回？」

からかってるような口調。低い声。

「……一回、だけ」

「なに、ほんとに？　いまどきめずらしくないか。あんたいったい何歳だよ？」

「十八」

「おそるべき発育不良だな。かわいそうに」

「じゃ、密……」

お兄ちゃんだけどね、と思いながら、

「密、さんは？」

「えっ、俺？」

ふいにうつむいた横顔に、夏の影がかかった。

白い額から塩辛そうな汗が何滴も垂れて、頬から顎《あご》、首に向かってコロコロと光りながら落ちていくのを、ぽかーんと口を開けて見守っていた。

「女の子とは、まだないな。一回も」

「……あ」

と、あたしはまぬけな声を出した。

「な、なるほど……」

「なんだ、なるほどって。おかしな子だなぁ」

密は目を細くして性悪っぽくニカニカと笑いだした。それから急にだるそうになって、銀色の車体にニュルンとした仕草で体を丸めて、もたれた。

まだ真新しいトレーラーハウス。銀色のピカピカの車体。あたしもだるそうにして、隣で車にもたれかかってみた。後頭部を車体につけて空を見上げると、太陽がすごく眩しく思えた。

「あんた。その目、さ」

てっきり、カラーコンタクトなの、と聞かれるんだと思って、あたしは、ちがうの、と答える準備をして待った。だいたい初対面の人にはそう聞かれるものだから。

でも密は、煙草の煙を退廃的に吐きだしながら、

「周りも全部、紫に見えるわけ？」

とささやいて、面白そうににやにや笑いながらあたしの目を覗《のぞ》きこんできた。

「えっ。そんなの、わかんないでしょ」

聞かれたことのない問いだったから、あたしはびっくりしちゃって、思わず何度も目をぱちくりさせた。

指のあいだに煙草を所在なく挟んだままで、

「だって、ほかの人の目で世界を見たことなんて、いちどもないもの。だからねぇ、これが〝全部紫がかってる〟光景なのか、それとも普通の色かなんて、お互い比べようがないでしょ」

「そういやそうだな。誰だって、自分の目で見たものしかわかんないよな。だから人が見てるっていうものや、感じてるものを、嘘だとも夢だとも軽々しく言えねぇし」

と、密は煙草を靴の先で消しながら、ふいに独り言みたいにつぶやいた。

沈黙が流れた。

「異国の果物って意味なんだっけ。あんた、知ってる？」

「えっ？」

「……ううん。そんなの知らない」

あたしは戸惑いながら首を振った。不機嫌なのかと思うほど静かな声色で、しかも急に蘊蓄《うんちく》を披露するなんて。この人、まったくお兄ちゃんらしくないなぁと首をかしげていると、

「きれいな花を咲かせずに、いきなりでっかい実をつけるんだ。でも、じつは実の中にちいさな花をプチプチ隠してるんだってさ。……それって、なんていうか、ひねくれてて素直じゃねぇよな」

果肉の奥にあるちいさなプチプチを思いだした。あれ、花が隠れてたんだ。えっと、それって不気味かも……。

それきり、またしんとした。

さっきの車列が走り去った後は、道路には誰もいなかった。あたしと、密と、真新しいトレーラーハウスだけが、なにかの手違いでパープルがかったルナティックな世界に取り残されちゃったかのようにただぽつんとそこにあった。

道路の左右にはたっぷりの玉蜀黍《とうもろこし》畑が広がっていた。その向こうには荒野があるから、よく見ると地平線の辺りだけ薄灰色に沈んでいる。

「無花果、かぁ」

美形だけど、妙にだるそうだし顔色もよくない密の横顔をじーっとみつめていると、

「なに⁉」

とつぜん、いやそうに尖《とが》った声色で聞かれた。

「……えっ」

「だからさ、どうして俺の顔をすごく見てるわけ」

「あっ……。ごめん、なさい。よく知ってる人に、あまりにも似てるから」

「はん？　誰？　クラスの好きな男とか？　ま、どうせなら俳優とかの名前を言われたほうがうれしいけどな」

「お兄ちゃんなの」

「なーんだ」

「血が繋がってない」

「オッ？」

「……先月、死んじゃった」

「……ゲッ」

密はいやそうな顔をして黙りこんだ。

その表情を見てたら、だんだん、不思議なことに姿かたちはあのお兄ちゃんとまったく同じ人に見えるけど、中身はだいぶちがうみたいだぞって気がしてきた。

この男の子は、なんていうか、奈落みたいな感じではチャラチャラも生き生きもしてな

かった。それに、奈落ほど人懐っこくもなくて……。

お兄ちゃんは人に不機嫌な顔を見せようとしなかったし、誰とでも友達になったし、なによりも、みんなでワイワイ楽しむ空気が好きだった。でもこの密のほうは、なんとなくね、一人の時間とか、誰か大事な人と二人っきりの沈黙のほうが好きそうなタイプに見えた。

それに、ちょっと人を突き放し気味で、サドっぽいとこがある、かも？

「ははん。そいつ、どうして死んだんだよ」

「……女の子とキスして死んだのッ！」

からかうような相手の口調に、急にめんどうくさくなって、適当に答えちゃった。そしたら密はまた「……ゲッ」とつぶやいた。

風がさわさわと吹いた。

あたしの額からも汗が流れてくる。

「……約《ヤク》、遅いなぁ」

「ん？」

「さっきあんたの自転車に乗って、行っちゃったろ」

「あぁ、さっきの男の子。……ねぇ、彼ってどこの国の人？」

「海の、向こう」

「ふーん？」

「俺たち、幼なじみだったんだ。この関係は秘密だったけど。中学のころ、どっちの親も同時に失業して、トレーラーハウス暮らしになって。一昨年《おととし》、約の親が死んじゃったから、俺ももう十八歳だし親から独立することにして。それからはずっと二人だけで旅をしてる」

「ん」

「俺は、あいつと一緒にどこまでも行くんだ。これはえいえんの旅なのさ」

それって、すごく素敵だよね、密……。

あたしは黙ってうつむいた。

あまりにもおんなじ顔をした人が、しかも銀色の車から降りてきたから、てっきりお兄ちゃんが帰ってきたと思ったんだけどな。でもこれじゃ、ぜんぜん帰ってきてないみたいじゃないってがっかりした。

お兄ちゃんたら、昨夜の夢の中では、明日たくさん話せるからねって安心させてくれたのに……。

あたしは煙草をエイヤと投げ捨てて、トレーラーハウスをぼんやりと見上げた。

新しいピカピカの車体。よく見たら窓のところにカーテン代わりのいろんな駄菓子がかかってお菓子のスダレになっていた。子供みたい！　と思っていると、密が「いる？」と聞いた。答える前に手を伸ばして、ぶちっと一房ちぎって、乱暴に投げ渡してくれる。

キャッチ！

一口、齧《かじ》る。

細長い形の真っ赤なグミだった。しかもすっごく甘い。のけぞるほど。

「甘いもの、好きなの？」

つい意外そうに聞いてしまった。すると密は、顔を輝かせて、

「もちろん！　グミ、クッキー、キャンディー、ケーキ、なんでも！　俺も約も甘党なんだよ。そうだ、無花果町にうまいケーキ屋とか喫茶店、ないかな？　昨日までいた町にはそういうのがなにもなくてさ。炭鉱町で男ばっかりって感じで。俺たち、すっかり甘いお菓子に飢えてるってわけ」

あたしは内心ではさらにがっかりしながらも、

「ありますよ。〈UFOカフェ〉って、いかにも観光客用のお店っぽいけど、パフェやケーキはおいしいの。メニューの名前さえ気にしなければ、ね」

「メニューの名前？」

「行けばわかる。でもほんとにおいしいの」

「へぇ……。覚えとくよ」

と、密がシンとつめたい声で答えた。それから背筋を伸ばして道路の向こうを見た。

銀色のちいさな点が近づいてくる。

自転車だ。

密と並んで、あたしもそれをみつめていた。

やがて、小柄な男の子——約が、携行缶を片手に器用な片手運転でもどってくると、無言のままで車にガソリンを入れ始めた。こっちは密よりもさらに、静寂とか変化なき平穏を深く愛してそうな男の子だった。知らない人とかかわるのは、好きじゃなさそう。

もっとも、トレーラーハウスの旅人は昔からみんなそうだけど。

密があたしに自転車を無造作に返して、

「サンキュ！」

「ううん」

「……じゃ」

背中を向ける。それから、謎の心残りを感じたようにしばらく止まってて、急にくるっと振りむいた。

意外な感じがした。

「しばらく、いるからさ。無花果町でまた会うかもな」

「う、ん」

と、あたしが思わずうれしくなってうなずく前に、密はじつに身軽な動きで車に飛び乗って、扉を乱暴に閉めた。バタン、とおおきな音がした。

たまたま出会って、すこし立ち話しただけの見知らぬ女の子に対するごく普通の態度だった。

あたしは黙って、走り去っていく銀色の車を見送る。

強い日射しがたちまち肌を焼いていった。

……で、行きの元気はどこに行っちゃったのか、よろよろと自転車を漕《こ》いで町に向かった。

ほとんど崩れかけた古い公会堂の前で、高梨先輩がベスパで走ってくるのとすれ違った。確か実家の酒屋さんを継いでるんだっけ、じゃ、あの大荷物はお酒の配達かな。そう思いながら手だけ振って、角を曲がろうとすると、後ろから、

「……なんだよ。月夜、元気になったのかよっ！」

胸がギュッと痛くなるぐらい、全身全霊でうれしそうな大声が聞こえてきた。

続いて、あわててUターンしたらしき激しいエンジン音が響いたかと思うと、高梨酒店の年季の入ったモスグリーンのベスパが、あたしの横にピタッと停まった。

先輩の長すぎる天パの前髪が、風にフワフワと揺れている。今日も髪に隠されてて目は見えないけど、口元にはおおきな笑みが浮かんでる。腕を伸ばして、人差し指であたしの額をなぜかエレベーターのボタンみたいに何度も押しながら、

「よぉ！　……よぉぉぉ！」

「ども、ども」

あたしも恥ずかしそうな笑顔になった。

このものすごい人懐っこさ、全力で親愛の情や喜びや楽しさを人に表現する、素直であ

けっぴろげな性格は、お兄ちゃんとやっぱりよく似ていた。だからか、この先輩に会うと心が軽くなるみたい。だって、いまも両手をパンパンと胸の前で合わせながら、

「メガマック、おごってしんぜようぞぉ」

「えー、またメガマックですかぁ？」

「んっ？　……じゃ、ケンタッキーは？　ちょうど行くところだからさ」

「ふぅん。お酒の配達に？」

と、不思議そうに聞くと、「ちっがうだろー」となぜか笑われた。

二人で裏通りにあるケンタッキーの店舗に着くと、高梨先輩は、食べきれないってあたしが止めるのに、パーティバーレルとコーラのラージサイズを買って、あたしにドンッと渡した。仕方なく、パーティバーレルを抱えて店内を彷徨《さまよ》っては、ときどき鶏肉《とりにく》を齧ってみる。

高梨先輩がベスパからよいしょとなにかを下ろしてきて、店の前で作業し始めた。外は暑いけど、出てって、「先輩、いったいなにしてるのぅ？」と聞いた。すると、汗を拭《ふ》きながら振りかえって「そりゃ、飾り付けだろー」と楽しそうに言う。

「……あぁ！」

と、あたしはうなずいた。

毎年〈無花果UFOフェスティバル〉が近づくと、個人経営のお店だけじゃなくて、こういう全国チェーンの店舗も、それ風の飾りつけをしなきゃってことになってる。いまご

ろきっと、マクドナルドの前でもドナルドが同じ目に遭ってるはずだな……。と、高梨先輩によって銀色の宇宙人のコスプレをさせられつつあるカーネルおじさんを見上げながら、思った。

先輩は手早く飾りつけると、店内にもどって、壁とかドアにも銀色や赤や緑の電飾をつけて回り始めた。

「ご精が、出ますね～」

「あはは、おばーさんみたいな言い方だなっ。なぁ、それよりさ、月夜。そんなに元気になったなら、祭りの準備、手伝ってほしいんだけどよぉ。……あっ、断るなよ。なにせ、人手が足りなくって恐ろしいことになってるんだからな。我らが無花果青年団はよ」

汗を拭きながら、振りかえって言う。

あたしがどうしようかなって首をかしげていると、

「先生とか一郎さんには、俺からもちゃんと頼んどくからさ。そりゃ受験もあるだろうけど、気分転換だって必要だろ。頼むよ、この通り！」

この通りって言ってるけど、手は作業中だから合わさってないじゃないの。って、なんだかおかしい。

イチゴ先輩にいやがられそうだなと思ったけど、まぁ、べつの作業に割り当てられたらそう顔も合わせなくていいだろうし。あたしは鶏肉を齧りながら、

「べつに、いいですよ」

「ほんとぉぉ？　助かるよぉ、月夜ぉ。じゃ、明日、いや……。明後日《あさって》からな。まっ、いろいろ頼んますよっ！」

高梨先輩は、顔をこっちに向ける余裕がないまま、明るい声で答えた。横顔に汗がたくさん伝っている。それを見てたらあたしもだんだん楽しくなってきて、パーティバーレルを抱えたままでついくすくすくすっと笑いだした。

夕方になって、すこし日射しが柔らかくなったころ。ようやく帰宅して自転車を家の横に停めてたら、おとうさんが玄関から出てきて、あたしを見ておどろいたように、

「ワッ」

「……ワッ？　な、なによ、おとうさん」

「いやぁ、一日でずいぶん日焼けするもんだなぁ、と思ってね。すっかり小麦色のお嬢さんになってるじゃないか。あぁ、おどろき、桃の木！」

「そ、そう？」

玄関に入って、勢いよく靴を脱ぐ。

背後からおとうさんが「さっき、電話があったよ」と言う。冷房が利いてるので涼しくて気持ちのいい廊下を歩きながら、「誰から？」と聞く。「さぁ。クラスの子らしいけどね。またかけますからって……」とおとうさんが答えたとき、ちょうど廊下で電話がリンリンと鳴り始めた。

走っていって受話器を取る。

「はーい」

すると躊躇《ちゅうちょ》するような若干の沈黙の後で、

『こちら、なみです』

「……なみ？」

気づくと、うれしそうな声色で友達に向かって答えてた。

ほっとしたように一気になみが話しだした。

その声を聞きながら、眼鏡の奥にある丸っこい目と、話すときにやたらと顔の前で動かす癖のある、ぷくぷくした手を思いだした。記憶の中にある友達の姿からは、なつかしくてあったかい感じがした。知らず胸がほっこりしてきちゃう。

『月夜ー。あのね、頭がおかしくなってたのが急に治ったらしいって、風の便りで聞いてね。みんなで遊ぶ約束してたんだけど、それなら月夜も誘おうよって話になって。まきが言いだしたんだよ。で、わたしが代表してかけてみるって言ったの。行くでしょ、カラオケ？　またみんなで騒ごうよ。やっぱり月夜がいると盛りあがるもんねぇ。わたしみたいな、ほら、静かなのはさ、いてもいなくても、正直そんなに空気が変わんないと思うんだけど。その点、月夜はちょっと変わってるのが玉にキズだけど、代わりにぐっと存在感があるっていうか、なんていうか……もしもし？　聞いてる？』

「聞いてたよ。あの……。うん、行くよ。ありがと」

もしかして、さっきケンタッキーにいたところを誰かが見てたのかな、それにしても情報が早いなぁと思いながら、うなずいてみた。いつもは無口な質《たち》のなみが、一人で、しかも電話で、驚異的なぐらい長くしゃべってみせたことにもびっくりして、だからちょっとした失言はこの際大目に見ることにした。

電話の向こうで、話しすぎたのか、なみの息がハァハァと荒くなってるのがわかった。

まぁ、あんなに激しい言いあいをしちゃったまきと、顔を合わせるのはそりゃ気まずいけど……。このままずっと会わないわけにもいかないもの。

で、また遊ぶ約束をして電話を切った。ため息交じりにゆっくりと廊下を歩きだそうとして、

「……きゃっ」

知らないうちに、背後に兄貴がヌボーッと立っていた。

気配もまるでなかったから、いつからそこにいたのかぜんぜんわからない。もしかして友達との会話を聞いてたのかな、と横目で軽く睨《にら》んだ。

兄貴は銅像みたいな硬い無表情で、黙って、しばらくあたしの顔を穴の空くほど眺めてたけど、

「……ほんとだな！」

「な、なに？」

「たった一日でこんがり日焼けしたじゃないか。よし、晩飯のメニューを思いついた。照

り焼きにするぞ。茶色くテリテリに、両面焼いてっと……」

「はぁ？」

あたしは、スキップせんばかりに廊下を去っていく兄貴の、妙に機嫌のいいおおきな背中を、不気味すぎるなぁと思いながら黙って見送った。

リビングから、おとうさんがつけたらしいテレビの音が響き始めた。

エアコンの涼しい風が廊下まで漏れてきて、あたしの足元を気味の悪いつめたさで撫《な》でながらどこかに消えていった。


──あたしはね。だけどね。お兄ちゃんが帰ってくると思ったからうれしかったというだけで、残念ながら、この日の夕方、友達が気軽に言ったように、頭がおかしかったのが治ったというわけではなかったのです。

「

「……アツッ！」

「あっ？」

「もぉっ、月夜。あなたがいるからでしょ!!」

えーっ……。

――翌日。

相変わらず、雲もなくて快晴の、夏の午前中。

あたしは〈UFOカフェ〉の厨房《ちゅうぼう》で、頭にビョンビョンした銀色の触角をつけたイチゴ先輩にヒステリックにがみがみ叱られていた。

先輩は銀色のミニスカートにエプロン、青いアイシャドーのメイクっていうおかしな格好なんだけど、それを笑えないことに、あたしも同じビョンビョンの触角に銀のミニスカート姿なのだった。これって、このコンセプト・カフェのウェイトレスの制服だから、仕方ないの。

朝起きたと思ったら、アルバイトの仲間から電話があって、人手が足りないから手伝ってほしいっていうイチゴ先輩からのメッセージを伝えられたのだ。あのお葬式の日からずっとお休みし続けてたんだけど、おとうさんと兄貴に聞いてみたら、

「週に何回か、アルバイトするぐらいならいいんじゃないか。まっ、勉強はおろそかにするなよ！」

「それなら、おとうさんもお昼に寄ろうかな。……しかしあの店のスカートは短すぎるねぇ。未成年も働いているというのに、嘆かわしい。今度、遠藤さんに意見してみねばなぁ……」

と、意外とすんなり許可が下りた。

てっきり、受験もあるからこのままやめろって言われると思ってたから、意外だったな……。それでお昼前に出勤して、ランチタイムの戦闘員として、触角をビョンビョンさせながら待機してるというわけだ。

自分であたしを呼んだくせに、イチゴ先輩はなんていうか、限界を超えてプリプリしていた。めんどうくさい人だなぁ。

「涙腺《るいせん》砂漠女！」

「……チビ！」

「えぇっ。それは反則でしょう。どうしてそんなことを言うの！」

……って、気にしてたらしい。ここまでの超絶美少女にも、そんなところがあるなんて意外だった。それに、兄貴とかがいたら、家ではこれぐらいのこと気にせず言いあうのにな。イチゴ先輩ったら、自分から言ったくせに反撃されたらビックリしちゃって。へんなの。

それで、すごい剣幕でこっちに食ってかかってきたと思ったら、アツアツの鉄のフライパンに自分で触っちゃって、「アッッ！」「あなたがいるからでしょ‼」となったのだ。

大人の男性のコックさんが、あきれたように、

「もう、そんなことはどうでもいいよ。とにかく二人、離れててちょうだいよ。君たちがそうやってくっついてると、どっちかが怪我したり、料理がひっくりかえったり、ありとあらゆる悲劇が起こる。ほんとに、もうかんべんな。ほらっ、ツッキーは厨房！　イチゴ

ちゃんはフロアに行って！」

先輩が無言で不満そうな顔をしたので、コックさんが、両手にフライパンを一つずつ持って、器用に同時にポンッとパンケーキをひっくり返しながら、

「……じゃ、逆？」

「ラジャー！」

イチゴ先輩は、にこっと笑った。その笑顔がまたとんでもなくかわいいので、ちょうど配達のために裏口から入ってきた牛乳屋の男の人が、ぽぉっとなって立ち尽くしたかと思うと、もじもじしてみとれ始めた。

だんぜん面白くないので、あたしはタタッと床を蹴《け》ってフロアに走りでた。厨房からは、火傷《やけど》しちゃったのよとささやくイチゴ先輩の甘い声と、全力で慰める牛乳屋さんの声が聞こえてくる。

「……あの。注文、いいですか」

「はい。いらっしゃいませ！」

銀色のお盆を胸の前で抱えて、触角をビョンビョンさせながら、入り口近くのテーブルに近づいていった。歩きながらふっと壁掛け時計を見上げると、ランチタイムまであと十分ちょっとだった。まだぎりぎり空《す》いている時間だ。五台並んでる丸いテーブル席にも、手前のカウンター席にも、ほかのお客さんの姿はない。

「この〈未知との遭遇パフェ〉を一つと、コスモ・コーヒーのアイス。あと〈血まみれ円

盤パンケーキ〉のダブルね。それとHALジュースと……」

「はい、はい」

と、真面目にメモしていると、お客さんが「おやっ」という感じで、あたしの顔をじっと見上げ始めた。どうやら町の人じゃないみたいだな、東洋人の顔にくっついてるパープル・アイがめずらしいのかも、と思いながら、恥ずかしくなって、伏し目がちのままテーブルから去ろうとすると、

「ねぇ！」

と、手首をギュッとつかまれた。

あまりのなれなれしさにびっくりして、初めて顔を上げた。

「なんだよ。昨日、俺と逢《あ》ったろ」

「んっ？」

「……よぉ」

あっ、お兄ちゃん……。

じゃなくて。

残念！　密だった。

昨日よりもすこしだけ距離が近づいたような、曇りのない笑みだ。向かい側には小柄な男の子——約が座ってて、コンセプト・カフェのウェイトレスになんて興味なさそうに、フワフワの紙ナプキンで鶴を折るという困難そうなミッションにひたすら熱中していた。

密が苦笑しながら、

「なんだよ。あんた、自分の店を薦めたのかよぉ。昨日の今日でいきなり会うとは思わなかったけど。……名前は？」

「ここ、ほんとにおいしいんですって。……月夜！」

「じゃ、お手並み拝見だな。くくくっ」

ほんのちょっと、意地悪でサドっぽく、片頬でニヒルに笑ってみせる。

顔はお兄ちゃんとソックリ、というか、まるでおんなじなのにな。性格もしゃべり方もあまりにもちがいすぎて、やっぱりあたし、戸惑ってしまう。

「ほらっ」

とポケットから出したなにかを乱暴に投げつけられて、受け取る。トレーラーハウスの窓のスダレを兼ねてる、あの細長い赤いグミだった。受け取って、くちゃくちゃ噛《か》みながら厨房にもどったら、コックさんにどやされた。

「オヤツ食べながら働く子がいるかい！」

たちまち取りあげられて、おっきなゴミ箱に向かって放られる。

「……あー！」

「ねぇ、月夜。あの子たちって知りあいなの？」

わっ。背後に、いつのまにか気配もなくイチゴ先輩が立ってた。あたしはおどろいてひゃっと跳びあがった。

……そういや昨日の夕方も、兄貴が後ろにいるのにぜんぜん気づかず、なみと電話でしゃべり続けてたし……。もしかしたら、兄貴やイチゴ先輩がまるでジャパニーズ・ニンジャみたいに足音を忍ばせて近寄ってくるようになったんじゃなくて、あたしのほうが、この世との接続の調子を悪くしつつあるのかもしれない。そう、一瞬考えてしまった。

なぜなら、あの日からずっと、あたしはこっそり世界のふちにいるから。キャッチャー・イン・ザ・ライ《ライ麦畑でつかまえるんだよ》。華麗《グレート》なる奈落を。そうしないと長いお別れ《ロンググッドバイ》になるから……。

こわごわと振りかえってイチゴ先輩を見下ろす。すると彼女は、眉間《みけん》に神経質そうな皺《しわ》を寄せながら、密と約が座ってるテーブルをじっと睨みつけていた。あっ、先輩もきっとお兄ちゃんと密がそっくりなことに気づいたんだと思って、目を細めて待ってたけど、先輩はなぜかなにも言おうとしなかった。

「あ、あの……」

「ねぇ！　あれってよその人でしょ。無花果町の子じゃない」

「えぇ、昨日着いたみたいです。トレーラーハウスで。ねぇ、それより先輩……」

「トレーラーハウス！　乞＊の子でしょ！」

「……えーっ」

超絶可愛いそのちいさな顔を、思わずまじまじとみつめる。

イチゴ先輩は、ギョッとするぐらいの嫌悪感を浮かべながら密たちをジロジロ見ていた。

思わずあたしもつられて、先輩の無遠慮な視線を借りるようにして、改めて窓たちを眺めた。

長い足を無造作に投げだして、座ってる。

洗い立ての白いタンクトップ。髪もサラサラだし、無精髭《ぶしょうひげ》もない。膚《はだ》は外からの日射しを照りかえして見るからにすべすべだ。

二人とも、まるで男の子向けの洗顔料とか鼻パックのコマーシャルで見るような、非日常的なぐらいさわやか極まる姿だった。なのに、イチゴ先輩はいかにもいやそうに目をそらすと、はーっとため息をついてみせた。

――ここは、ちいさなちいさな町だから、よそ者にはとっても厳しいのだ。もっとも、年に一度、大挙してやってくる観光客はお客さんだからありがたい存在なんだけど。だからね、あたしがよそ者っぽい紫の瞳《ひとみ》を気にしたり、もらわれっ子だからってつい思っちゃうのも、この町のこういうとこのせい、かも……。

「仲よさそうにしゃべってたけど。月夜、気をつけてよね」

「どうしてですか」

先輩は焼きあがったパンケーキの上にチョコレートソースでチャッチャとUFOの絵を描きながら――この人は子供のころから美術の成績もよくて、こういうのも得意なのだ――あきれかえったような口調で、

「なぁに、知らないの？　あれって、わたしたちとは生活も考え方もぜんぜんちがう人た

ちなんだから。モラルも、ね。噂だけど、何年か前、あの人たちと仲良くなって、誘われてトレーラーハウスの中にも入っちゃったばかな中学生の女の子がいて。で、へんな薬を吸わされて、妊娠しちゃったんだって……」

「んー……」

「わたしじゃないわよ！」

「いや、その、んー、じゃなくて……」

「薬物のこととかも、元気になるとか頭がスッキリするって、まるでビタミン剤ぐらいにしか思ってないみたいだし。どうせ町からいなくなって二度ともどってこないから、人目なんて気にせず、やりたいことはなんでもするのよ。だから、ねっ」

あたしは、黙っていた。

イチゴ先輩が、密の顔にぜんぜん気づかないのか、なにも言おうとしないことのほうが、さっきから気になってならなかったのだ。だけど先輩のほうは、あたしの不思議そうな顔をべつの意味に取ったようで、

「そりゃ、あなたのことは大きらいだけど、奈落とセンセの義妹《いもうと》だし、先生の大事な養女だし。年上の者として注意するぐらい、いいでしょ。べつに、本気で心配なんじゃないわよ。言ってみただけよ。月夜のことなんて絶対に心配なんてわざわざしませんから、わたし！」

「あの……」

「ほんとよ！　あんたのことなんてほんっとどうでもいいんだから！」

「そんなことより……」

あたしはなにかを言いかけて、あきらめた。

どうしてあの顔のことにまったく気づかないんだろう。これって、うわ、よそ者がきた、トレーラーハウスの子だ、警戒しなきゃ、っていう偏見の目で見てるからかなぁ。

あたしは背後から、イチゴ先輩に「愛想よくしないのよ。妊娠しちゃうんだから」というわけのわからない叱責《しっせき》をのべつまくなしに受けて、いい加減辟易《へきえき》しながら、入り口近くのテーブルまでパフェとパンケーキを運んでいった。

続いて、アイスコーヒーとジュースも持っていこうとしたら、イチゴ先輩が「もう、いいっ。なによ、よそ者とへらへらおしゃべりして。これはわたしが持っていくから。あなたは反省室ね」とお盆をむりやりもぎ取った。

「反省室？　どこですか」

「厨房《ちゅうぼう》」

「はぁ？」

まぁ、二人であまり長いこと言い争ってると、またなにかが倒れたり、割れたり、どっちかが怪我したりするかもしれないから、あたしはあきらめてすばやくイチゴ先輩から離れることにした。

で、カウンターの中から、頬杖《ほおづえ》をついて様子を見守る。

先輩が触角をビヨンビヨン揺らしながら飲み物を運んでいく。

密の態度は、あたしが運んでいったときと変わらず、ごく普通だった。約のほうは、丁寧に折ったフワフワの鶴を解体したり、また折ったりと、ちいさな神さまになったような創造と破壊の一人遊びに熱中してて、相変わらず顔を上げようともしない。

べつになんてことのない光景だった。

あんなに近くまで行ったくせに、やっぱりイチゴ先輩は、なんにも気づかずに足早に厨房にもどってきた。……へんだなぁ。

と、壁掛け時計が十二時を指した。

途端にランチタイムの喧騒《けんそう》が店を襲って、ベーコンエッグと丸パンとサラダの〈NASAの金星探査セット〉や、タラコとイカゲソのスパゲティー〈ピンクの火星人セット〉の注文が相次いで、厨房もフロアもたちまち戦闘状態になった。そして、いつのまにか入り口近くの席から密たちの姿はなくなってて、見慣れた顔の町のお客さんが座っていた。わっ、カウンターにはおとうさんもいた。手なんて、振ってるし。

あたしは触角をビヨンビヨン揺らしながら、フロアと厨房を忙しく行ったり来たりする。


——夕方。

ディナータイムに合わせたシフトでやってきたアルバイターにバトンタッチして、あたしは〈UFOカフェ〉を出た。久しぶりだったから、けっこう疲れたかも……。

イチゴ先輩のほうは、このまま夜まで働き続けるみたいだった。バイトじゃなくて、正社員というか、確か、将来的にはカフェを任せる予定で遠藤さんが娘に経営の勉強をさせてるって話、じゃなかったっけ。

ふぅ、とひと息つく。

あちこちの店をぶらぶらとひやかした後、帰宅しようとバス停に向かった。

そういや今日も、会った人たちに日焼けしたって言われたな、と思いだした。手のひらで頬をそっと撫でてみる。日焼け止めクリームを買わなきゃと薬局に入ってみた。

すると、基礎化粧品のコーナーに背の高い男の子が立っていた。

——密だ。

そっと近づいていって、手元を覗きこむと、男の子用の化粧水やシャンプーや洗顔フォームを吟味していた。ずいぶん真剣な目つきだった。カゴにはすでにGATSBYが放りこまれている。

小首をかしげてその姿を見ていたら、視線に気づいたらしく、パッと振りかえった。こちらがたじろぐほどに鋭い目つきと、油断のない仕草だった。

あたしを見ると、拍子抜けしたように、

「……なんだ。月夜、だったっけ」

「はい。月夜です。……買い物ですか」

「うん、そう」

うなずくと、興味なさそうにそれきりあたしから視線を外した。真剣極まる化粧水の吟味にもどる。

あたしは立ち去りがたくて、密の横顔をじーっとみつめていた。

細い顎。鼻筋のきれいなライン。切れ長でおおきな瞳。お兄ちゃんだったときには、きれいな顔だなと思ってたけど、こうして密になってからは、シャープな目元がまるで刃物みたいに見えて、表情によってはなんだかこわい感じがしちゃう。目つきも、仕草も、鋭すぎて油断がない。それに声だって、もちろん同じ人のものなのに、ずいぶん低く感じてしまう。

「……どうしてそんなに俺を見るのさ」

「あっ、いえ!」

「さきに言っとくけどさ、月夜」

密がちらっとこっちを見た。

刃物みたいな目を鈍く、不気味に光らせる。

あたしは、悪魔に魅入られた子供のようにその顔を一心に見上げていた。口なんてパカッとばかみたいに開けたまま。店内に流れてる涼しげな音楽が耳にとろとろと流れこんできた。

「俺、オンナはだめなんだよ。……たぶん」

「……ちがっ! そういうのじゃ、ないですっ。失礼なっ。もうっ。えーっ」

「え、なんで失礼なの？」

密は急に全身でこっちに向きなおって、すごく不思議そうにあたしを見下ろした。両手に化粧水をひと壜《びん》ずつ、強く握りしめたままで、

「だって、異性や同性に性的な興味を持って、じっとみつめたり、うろうろつきまとうって、べつに普通のことだろ。責めたり、ばかにしたりしてないよ。ただ、早めにはっきり言っといたほうが、無駄な努力をさせなくて済むと思っただけ。オンナはたぶんムリだって。生理的にさ」

「つっ、つっ、つきまとってなんて、ないし。あたし、ただ日焼け止めクリームを買いにきただけで。それに、そういう……」

性的とか。生理的にとか。なんか、そういう……。

〈──薬を吸わされて、妊娠しちゃったんですって……〉

げっ。

さっきイチゴ先輩がへんなこと言ったもんだから、いま思いだしちゃったよ。もう、いや。

赤くなって、真剣に抗議しようとして、でもうまく言葉が出てこないって様子のあたしを、密はしばしキョトンとした顔つきでもって眺めていた。やがてまた興味を失ったよう

に、ふらりと棚に向きなおって、

「性的じゃない、か。なんでもいいけど。そりゃ、悪かったな」

「あのね、ただ、あたしは……」

「発育不良」

「こらーっ！」

「はは。……なんだっけ。そうだ、兄に似てるんだっけ。そういや昨日、そんなこと言ってたよな」

「ん」

「なんだ、あれってほんとの話なんだ。気を引くための作り話だって思いこんでた。ふぅん、そっか」

「んっと、ね」

「名前はなんていうの？　その兄の？」

「……………………奈落ッ！」

と、口に出した途端、あたしは急に苦しくなってフラッと棚にもたれた。顔を伏せたままの密から、「そんなに似てるのか？」と聞かれて、無言でうなずく。

いや、似てるっていうか同じ顔なんですけど。どうしてか、ぜんぜんわからないけど。それなのに、あなたはほんとにあたしのお兄ちゃんじゃないって言うんですか。それってひどくないですか。って、思いながら。

密のほうは、質問してはみたものの、やっぱりそんなに興味ないやというように、化粧水をひと壜、乱暴な仕草でカゴに放りこんだ。

つぎに髭剃《ひげそ》り用のローションを選び始める。

それにしても、一つ一つを選ぶのにずいぶん時間がかかってるので、

「なにを迷うの？　だって、どれもそんなに変わらない製品でしょ」

「ん？　成分、とかだろ」

「ふーん。あたし、こんなにグルーミングに熱心な男の子、初めて見たかも。うちのおとうさんも、上の兄貴も、もっと適当だもの。化粧水なんて顔に塗ってたの、死んじゃったお兄ちゃんだけだし」

「――だって、俺たちはホームレスみたいなもんだからさ」

と言いながら、密がふいに顔を上げた。

髭剃りローションの太い壜を握りしめてる。指にギュッと力が入ってるのがわかった。あっ、いま初めて、目を開いて、あたしの顔をちゃんと見た。行きずりの人の顔をぼんやり眺めるんじゃなくて、二つの目をしっかり覗きこんで。

で、ほんとの声で……。

「家がないから、きれいにしてようって。それって俺たちの合言葉」

傷ついたような横顔を、あたしはぼんやりと見上げた。急に皮膚が薄くなって、青白い血管までもが、いまにも透けて見えそうに淡く光っていた。

密のほんとの声は、いつものよりすこしだけ高かった。語尾がいちいちかすかに震えてる、まだほんのちいさな少年みたいな声……。

あたしはコクンとうなずいた。

自分のほんとの声を探して、喉を彷徨《さまよ》う。

そして、ぐっと低く、

「あたしはね、もらわれっ子なの。だから、成績優秀なの」

「はぁ？」

「だって、猛勉強してそうしてないと、あれっ、この子ってやばい血筋なのかもとか、もしかして親が犯罪者だったりしてね、とか無責任なことを言われそうだから。町の人たちから受け入れられなくなるかもって、いつも怖いの。それを考え始めると、十八歳になったいまでも眠れなくなっちゃうぐらい」

「……はんっ」

と、密は目を細めて楽しそうに笑った。顎がのけぞる。顔全体を、夏の花が満開になるようにほころばせて。

いま初めて、よそ者の男の子の青白い仮面がぽろっと外れて、ほんとの膚《はだ》を見せてくれたような感じがする。

「俺たちも、さ」

「ん」

「ちゃんと身ぎれいにしてないと、行く先々で受け入れてもらえないんじゃないか、人間扱いもされないんじゃないかって思って、いつも怖いよ」

と、こっちに背を向けて、レジに向かう。

あたしも日焼け止めクリームを探して、買った。

薬局を出たところで、密はふいに、なついた大型犬のような優しい眼差《まなざ》しを投げてきた。

その背中越しに月が光っていた。あたしはなぜか殴られたようにたじろいだ。

「月夜。よかったら遊びにこいよ。なんだっけ、でっかい空地……。ほら、引き出し広場って場所の、祭りの設営の仕事をするはずで、昨日きたんだけどさ。準備が遅れてるからまだやんなくていいんだってさ。俺たち、明日は暇だよ」

「うっ、うん……」

震えながらうなずく。

「ぜったい、行くっ！」

「そっか。じゃ、いちばん新しい車だから。目印は赤いグミのスダレ。明日な、ガリ勉の、発育不良の、もらわれっ子ちゃん」

ほんとの声だからか、なにを言われてもぜんぜんやな感じがしなかった。あたしは手を振って密と別れると、スキップ交じりにバス停に向かった。

あの大ゲンカの夜以来、心霊現象みたいな不思議な出来事はピタッと起こらなくなってしまったけど、でも、この密がいる限り、あたしの〝幽霊の夏休み〟はまだ終わってなくて、しかも直接、お兄ちゃんと同じ顔を見られたりしゃべることもできるから、なんだか夢みたいだった。

――そんな理由で、あたしが再び元気いっぱいになってるなんて、一緒に暮らしてるおとうさんも兄貴も、高梨先輩もイチゴ先輩も、あれ以来、やたらとうちを訪ねてくる先生も、誰も、気づいてないようだったけど。

◇

××県無花果町は、荒野の真ん中にこつぜんと現れたようなかなりポツンとした感じの町で、町の中心部や住宅街を離れると、黄金色の玉蜀黍《とうもろこし》畑や灰色の荒野に隔絶されてて、外の世界がまるでRPGのほかの町のMAPみたいに遠く感じるの。だから、進学とか就職で町を離れる先輩を見るたびに、隣の外国に引っ越していっちゃうみたいな感覚になるんだけどね。町の外からきた人とかも、ちょっと外国人感覚っていうか。あ、もとはといえばもらわれっ子のあたしも、そうかな。ふふっ。

――翌朝。銀色の自転車にまたがって、玉葱横丁の薄茶色い石畳を走りだしたあたしは、のっけから鼻歌交じりだった。ペダルを踏む足も軽い。

大通りに出て、町に向かって自転車を飛ばす。

ダーリン、ダーリン……って、スタンド・バイ・ミーの曲を、英語のわかんないところは適当に口ずさんだりしてるうちに、遠くに町が見えてきた。

普通の地方都市って感じの地味な町並みだけど、建物の並び方や道路の入り組み方だけ、なんだか、ヨーロッパの……ほら、ドイツとかの町みたいにぐにゃぐにゃしてて、地面も真ん中に向かって盛りあがってるの。だから、行きは微妙に坂道が多くて、たいへん。おでこからもう汗が噴きだしてきたよ……。

遠くに引き出し広場が見える。毎年の〈無花果UFOフェスティバル〉開催場所だ。高台になってる広い空地で、裏側から見ると引き出しみたいに段がついてて、えっと、ビルでいうと十階建てぐらいの高さの崖《がけ》になってるの。引き出しっていうより、正確には箪笥《たんす》っぽいかも。

どうやら、昨日、密が言ってた通り、準備が遅れてて、まだ設営の作業も始まってないみたい。

広場に着く手前にある、木々が茂るちょっとした林。小学生のとき、秋の遠足はたいがいここだった。お弁当ひろげて、友達とおやつを分けあって……。で、夏のど真ん中にみんながいるいまは、UFO……よそ者たちのおおきなトレーラーハウスが林の奥にびっしり並んでる。

どの車体も銀色に光って、夏のジリジリとした日射しを反射している。氷のように眩しい。あたしはフッと目を細めた。

自転車から降りて押しながら近づいていく。あちこちのハウスの薄汚れた窓から、いかにも不審そうにこちらを窺《うかが》うよそ者たちの顔が覗いた。おそるおそる会釈してみたけど、目をそらされちゃった。

無理もない。だって、この時期にこの林に入ってくる町の子なんてほとんどいないのだ。

……あっ、あった！

と、あたしは目印の赤いグミのスダレが眩しい、ひときわ新しくてピカピカのトレーラーハウスをみつけて、自転車のハンドルを握りしめたまま、思わず満面の笑みを浮かべた。

「……えっ？　おまえ、なにプリプリしてんだよ。ただの友達だろ。◫♈∔⧖⋎。オンナだし。……ころころ気分の変わるやつだな。……。⌂＞∪。おい、約？」

あたしは首をかしげて、密が出てくるのを待ってた。

コンコン、って遠慮がちに扉をノックしたら、上半身裸のままの密が、眠そうに目をこすりながら出てきたのだ。遅れて、こっちはたぶん全裸の約が、小柄な体をだるそうに縮めながらもぞもぞと顔を出した。あたしはあわてて目をそらした。下着もなにもつけないままで外に出てきちゃいそうな無造作っぷりだったから、びっくりしたのだ。だって、ありえない。大人が、裸だよ？　まるで小学生の男の子みたい……！　確かに、地面に土台のある家に住んでる町の人たちとはどっか感覚がちがうのかもしれない。

待ってて、と言われたので、車体にもたれて、ポイッと投げ渡された赤いグミを所在なく翳っていた。そしたら、よくわからない外国語で、怒りを抑えたような小声でしゃべる約の低い声が聞こえてきた。続いて、外国語交じりの密のチャンポンの声も。

「……あつかましいって？　……昨日はかわいそうな子だってもらい泣きしてて、今日はあつかましいって怒って。おまえ、いったいどっちなんだよ。はは。……奈落って男の写真見たけど、俺とは似てないって？　なんだよ、わざわざ高校まで調べに行ったのかよ。卒業アルバム？　すげぇな。いつのまに？」

約はどうも怒ってる……というか、すねてるみたいで、女の子みたいな鼻にかかった声でなにかを抗議してる。密はとりあわずに、笑って、

「……。へぇ。まぁ、とにかくさ。……。⋏⧖。うん……」

「◇⊂⁉」

「お兄さんが急に死んだのは、ほんとだったんだろ？　な？　きっとショックで混乱してるんだよ。話し相手になってやったっていいだろ。……約だって、仲良くなってた子がいたじゃないか。前の、前の、前の町でさ……。あの子との思い出をいまも大事にしてるくせに。……！！」

「⬠！」

「――どうせ、夏が終わったら二度と逢わない相手だよ。おまえのあの子と一緒で、さ……」

その密の声と、それを聞いた後に約が漏らした、言葉にならない、キュッとネズミが踏

みつぶされる悲鳴みたいな短い声。そのどっちもが、こっちがたじろぐぐらい寂しい旋律を交互に奏でた。

……なんだろ、これ。

うつむいて、グミの残りを口に押しこむ。

と、前触れもなにもなく、扉がバタンと開いて、密がおおきな蝶《ちょう》みたいにひらりと飛び降りてきた。

約と話しあいながらも、身だしなみを整えてたらしい。青白い膚《はだ》は陶器みたいな見事なすべすべで、てかってても乾燥してもいなかった。さっきはすこし伸びて見えた髭《ひげ》ももうなくなってて、髪もさらさら。すでにパーフェクトなグルーミング済みの姿で、横目であたしを見ると……。

いきなり、全速力で走りだした。

「へっ？　……なにっ、それ？」

「自転車と同じ速度を出そうと思ってさぁ！」

振りかえって、今度はエリマキトカゲみたいにぴょんぴょん飛びあがりながら、そう叫んでみせる。

あたしはあわてて、銀色の十九歳の自転車に飛び乗った。漕ぎながら、でも気になって振りかえると、赤いグミのスダレの奥から、学校の怪談の常連であるトイレの花子さんみたいな感じで、悲しげな目つきをした約がじっとこっちをみつめていた。

あっ、でも。

待って、密っ！

林中に停まってるトレーラーハウスのくすんだ窓から、約に続いて、トイレの花子さんその2やその3やその4、生首に、口裂け女に、人面魚に、ろくろっ首に、バン・シーに、夜歩く貴婦人に……って、知ってる限りの怪談をあてはめたくなっちゃうぐらいいろんな顔が覗いては、走る密と、自転車でそれを追いかけるあたしとを、奇妙な無表情でじっと眺め始めた。

感情はもちろんあるけど、顔が凍りついていて、それを表情に出すことなんてもう何年もしてないんだよとでもいうような硬い顔つき。

見られてることは気にせず、あたしと密はぐるぐるしながら林を抜けて、町の大通りに出た。密は肩で息をしながら、全身で笑ってる。最初に会ったときの、警戒してるような硬い表情もいつのまにか抜けていた。

町の案内をしてよ、って頼まれて、あたしは「まかせて！」って張り切って、あちこち密を連れまわした。

三階建ての小型デパートと、映画館と、レストランや素敵な並木道が集まってる中心街。十代の子たちも、週末はがんばってこのへんまで出てきて遊ぶんだよ、ファストフードやカラオケかな、とか説明する。密はまるで解き放たれた犬みたいに走った。

中学とか高校とかも、続けて案内する。あっ、バスの場合はここのバス停から
あたしが、ここに通って、自転車通学が多くて、密は興味深そうにうなずきながら聞いていた。

そろそろ学校に、とか話すのを、密は興味深そうにうなずきながら聞いていた。

「……だからね、バレンタインのチョコとかは、バス派だとべつの学校の男子にバス停とかで無事に渡せるけど、自転車派は、両方走ってるからなかなか渡せないでしょ。まきって友達なんかね、中学のとき、勇気を出して、隣の学校の男子の自転車の前かごにチョコをエイヤッて放りこんで、でも急に恥ずかしくなっちゃって、立ちこぎで逃げたの。チョコも無記名だし。で、呆然《ぼうぜん》としてるその男子に、あたしがまきの名前と学年を教えて。二人は無事につきあいだしたんだけど、向こうの浮気でめちゃくちゃもめて、結局、修羅場になって別れたの」

「それってスペクタクルな世界だな。……なに、黙りこんでるんだよ。もっと話して」

「うーん、そうかなぁ……」

と、思わず首をかしげた。

「あたし、さっきから退屈な話ばかりしてない？　だって、ちっちゃな町のどうってことない世界だもの」

「そんなこと、ない」

「……あたしはさ、ここで浮かないように、平和に暮らすのでもうヘロヘロなの。密の、旅から旅へ、恋人と二人きりの愛の生活っていうほうがずーっと素敵だと思う。憧れちゃ

う」

「……帰る家があるから、あんたはそう思うんだよ」

低い声で言われて、あたしは、あっ、そっかぁ、と思った。で「そっかぁ」とうなずくと、密はおかしそうに笑って、

「驚異的に素直なやつだなぁ！」

「え、そう？」

「だってさ、月夜って、本気の反論ってものをほとんどしないよな。納得するの早い子ちゃんだよ」

あたしはまた、うん、あたしって昔からそうなの、とうなずきながら……。帰る家、うん……。

〝帰らなきゃいけない家〟のことを考えた。

ねぇ……？

帰るとこがあるのって、ほんとに素敵なことなのかなぁ。正体不明のもらわれっ子のくせに、贅沢《ぜいたく》かなぁ。って、考えるほどによくわからない気がしてきちゃう。おかしいな。あたし、納得するの早い子ちゃんのはずなのに。

おっと。気を、取り直して。

続いて下校の道順を案内する。

密は、自分が体験してない中学生や高校生の生活をシミュレーションするように、「こ

の自販機でジュース買うのか？」「パン屋に寄ることもある？　へぇ、中にベンチがある。ここで食っていいのかよ」とか、いちいちオーバーなぐらい興味津々だった。

ドナルドが宇宙人のコスプレをしてる、青年団による飾りつけ済みのマクドナルドをみつけると、のけぞって、

「なんだよ、これ！　この町って噂以上だなぁ！」

「なぁに、噂って」

「宇宙人の町だって、聞いてた。しかも町の人が一人残らず協力してるんだって。てっきり冗談だと思ってたけど」

「ふーん……。密って、なんでもあんまり信じないんだねぇ」

そういや、あたしのお兄ちゃんの話も、作り話かと思ってたって言ってたし、と思いだしてなにげなく口にした。

すると、顎を引いて低い声で、

「愛だけは、信じてる。……それで充分だろ。後は……。意外と嘘だらけだったりする世の中だし、さ……」

あたしはまた、そうだね、と素直にうなずいた。

それきりしばらく黙って歩いた。

だいぶきたなぁ。

それにしても日射しが眩しい。容赦なくジリジリと膚を焼いていく。

あたしはここ数日ですごく日焼けしたのに、密のほうは奇妙なぐらい青白い膚のままだった。赤くなることも、焼けて小麦色になることもないみたい。

密の背後に、もどってきた林道の木々が青々と燃えるように茂っていた。生暖かい夏の風が吹いて、サワサワと涼しげな音を立てながら揺れる。

それから、自販機でジュースを買って、お互いに交換して飲んだ。あたしはみかんジュースで、密は甘いアイスティー。

まだ会ったばかりの、しかもよそ者の男の子なのに、話してるのも、静かに一緒にいるのも、不思議と楽しかった。やっぱり密は、大勢で騒ぐよりも、誰かと二人でゆっくり過ごすのが好きなタイプみたいだな。こうしてジュースを飲みながら、しばらく黙ってても、沈黙がぜんぜん苦にならないみたいで、静かに楽しそうな横顔を見せてる。

だから、もっと密としゃべったりお散歩したりしてたいと思った。でも、意外な相手に邪魔された。ジュースを飲みながら歩いてたら、どっかからものすごく睨まれてるような気配がしたのだ。顔を上げて辺りを見回すと……。

まきたち……。

高校の友達グループがいた。

まきは赤いブラウスで、なみはブルーのTシャツ。あとレモンイエローのワンピースと、ピンクのTシャツも……。色鮮やかな戦隊ヒーローものみたいにズラッと並んで、仁王立ちしてこっちを睨みつけていた。

ちょうど林の前まできてたので、密が、約に甲高い声で呼ばれて「あっ。……じゃ、またなっ」と言って身軽な足取りでもって走り去っていった。まるで、人間サイズのちっちゃな竜巻が現れて、くるくるっとしたと思ったらもう消えてた、みたいな感じだった。

その後ろ姿に、またね、と笑顔で手を振る。

それからまきを見た。するとまきはなぜか眉《まゆ》をキリキリと吊《つ》りあげていた。

あたしは、そんなまきたちの姿をぼけっと眺め渡した。

……頭の中は、あれきりお兄ちゃんが死んだことでいっぱいで、それに、不思議なことにお兄ちゃんとソックリな顔をして現れた密という男の子までいて、それだけでもうみっちりぎっちりだった。ほかのことなんてもうなんにも入りそうにない。だから、お兄ちゃんとよく似た男の子のことを友達はなんて言うのかな、という心配しかしなかった。

だけど、このときも……。

まきたちまで、まるで昨日のイチゴ先輩みたいに……。

なぜか、密の顔かたちのことについてはなにも言わなかった。まるで、ほんとは密がお兄ちゃんとはちっとも似てないかのように。どうしてだろ……。

「どういうことよ？　月夜、説明してよッ！」

「へっ」

「ちょっと！　へっ、じゃないでしょ。なんでわたしたちとの約束をすっぽかしたわけ？」

あたしはぽかんとした。

それから「……あっ！」と思いだした。

一昨日《おととい》の夕方、なみから電話があって、みんなと遊ぶ約束をしたことを。

まずい、失敗した……。唇がふるっと震える。

なみがおそるおそる、

「さっきまで、月夜、こないねってみんなで待ってたの。そしたら一郎お兄さんにばったり会って、約束したのにこないんですけどーって聞いてみたの。一郎お兄さん、月夜は今朝、熱を出してたよ、それで出かけられないのかも、みんなごめんなって何度も謝ってたよ。で、じゃ行こうかって歩きだしたら……」

「熱があるはずのあんたが、オトコとデートしてたってわけ！」

「いや、デートじゃ……。ないけど……。ごめんね、みんな」

あたしは謝ったけど、なぜか……悔しかった。

内心では、誰もあたしがいまどんな気持ちでいるかわからないのか、と思っていた。お兄ちゃんがいなくなって。だからあの世のふちまで行って、呼び続けて。そしたらようやく帰ってきてくれて……。密は奈落とほんとにソックリで。だけど話してみるとぜんぜんちがう人みたいでもあって。混乱しちゃうけど、逢うとやっぱりとてつもなくうれしくて。

それがどんなに大事なことなのか。いまはほかのことどころじゃないか。あたしの気持ちをわかってもらうのは難しいんだと思えて……。

かすかに不満そうなあたしの声色に気づいて、まきがまたカッとなった。

「なに、それ。開き直っちゃって！」

「……謝った、でしょ！」

いけない。ますます声が低くなっちゃった。

なみが、まきを止めてる。あたしを庇《かば》っておろおろしてる姿を見ながらも、どうしてかな、不思議とありがたいとは思えなかった。もうほっといてくれてもいいのに、って。

……あたし、頭がおかしくなってるのかも。

まきが、あたしを馬鹿にするような目つきで見て、

「もういいよ。二度と誘わないから！」

「……頼んで、ないし」

「頼まれたのよっ！」

「まき、やめなって……。それ、NGワードですし……。ちょっと、まきぃ……」

と、なみがますます必死になった。……いったいどうしたんだろ。

まきが意地悪そうにあたしを睨みつけて、

「あんたを誘ったのって、言っとくけど、わたしたちの考えじゃないから」

「……は？」

「一昨日ね、一郎お兄さんがみんなのとこに順番に電話かけてきたの。大人から緊急電話

で、わたしたちもビックリですけど。月夜の元気がもどってきたんだよって。みんな、なんとかまたあの子と仲良くしてやってくれないかって。一日、いろんな人に声かけてたみたいだけど。あの日、月夜宛《あて》にいっぱい連絡があったでしょ」

「そりゃ、断れないよねぇ……」

「だってさ、めちゃくちゃいい人だもんね」

と、ほかの子も小声で同調する。

あたしは立ち尽くしながら、一気にいろんなことを思いだした。

一昨日、元気になったように見えた途端に、なみから「カラオケ行こうよー」って電話があったのも。町で行き合った高梨先輩に、「青年団の手伝いしてくれ」と急に頼まれたのも。翌朝、イチゴ先輩から「アルバイトに復帰しろ」って伝言があったのも。偶然じゃなくて、兄貴によるすばやい根回しだったのか、といまさらながら気づいた。

で、肝心のあたしが友達との約束を忘れてたら、一分の隙もないあの笑顔でもって、完《かん》璧《ぺき》に庇って。

……体から力が抜けてきちゃう。

あたし自身を好きでいてくれたり、遊びたいとか手伝ってほしいとか自然に思ってくれてたわけじゃなかったんだ。みんなの明るい声色や笑顔を思いだすと、やりきれない気持ちになってくる。

眩しい空を見上げる。

直接見ることなんてできない、すごく白く光る太陽に目を凝らす。

風が吹いてきた。

ポニーテールをフワフワと揺らす。

――つまり、昨日と一昨日で、頭がおかしい子ちゃん、つまりあたしに逢いたいって本心から誘ってくれたのは、密だけだったってことかな？

町の外からきた、一昨日までは知らなかった、あの男の子。

なぜかお兄ちゃんとソックリの顔をした、若干ブラックだけど、どっか深みとコクのある、あの子。

と、黙りこんでたら、まきたちが「もういいよ、こんなやつ。行こっ」と言いあってこっちに背中を向けた。なみだけが何度も振りかえって、心配そうに眉をひそめてあたしを見てた。

目をそらして、吐息をつく。

日射しが眩しかった。

うちに帰ったら、受験勉強の続きをする……つもりにもなれなくて、寝ちゃった。

夕方になって帰ってきた兄貴は、二階にも上がってこないし、なにも言わなかった。階下はしーんとしていた。今夜の晩ご飯はおとうさんの当番だから、和食のだしの匂いが濃厚に漂ってくる。

一時間ぐらい経ってから、どしーん、どしーん、と足音を響かせながら兄貴が螺旋《らせん》階段を上がってくるのが聞こえた。あたしはベッドに突っ伏したままで目をつぶった。あぁ、とうとうきちゃった、また怒られる、と震えた。

あたしの部屋の前で、足音がピタッと止まった。

なにも言わずにただ立ってるだけみたい。

……なんだろ？

やがてまた階段を降りていく足音が聞こえた。なんだか兄貴らしくない、妙に弱々しい響きだった。

おそるおそる起きあがって、そっとドアを開ける。

ドアノブになにかかかってる。キラッと光ったみたい。ゆっくりと腕を伸ばした。

あ。

犬じゃなくて人間のケンカをしたあの夜、兄貴が真っ二つに割ってしまったはずの銀の月のネックレスだった。引き出しに仕舞っておいたはずなのに、いつのまに……。いかにも不器用な感じで、でも丁寧に直してある。

こんな、似合わないこと、しちゃって。

兄貴ったら。

もうっ、兄貴……。

あたしは、ね。

兄貴からまたガミガミ怒ってほしいって願ってた。口には出せないままで。

目を覚ませよ、このばか、子供の時間はもういい加減終わりだぜって。

だって、おとうさんはね、優しく諭してはくれるけど、頭ごなしに叱ったりとかはけっしてできない人だから。

それに、兄貴から遠慮されたら、この家にもう居場所がないもの。

だから、ね……。兄貴。

お願い。このあたしを全力で止めてよ。天才的現実主義者の底力をまた見せてよ。こんな義妹《いもうと》になんて優しくしないでよ。

——だって、あたしはとても危険な場所、世界のふちに、あれからずっと一人で立ち続けていたから。しかも、カカシみたいな片足立ちで、夏の風に揺られて、心も体もグラグラし始めていて。

そうして、最後の砦《とりで》だった兄貴までが似合わない〝優しい大人〟になっちゃった今夜からは、あたしの落下を食い止めてくれるだろう、あの世のふちのキャッチャーは、たぶんもう誰一人いなくなってしまったのです。

「――望みはなに？」

☆

その数日後のこと。

あたしはお昼過ぎから、林の中にあるトレーラーハウス群に入り浸ってた。

おとうさんも、いまでは兄貴も、あたしがなにをしても怒ったり諭したりしなくなってた。それに、約束を破って青年団の手伝いにも行かなかったというのに、高梨先輩からも怒られなかったし。みんなが腫《は》れ物に触るように接してくるもんだから、逆に、のびのびできるのは一人でいるときか、密と遊んでるときだけになってきちゃってた。

林の中でミンミンと蟬が鳴いていた。うるさいぐらいだ。

木漏れ日というには強すぎる日射しが、蟬の鳴き声と一緒に、湿った地面まで落ちてきてあたしの膚《はだ》をこんがりと焼いた。密も、それにときどき二人の仲間に加わる約も、ちっとも焼けなくて、まるで吸血鬼の青年みたいに青白い膚のままなのに。

赤いグミのスダレが目印の、新しいトレーラーハウス。その横に銀色の組み立て丸テーブルと簡易椅子を並べて、一緒にお茶を飲んだりしてた。テーブルの上には、いかにも男の子がやったという風にざっくり大ざっぱに切り分けられたスイカが並んでる。密がそれにガブリと噛みついては、種を地面にプッと飛ばした。口からも、手からも、赤い汁がべたべたと滴り落ちる。なんだかほんとに、うっかり昼の世界に現れてしまった吸血鬼みたいな姿だった。

ご飯の食べかたも、どこかちがうみたい。

地面に柱の埋まってる家に住む人たちとは。

スイカはともかく、なんでも手で食べようとするし、口の周りを汚しながらガムシャラにかぶりつく。注意深いグルーミングの成果でいつもピカピカの姿と、動物じみた食事の風景。トレーラーハウスの人たちにはこういう不思議なとこがあった。

「望みはなに?」

「えっ。……あっ、あたしの番?」

「なに、ぼんやりしてるんだよ。月夜」

あたしはあわてて密に向きなおった。

さっきから、銀色や青や水色のチョコボール——外国製らしくて、見たことのない色合いとケミカルな味だった——を、誰かが宙に投げて、べつの誰かが口でキャッチするという遊びをやってたのだ。投げた人が「望みはなに?」と聞くと、無事にキャッチできた人が自分の望みを言う。するとチョコレートを司《つかさど》る神さまが——でも、誰だろね、それ?——望みを叶《かな》えてくれる、っていう遊び。

あたしは銀色のチョコボールを嚙み砕きながら、

「このままいつまでも夏が終わらないといいなぁ！」

「それは、さすがのチョコレートの神さまでも難しいだろ」

「さすがの、って……？　そんなにすごい神さまなわけ？　チョコレートなんて司ってるのに。……約も、ほらっ。望みはなに？」

緑色のチョコボールを投げながら、聞いた。するとすこし離れたところの椅子にふてくされたように座っていた約が、首だけを曲げてこっちを見て器用に口でキャッチしてみせた。わっ。獣の狩りみたいにすばやい。

「いまのはすごいかも。……望みは？」

「…[illegible]！」

「うん？」

首をかしげると、約がプンッとそっぽを向いた。

でも、耳が赤くなってる。

蟬の鳴き声がおおきくなった。

ちいさな声で、

「……コノママ、ズット、密と一緒ニ」

あたしは肩を揺らし、声を立てて笑った。

「なーんだ。その望みは簡単に叶うでしょ。だって恋人どうしなんだもの」

それから、つい憧れて、小声になった。

「恋人どうしになれていいなぁ……！」

「おい、約。発育不良になにか言われてるぞ」

「もうっ、密ったら。でもほんとにいいなぁ」

「俺たち、周りにもずっと秘密にしてたんだぞ。どっちも大人になったから、これからは独立して俺たちだけで旅をするって決めるまでは。俺は、いろいろ反対もされたから、親とはそれきり会ってないしさ」

「反対、かぁ」

と、つぶやく。

「独立して、家を出たら……。恋人に、なれた……？」

「……どうしたよ、発育不良？」

あたしがうつむいて独り言みたいにささやいたら、密が不思議そうに顔を覗きこんできた。

風が熱風みたいに燃えてる。

あたしは黙って目を閉じた。

約が密に向かって水色のチョコボールを投げるのが目の端に映った。顔を上げる。密が見事にキャッチして、

「このままずっと自由でいたい、かな？」

「なにものにも縛られず。法律にも共同体にも守られず。ただ愛だけを信じて、いつまでも。どこまでもさ」

「いいね……」

「――望みはなに？」

「あわっ？」

急に青いチョコボールをこっちに放る。窓ったら、照れたのかなぁ……？　あたしはあわてて中腰になってキャッチして、ふぅ、と安心しながらもぐもぐと咀嚼《そしゃく》した。

「望みかぁ……。そうだな。あたしはね……」

蟬の鳴き声がまた強くなった。

風が熱い。

木漏れ日が炎のようにちらちらと揺れている。

うーん、と首をかしげながら、

「あのね、すごく聞きたいのに、最後まで聞けなかった言葉があるの。そういうことって、ない？　たとえば、誰かと話してる途中で思わぬ邪魔が入っちゃって、会話がそのままになっちゃうの。で、そういえばあの話はなんだったんだろうって気になってたまらないこととって」

「あぁ、わかる！」

「しかも、相手が、ね……」

死んじゃったり、したら。

えいえんにその答えは聞けなくなっちゃうから。

だから、あたしの、望みは……。

「それって、もしかして、死んだっていう兄の話かよ」

「う……」

あたしは詰まってから、「……ん」とちいさくうなずいた。

「へぇぇ」

「じつはね、倒れて急に死んじゃう直前に、お兄ちゃんはあたしとしゃべってたの。それで、『ぼく、ずっと、月夜に言いたかったことがあるんだよ』って。なぁにって思ってたら……」

あたしは嘘つきだから、その後に起こったとあることをまたもや省略しながら、簡潔に説明した。

「倒れちゃって。で、それっきりなの。だから、あたし……」

あのとき、なにを言おうとしてたのかな？

それと……。

えっ、と……。

「チョコレートの神さまが聞いてくれるなら、お願いしたいな。どうかお兄ちゃんの最後の言葉を教えてくださいって。それと……」

「うーん、その望みも難しいよな」

密は目を細めて、片頬で皮肉に笑った。

「なぜなら、チョコレートの神さまはひまつぶしの神さまだから」

「そうなのぉ？　密ったら、そんな大事なこと、いまごろ教えないでよ。真剣にがんばっちゃったのに」

「ははは。……だけどさ」

「ん？」

首をかしげて聞きかえす。密はにやにやして、

「ひまつぶしの友達こそほんとの友達なんだってさ。だからよき友どうしで遊ぶときにはチョコレートの神さまがそばにいるんだよ。って、前、約が言ってたんだ。な、約？」

「⌘！」

外国語の謎の発音で返事をしながら、約がそっぽを向いたまま、照れたように赤くなってうなずいた。

それから二人はしばらくのあいだ、あたしにはわからない外国語で楽しそうになにか話していた。と、約が密のほうに向きなおると、甘えるようにその胸に顔をうずめた。あんまりとつぜんの仕草だし、子供にもどったようにかわいらしかったので、あたしは目をそらしながら赤くなった。

恋人どうしってよくわからないな。いや、学校にもそりゃカップルはいるけど、もっと、なんか、ケミカルだし。浮気したとか、べつの子を好きになったとかで、すぐ修羅場ったり別れたり、またくっついたりしてるし。でも密たちの親密さからはもっと秘密の匂いがして。だから、うんっと……。

そのとき、密が顔を上げて空を見上げた。

夕方のサイレンが遠くで鳴り始めていた。いつのまにか何時間も経ってて、日射しも夕刻のオレンジ色に変わり始めていた。密が「出勤時間だぜ。あーあ、これってめんどくせぇけどっ」とつぶやきながら、甘い仕草で約を押しのけて立ちあがった。

二人と一緒に引き出し広場に向かう途中で、道の向こうを箒《ほうき》みたいに先端がフカフカした白銀色のものが動いてるのをみつけた。

あれっと思って、

「ハッピー・エンドゥ！」

と大声で呼んだ。すると密がびっくりして振りかえった。

「それって、いったいどういう発作だよ？　月夜」

「えっ？　いや、ちがうの！　歩きながらいきなりハッピー・エンドって叫んだあぶない人とかじゃなくて。ほらっ、あの、犬の名前……」

指さすと、ちょうど縄文柴《じょうもんしば》のほうもあたしに気づいて、耳をピンッとさせてこっちを眺めていた。

と、通りをトコトコと渡って近づいてくる。

どうも、こんにちは、みたいなすました顔をしてあたしを見上げてるけど、その割には引綱をだらりと引きずったままなので、

「あんた、もしかして逃げてきちゃったんじゃないの？」

約が先に行くと言うので、手を振って別れる。自転車を停めて、密と一緒に犬を連れて歩きだした。

とはいえ、どうやら密は犬が苦手みたいで、あたしの陰に隠れては、

「へんな形の犬だな！」

「古代の犬らしいの。それの雑種だけど」

「へんだよ！　へん！」

「そう？　まぁまぁかわいいじゃない」

「そんなことないって！」

「……トレーラーハウスの人たちはペットとか飼わないの？　えっと、犬とか、猫とか……ウサギ、とか？」

密がなにか小声で答えた。やけにモソモソした言い方なので、聞こえなくて、何度も聞きかえす。どうやら、犬とか猫とかウサギとかフェレットは「食べるものだ」と言ったみたいだった。「なるほど……」とあたしは答えた。幸いハッピー・エンドゥには聞こえて

ないみたいで、耳を立てて尾を振りながら得意げに通りを歩いていた。

縄文柴が密にぜんぜん反応しないのを見て、こんなに見た目は同じだけどやっぱり匂いがちがうのかな、と思った。そのことにもあたしはこっそりがっかりした。

〈UFOカフェ〉を覗いたけど、飼主のイチゴ先輩の姿はなかった。コックさんによると「あん？　今日は商工会議所じゃないのか」とのことだった。手伝いに行くって約束したままになってるから行きづらいなぁと思いながらも、ほっとくわけにもいかないので、仕方なくまた歩きだした。

で、町でいちばんおおきな交差点を曲がって、もうすぐ商工会議所に着いちゃう、ってところで。

あたしは急に足を止めた。

口を開けたまま、立ち尽くす。

引綱を放しちゃって、ハッピー・エンドゥが喜んで走っていく。

ショックでぐらっとかたむいた体を、密があわてて両腕で背中から支えてくれた。

――すでに夏祭り用の飾りつけをほどこされたピカピカに銀色の街路樹の陰に、イチゴ先輩と……あと、高梨先輩がいて……で、二人は……さっきの密と紗みたいに、恋人どうしの距離で寄り添ってて、しかも、イチゴ先輩のほうが背伸びした姿勢で……。親密で秘密っぽい空気をはらみながら……。

キスをしていた。

……走りだしたハッピー・エンドゥに斜め後ろからドォンッと思いっきり激突された高梨先輩が、「わっ？」と言いながらよろけて、それでビックリして目を開けたイチゴ先輩と、あたしの目がばっちり合った。と、向こうの顔がじわじわと強張《こわば》り始めた。あたしはぽかんと口を開けたままでイチゴ先輩をみつめかえしてたけど、振りかえった高梨先輩の、

「月、夜……？」

という、風船から空気が抜けるようなぷしゅうっとした声に、急にいやになって……。

恥ずかしいのはあたしのほうじゃないはずなのに。往来で堂々とキスとかしちゃってたのは向こうのほうなのに、耳まで真っ赤にしながら、後ずさって……。

逃げた。

両腕を振り回し、昔のホラー映画のスクリーミング・ヒロインみたいな顔と姿勢で、おたおたと走りだした。

後ろから、高梨先輩の「待って……。あのっ、えっとぉ……。月夜ぉ！」という情けない声が追いかけてきたけど。

力いっぱい、走った。

あれっ。真横を誰かが走ってるぞと思ったら、困惑した顔つきの密で、

「おい、いまの二人はいったいなんだよ？」

「死んじゃったお兄ちゃんの、彼女と、いちばんの親友っ！　それがっ、キス、キス、キ

った。

密がまたそう言うと、眉間に皺を寄せて、世にも恐ろしそうに一回だけ後ろを振りかえった。

「……ゲッ」

ス！」

空がオレンジ色に燃えさかっていた。

夕刻——。

密はもういい加減仕事に行かなきゃいけない時間で、このまま朝まで工事するらしかった。町の人たちが寝てる時間に、季節労働者たちが作業していろいろと進めておくのだ。

あたしは肩でぜぇぜぇと息をしながら、自転車を停めた地点までなんとかもどってきたところだった。

そんなあたしの横顔を、密がなぜか不思議そうな様子でやたらと眺めていた。

根負けして、

「……なに？」

「ん？」

「さっきから、じろじろ見てる。あたしのこと」

「あぁ、いや……」

密は肩をかいた。それから眩しそうにあたしを見て、

「俺には、町の人間関係とかはよくわかんねぇけどさ。まぁ、あの二人がデキてたらショックを受ける事情があるんだな、とは思ったけど。でも、月夜ってさ、そんなんでほんとに……もう十八歳なのか？　恋愛っていうかさ、色恋っていうか、そういうことを前にしたときの反応が、あまりにも子供過ぎないか？」

……うぅ？

そうだ、なんにでも鋭く疑念をはさむのが密だった……。ここもまた、姿かたちとは逆に、お兄ちゃんと性格のちがうところなんだ。

しかも、まだなにか言ってるみたい……。

「でもさ、それって本気の本気かよ？　月夜の発育不良っぷりってさ、もしかしてぜんぶポーズなんじゃねぇのって閃《ひらめ》いたんだよ。さっきね」

「えぇっ？」

「だって、そういう話題になるたびに、まるで中学一年みたいな態度になるしさ。こんなにおっきな図体《ずうたい》して、おかしいだろ。まるで、そうすることでなにかをずっと避けてるっていうかさ……」

「そんなことないよっ。べつに、普通……」

「ほんと、か？」

と、密は真顔で聞きかえした。

それから、通りを渡ろうと左右を見ながら、また不思議そうに振りかえる。

煙草をくわえて、火をつけた。

一服、ゆっくりと吸いながら、

「ただ、俺は」

「なによっ」

怒ってるようなあたしの声色に気づいて、密は瞬《まばた》きした。

急に話題を変えるように、

「そういえばさ」

「ん」

「聖書でアダムとイヴがさ、禁断の果実を食べた後で最初にしたことってなんだと思う？」

「えぇっ。そんなの、あたし知らないけど」

「無花果《いちじく》の葉っぱで股間《こかん》を隠したんだってさ。ま、約から聞いたんだけど。裸は恥ずかしいって急に思っちゃったらしいよ、それってへんだよね、だってさ」

「密、いったいなんの話……？」

「いや、なんでもないけど」

密は煙草をくゆらして、

「つまりさ、あんたがそうやって、無花果の葉で大事なとこを隠して、発育不良気味の子供っぽい女の子を演じてないと、守れない大事なものがどっかにあるのかなって、ふと閃いただけ」

「そんなこと、ない……？　で、しょ？」

と否定しながら、あたしはうつむいた。

だって、ほんとにわからないってだけだし。男の子を好きになったことも、ないし。つきあってって告白されてもどうもピンとこなくて、断ってばかりで。それって、男の子としてのお兄ちゃんの出来があまりにも良すぎたせいもあるし。それに、前嶋家のリビングの居心地がいいもんだから、家族みんなでくつろいでたらもう満足っていうのも、あるし……。

恋人がほしいとかも、ほんとに、ぜったいないし……。

そりゃ、周りには、中学のころからカップルとか、けっこういるけど……。

嘘、ついてないですし……。

密といるときにしてはめずらしいことに、沈黙が居心地悪くて何度も身じろぎした。それから、こわごわと見上げてみる。

煙草の煙が密の顔の周りを漂っていた。

オレンジ色の光が泡のように辺りに充満している。気の早い月が夕刻の空に幽霊みたいにうっすらと姿を現してる。煙草の薄紫色の煙のせいで密の顔がよく見えなかった。笑ってるのか、なんなのかもわからない。口が開いたようには見えなかったけど、でも……。

あたしは眩しくて目を細めて、その顔を一心にみつめた。

するとそのとき。

「……月夜っ！」

という、笑いを含んだ楽しそうな声がどこからかふいに耳に届いた。体がなぜだかふわっと震えて、宙に浮いたような気持ちになった。

声が弾みながら、続いた。

「――なんだよ。もう正直に言えよな。おまえだって、ぼくのことをずっと好きだったんじゃないかよ！」

一瞬、ぐっと黙りこんでから、あたしは我にかえって「えっ！」と聞きかえした。

通り過ぎる車のエンジン音が耳元で鈍く響いた。おおきな音で、ついびくりと肩を震わせる。

目を凝らすと、煙草をはさんだ密の指がゆっくりと腰のあたりまで降りていった。紫の煙が夏の夕刻の熱い風に飛ばされていき、青白い顔がまた見え始めた。

密の顔だった。いつも通りの、ちょっと皮肉っぽい笑みを浮かべてこっちを見てる。

その向こうに青白い幽霊の月が揺れていた。

あたしはこわごわと、でも怒りながら、

「いま、なんかへんなこと言ったでしょ」

「……へっ？」

と、密がとても不思議そうに答えた。

「いや、俺なにも言ってないけど。どうして？」

あたしは瞬きした。

どことなくつめたそうな目つき。夜そのもののイメージの、青白い膚《はだ》。だらっと弛緩《しかん》したような独特の立ち方。

目の前にいるこの男の子は、やっぱり密だった。

なんでもない、と首を振りながら、あたしは密を見上げた。

もうわけがわからないや。

と、密が腕時計を覗きこんで、「まずい。行かなきゃ。またな」とあたしに手を振った。

不安そうな顔に気づくと、「……ま、さ。誰かと誰かがキスしてたぐらいで、十八にもなったでっかい女が、あんな泣きそうな顔とかすんなよ。複雑な事情ってやつはよくわかんねぇけど。でも、さ」と言い残すと、煙草を路上に投げ捨てて、通りを走って渡りだした。

「気が、むいたらー、また、遊びにこいよーっ！　ひまつぶしにー！」

渡り終わってから、振りむいて言う。しかもぴょんぴょん跳びながら。

あたしはうなずくと、力なく手を振りかえした。

で、その週の週末はね。

どう考えても〈UFOカフェ〉のアルバイトに行くのは気が重かったんだけど、来週の半ばからはもう夏祭りが始まっちゃうし、そしたら店も一日中混みあうのがわかってるし、屋台で売る料理の下ごしらえとかで厨房《ちゅうぼう》がたいへんなことになってるのも、わかるし……。さらに、高校生のアルバイターが一人、部活のとき熱中症で倒れちゃったらしくて、お休みするって聞いたりで……。

しぶしぶ、午前中から出勤した。

売られてく子牛でさえここまでしぶしぶじゃないだろうっていうぐらい重い足取りで顔を出して、狭い更衣室でもそもそと銀色のミニスカートに着替えて、頭にビョンビョンの触角をつけて前髪を直して、エプロンをつけながらのっそりと厨房に入った途端、

「……あら、きたの？」

と、イチゴ先輩が超絶かわいい顔をギュッとしかめて、若干迷惑そうに言った。

「……帰りましょうか？」

「もうっ、いなさいよ！　こっちは忙しいんだから！」

えぇっ……。こわっ。

あたしは黙って肩をすくめて、厨房の奥に引っこんだ。イチゴ先輩が後ろからじっと見てるのがなんとなくわかったけど、振りむかなかった。コックさんが、先輩のおかしな視線を断ち切るように二人のあいだを通りながら、

「そこの二人、離れて、離れて〜。どっちか怪我されたり、食器を割られたら、洒落《しゃれ》になんないよ〜。まったく、こんなに忙しい日のウェイトレスがだよ、どうして、よりによって君たちなんだろうね！」

あたしはうつむいて、ランチタイムの準備を手伝いだした。

黙って続けてると、厨房専門バイトの男の子が、

「ツッキー？　なに……。今日、怒ってるの？」

「うん！　……でも、あんたにじゃないから」

「なんだ、ヨカッタ」

心からホッとしたというようにうなずいた。それから、腕を伸ばして、あたしの触角をビヨンビヨンビヨンと揺らしてみせた。


「——わたしはね、フラれたのよ」

と、イチゴ先輩がとつぜん話しかけてきたのは、ランチタイムの戦闘が終わって、コックさんたちが屋台用の下ごしらえに入ったお昼過ぎのことだった。

あたしたちは揃って裏口を出て、扉のそばにしゃがんで休憩していた。先輩は扉の左、

あたしは右に、たっぷり一メートルぐらい離れて、外壁にもたれて座ってて。なんだか神社の入り口にある狛犬《こまいぬ》みたいで変だけど。お互い、これ以上近くに座るのは抵抗があって。

イチゴ先輩はぼんやりと西瓜《すいか》シェイクを飲んでて、あたしのほうは先がスプーンになったストローでブルーハワイのカキ氷を口に運んでいた。

「フラれたって高梨先輩に？　あれから？　は、早ッ……」

「ばか！　そんな話じゃないわよ」

「はぁ？」

「じゃなくて、ね……」

それきり黙ってるし、シェイクを飲むズズズッ……という音も聞こえてこないし。

あたしもカキ氷をぐりぐりかき混ぜ続けた。

しばらくしてから、顔を上げてちらっと相手を見た。

イチゴ先輩はじっとうつむいてる。

頬を流れてるのが汗だといいんだけどな。今日、ものすごく暑いし。でも……涙みたいにも見えちゃったけど。

あたしは困って、カキ氷をぐりぐり、ぐりぐり、ぐりぐりとかき回し続けた。

日射しが眩しい。

アスファルトも、古いコンクリートも、ゴミ置き場にかけられた真っ青なビニールシートもジリジリと焼かれてる。

遠くの小路に淡い陽炎《かげろう》が立ってる。

……イチゴ先輩が嗚咽《おえつ》し始めながらなにか言っている。えっ？

「フラれてたのよ。――ナッちゃんに、ね！」

「えっ。それは知らなかったですけど……。ていうか、あたしお兄ちゃんの恋愛事情はもともとあまりよく知らないから。うちでそういう話しないし……」

「知ってる。恋愛の話って誰もしないんでしょ。まるで無言の禁止事項みたいに。変わった家よねぇ。仲はあんなにいいのに。へんなの！」

「あ。そういえばそうかも……」

「ナッちゃんがとつぜん死んじゃう前の週よ。まだつきあって三ヵ月ちょっとなのに、『なぁ、別れない？』って言われたの。ものすごく、軽く。ゴハン食べない、ぐらいの言い方だから、一瞬、なにを言われてるのかわかんなかった。もともと、ノリが軽くて、つきあったり別れたりのサイクルが早い子だってのはわかってたけど」

先輩がずっと泣いてるので、あたしは次第にオロオロし始めた。

溶けてきたカキ氷をすすってみる。

すごく甘い。

「だからタカちゃんに相談したの」

「あぁー……」

「あの人、親身に相談に乗ってくれて。でも、その後ああいうことになったでしょ。ナッちゃんは死んじゃって。わたし悲しくて。いったいなにに怒ったらいいのかもぜんぜんわかんなくて」

「んー」

「タカちゃんとは、一緒に、ナッちゃんが死んだことを乗り越える仲間っていうか。優しいし、それに……」

「高梨先輩ってお兄ちゃんと似たとこがありませんか？」

心に浮かんだことをそのまま口にしたら、イチゴ先輩はなぜかものすごい目つきであたしを睨んだ。でもそれがすぐに歪《ゆが》んで、また声もなく泣きだした。

あたしはカキ氷の紙コップの中を覗きこみながら、

「お兄ちゃんよりもだいぶへんだけど。その代わり、超絶優しいし。あたし、青年団の手伝いしますって約束したのにぶっちぎっちゃったけど、先輩、ぜんぜん怒んなかったし……。あれ、なんの話でしたっけ？　あのっ、とにかく、なんていうか……イチゴ先輩……。あたしって、この件に関係ないような気がするし。その……。そりゃ、ショックで走って逃げたりしちゃったけど、べつに、怒ってるとかそういうことじゃ、なくて……」

「うぅっ」

「……なんて言ったらいいか、わかんないです！　とにかく、あの、とにかく……」

あたしは立ちあがった。

「気にして、ない、ですーっ！」

路上に、食べかけのブルーハワイのカキ氷を、怒りにまかせて紙コップごと力いっぱいブン投げた。

――ズシャッ！

と、汚い音がした。

イチゴ先輩も即、すっくと立ちあがった。自分の西瓜シェイクを思いっきり投げて、

「あんた、すごく怒ってるじゃないのよ！」

――ビシャッ！

そこに、配達の軽トラックが走ってきて、二つの紙コップを順番に、ぐしゃっ、どしゃっ、とひき潰《つぶ》していった。

イチゴ先輩がこっちに向きなおって、

「なによ、その態度は！　生意気にッ！」

「気にしてないって、言ってるのに！」

あたしも地団太を踏んで叫んだ。

「許してあげる、みたいにえらそうに言わないでよ。あんた、もとから関係ないでしょ！　ナッちゃんの妹ってだけじゃないの。しかも、血も繋がってないくせにっ！」

「だから、あたし関係ないしって言ってるじゃないですか。もうっ、先輩、もしかしてばかなんですか？」

睨みあう。

お互いにじりじりとにじり寄った。

……キャットファイト寸前のところで、裏口の扉からコックさんがのっそりと顔を出して「うるさい‼ あと、客がきた！」と怒鳴った。

路上を見ると、眉尻《まゆじり》をぐっと下げて、

「顔がいいだけの、馬鹿な女が、二人で。揃いも揃って食べものを粗末にしやがってよぉ……」

「あっ、ごっ、ごめんなさいっ……」

気づいて、あわてて謝った。

するとコックさんは、ちいさな子供にするようにあたしの頭を軽く小突きながら、苦笑した。

「ツッキーはプライドが高いし、態度もでっかいけど、素直な子だよなぁ」

「はぁ」

「イチゴちゃんは、一見愛嬌《あいきょう》があるけど、ほんとは頑固なやつ」

つんっと顎《あご》を上げて厨房《ちゅうぼう》にもどっていく横顔を眺めながら「ほら見ろ？ ぜったい謝らないだろ」と笑う。

「で、さ。黙って背中で謝る。……おいおい、男かよ、その顔でケン・タカクラかって感じ」

コックさんに指さされて、あたしは一緒に扉にもたれながら、イチゴ先輩のちっちゃくていまにも折れそうなほど華奢《きゃしゃ》な後ろ姿を目で追ってみた。

後ろから見てもかわいいってわかるという、驚異のビジュアル派の、細い背中。でも、謝ってるようには……うーん、ぜんぜん見えませんけど。


夕方。ようやくいろいろ終わって帰ろうとしたら、険しい顔をしたイチゴ先輩にまた呼び止められた。なによ、もうってさすがに不満そうに振りかえったら、

「さっきの、話だけどね」

「もう、いいです……。それ……。ほんとに……」

「じゃなくて！　タカちゃんが、その……優しいっていう話のほう！」

「あぁ」

あたしはもう着替え終わってたから、ブラウスとひざ丈スカート姿で、銀の触角を揺らしてるイチゴ先輩の頭をぼうっと見下ろしていた。

「手伝うって約束したのに、こなかったことをね、怒らなかったって言ってたでしょ。その話も、聞いてるけど。どうしたのかなと思って電話したら、センセが出たんだって。タカちゃん、最初は怒ってるのと心配してるのとの半々だったらしいんだけど。約束は約束だし、タカちゃんそういうのには誰より厳しいもの。ナッちゃんとも、いい加減なことをされると本気でケンカしてたしね。そしたら、センセがねぇ……」

またやな予感がして、あたしは黙ってうつむいた。

「ほんとにすまんな、でも、いまは俺、月夜に怒りたくないんだよって。これまで聞いたことないような、ほんとに、心底まいってる声で答えたんだって。逆に、だいぶ年下のタカちゃんに相談するような、さ。で、月夜って昔から、ナッちゃんとはちがって手のかからない子で、けど、センセからしたら、ときどきなにを考えてるかぜんぜんわかんないときがあるんだって。それでつい、わぁわぁ叱ったり強い言い方をしてしまうんだよなぁって」

「へぇ……」

と、あたしは目をぱちくりさせた。

「『でもな、高梨君も、あの子のことを前から知ってるだろ。ときどきよくわかんないこともあるけど、でも、すくなくとも約束を破るような子じゃなかったんだよ。真面目だし責任感もあるし。心の中はどうあれ、人に対してはいつもキチンとしてたよな。それが、大事な人たちを平気で待たせておいて、遊んでたり。手伝うはずのことを黙って無視したり、なんて。あれは月夜じゃあないよ。まるで月の夜の取りかえっ子《チェンジリング》みたいだろう』」

「ん……」

「『あいつは、いま、へんになってるんだよ。で、どうしてやったらいいのか、俺にも親父にもさっぱりわからないってわけだ。俺はアホだ、そして家族は無力だ』って」

「兄貴が、そんなことを……？」

あたしは首をかしげてイチゴ先輩を見下ろした。

向こうは目をそらして、触角をやたらとビヨンビヨンさせていた。

それから「じゃね。……明日もちゃんときなさいよ。こっちは忙しいんだから。無花果青年団よりもずっと。あんたの頭がへんなのより、店が大事。それだけっ。生憎《あいにく》みんなみたいに優しくないから、心配なんてまったくしてませんけど！」とうそぶくと、ものすごい勢いでカフェにバビュンと飛びこんで、姿を消した。

あたしはうつむいて、焼けて熱そうなアスファルトを見た。

それからバス停に向かってゆっくりと歩きだした。

＃

で、へとへとで帰宅したと思ったら、お客さんだった。

リビングに入った途端、玄関でウォォーッとベルが鳴るので、牙《きば》をむきだしながら振りかえってウォォーッと返事なんてしてしまっていたら、おとうさんが「こら、出なさいよ」と軽く笑いながら立ちあがって、のっそりと玄関に向かった。

……こういうときも、出るのは兄貴かあたしの役目のはずで、おとうさんがわざわざ立ちあがることってまずなかった、はずだ。どうやら前嶋家には、あたしの知らないうちに、おとうさんと兄貴による非常事態用特別シフトが発動されてたようだった。

あたし、まさに腫《は》れ物って感じだな……。

「電話もせずにとつぜんすみません……」

「……いえいえ。どうぞ、いつでも大歓迎ですよ」

わぁわぁと話し声がして、来客たちが入ってきた。

あたしはソファに一人でびよーんと伸びて、そのままの姿勢で首だけをねじ曲げて相手を見た。担任の女の先生が立っていた。その後ろにも誰かいる、と思ったら、なぜか夏休みなのに夏の制服姿の、なみだった。

おとうさんに続いて、キッチンにいたはずの兄貴も顔を出して、来客に向かってうなずいた。それから、ソファに寝転んだままのあたしを見て、一瞬、(本気か、それ!? おまえは!!)というように目をむいた。

さすがに怒られるな、と思ったけど、兄貴は怒鳴ろうと息を強く吸ってから、でも、黙って、ふぅぅ……とまるで熱風のようなため息をついた。

みんな黙ってこっちを見てるので、あたしは仕方なく起きあがって、

「いったい、どうしたんですか」

「ううん、ちょっと寄って顔を見ていこうかなと思って」

と、先生が微笑んで言うと、なみもこわごわとあたしをみつめながらうなずいた。

「わたし、図書委員だから。今日、本の虫干しの日で学校行ったの。そしたら、たまたま先生に会ってね、で、その……。月夜の話になって。じゃ、一緒に行こうかって」

「飯、食って行けよなっ」

兄貴がおおきな声で言った。

先生たちがあわてて遠慮してるのを、

「どうせ鍋《なべ》いっぱいビーフシチュー作ったからさ。ご飯は三人分しか炊いてないから、足りないけど。パスタを茹《ゆ》でてペペロンチーノをつけるよ。……なみちゃんだっけ？　シチュー好きだよな」

「あ、はい」

「ほらっ。聞いたか、親父。シチューが嫌いな女の子なんていないって、前、俺は言ったよな」

おとうさんが、そんなこと言ってたかな、忘れたよ、と首をかしげながらも、いそいそと五人分の食卓の準備を手伝い始めた。

これも通常シフトならあたしの役目なんだけど……。ま、いっか……。あ、先生たちも和気あいあいと手伝ってる……。

というわけで、晩ご飯は急遽《きゅうきょ》、大人数で宴会みたいになった。大人三人は葡萄《ぶどう》酒の罎《びん》まで開けて楽しそうに話している。兄貴と先生の大学時代の話に、おとうさんがにこにこと相槌《あいづち》を打つ。兄貴はもう、その話のついでにあたしをジロリと見て、おまえは受験生なんだからな、だいたいどこを受けるつもりなんだよ、とか言おうとしない。ただ、あたしとなみのお皿にシチューをついでは「おい、たくさん食えよっ」と笑いかけるだけだった。

食べ終わって、食器を片付けて。

今度は先生が持参した和菓子と、おとうさんの淹《い》れる煎茶《せんちゃ》が並んだ。

「そういやさ。遠藤苺苺苺苺苺《いちご》の飼ってるあの変ちくりんな犬って、頻繁に逃げるよな。逃げるっていうか、ふんぞり返って威張りながら勝手に町内を散歩してるっていうか。こないだも月夜がみつけて捕まえてやったんだってなぁ」

と、兄貴が急に言う。

うわ。なんでも筒抜けだ。もしかして、あたしの話、いろんな人とけっこう頻繁にやりとりし始めてるのかな、と思ったら、うつむいてしまった。

「ん？　なんだよ？」

「……ううん」

「あら、なんていう犬なの？」

へんな空気を察したのか、先生が如才ない笑顔になって口をはさむ。

「縄文柴っていう古代の犬種なんです。それの、雑種。尻尾《しっぽ》だけ箒星《ほうきぼし》みたいで、変わってるの。名前はハッピー・エンドゥ。遠藤さんちの犬だから、って」

「ふーん」

と、なみがうなずく。あたしはなんとなく、

「――人生のハッピー・エンドゥって、なんだろうね」

部屋がシンとした。

あたしが独り言みたいな絶妙のテンションでつぶやいてしまった一言が、妙に低く響い

たから、かも。

柱時計が音を立てている。

外からは蟬の鳴き声が遠く聞こえる。

エアコンが涼しくて乾いた風を排出する、かすかな音。

遠い声。

もう聞こえない、死者からの口笛。自転車のベルを鳴らすつめたい指……。

「そうだ。先生ね、今日ちょうど図書室で『世界の偉人伝』の虫干しを手伝ったりしたんだけど！」

先生がまた急に言った。なみがハッとして、共犯者のように明るい声で返事をしながら、頭を下げた。

「えへへ〜。先生、ありがとうございました。早く終われたし」

「うん。……世界の偉人って、たいがいみんな死んでるわよね」

死んでる、のところで、おとうさんと兄貴の肩がほぼ同時に、かすかにビクンと揺れた。

──聞こえない口笛。

死者の指。

あの世のふちに立って、呼んだ、自分の声。

(──お兄ちゃぁぁーん！)

蟬の鳴き声が、途絶えた。

柱時計の音が強くなった。

「……だからね、けっこう、歳をとって亡くなるときの、病気で長く苦しんだとか、事故で潰《つぶ》れて死んじゃったとか、晩年は一人ぼっちで孤独死したとか、そういうエピソードで終わるから、どうしてもそのインパクトが強くて、悲惨なテイストで覚えちゃうけど。だけどって、わたし思ったの。好きな偉人のことは、生きてるときのいちばん輝いた瞬間で記憶したほうがいいじゃないって。すごい発明をしたり、とんでもない名曲が閃《ひらめ》いたり、見事な戦法で敵軍を蹴散《けち》らしたりしたときで、ね」

あたしは小首をかしげて先生を見た。

先生はバトンを投げるようなへんな手つきで、腕を曲げたりまたグイッと伸ばしたりしながら、一生懸命しゃべってる。

「べつにラストシーンじゃなくていいでしょ、そこにはこだわらないわって。わたしは、人生の記念たるベストショット的シーンをこそ、その人のハッピー・エンドゥと認定したいわねぇ」

おとうさんがほっこりと微笑んでうなずいた。

「なるほど。それは偉人には限らないね。わたしたちの人生も同じだ。たとえば、愛しあって過ごした記憶や、とてもいいことをした時や、それに、その人がまさにその人自身であろうとした瞬間。素晴らしき哉《かな》、我らのハッピー・エンドゥ……」

「おいおい。犬の話からずいぶん広大なテーマになったじゃないか。おまえってさぁ、やっぱりちょっと変なやつだよな。ははは」

兄貴がほっとしたような顔をして、うれしそうに先生をからかう。

と、先生は兄貴を睨んで「変じゃないですよっ、もう……！」と本気で唇を尖《とが》らせた。

そういや、前にあたしがそう口走ったときも不満そうだったな。先生ってもしかして、変って言われるのが苦手なのかな……。でも、変なのになっ。

先生はお茶を一口飲んで、感心したように、

「あら、おいしいわ……！」

とつぶやいた。

先生たちが帰り支度をし始めた。兄貴が「暗いし、二人とも車で送るよ。なみちゃん、家に電話しなー」とか大声で言ってるのを横目で見ながら、あたしはだるくなっちゃってまたソファに倒れこんだ。

電話してるらしきなみの声がして、つぎに先生に替わったみたいで、なみの親とまた和気あいあいとしゃべってるのが聞こえてきた。

ぼんやりしてたら、いつのまにかなみがそばに立っていた。まず白い靴下をはいた足が見えて、ギョッとして起きあがる。

「な、なに？」

「あの、その……。こないだ、デートみたいなのをしてた年上っぽい男の人って、誰なの

かな、なんて」

めんどうになって、

「……よく知らない人だよ」

それきり黙ってたら、なみはやたらともじもじした。なにか言いたそうなので、まきたちが怒ってることとか、いろいろ言うのかなと思ってうつむいたまま黙ってた。

そしたら、図書室のシールが貼ってある本をとつぜんズイッと差しだされた。

「ん？」

「これ、今日、古いからもう処分するわよって司書さんに言われて。気に入ってる本だったから、ラッキーと思ってもらってきたの。……よ、読む？」

「えっ」

なみはいかにも恥ずかしそうに真っ赤になって、

「『ぼくが旅立つことは、お別れじゃないよ。大事な人たちを、今後も愛し続けるという意志表示なんだ』っていう台詞《せりふ》が、最後に、あって、わたし、泣いたんだ……。読んだ、ときに……。あのね、すごく、好きだった、おばあちゃんが、死んじゃった、ときで……。中学のころ、だけど……。悲しくて、苦しくて……。死ぬってなんでか、わから、なくて……」

あたしは……。

あたしは、高校に入ってから知りあったなみのことが、物静かな子だけど、じつは中身がみっちりって感じで内心けっこう気に入ってて、で、あたしに気に入られてることをなみ自身も感じてるみたいで……。でもなみのほうは、あたしよりも、元気でずばずば言うタイプのまきのほうが好きというか、なんか、自分にないそういうところに憧れてるっぽくて。まぁ、それでもいいけどねって、友達グループの中の、微妙な好きの比重の駆け引きが続いてる感じで。

でもこの夜は、いつもならフンフンって興味たっぷりで聞くはずの、無口ななみによるつっかえながらのトークを、我慢して聴き続けることさえ苦痛だった。どうしてこんなふうに変わっちゃったのかは、自分でもよくわかんないけど。

なみはますます真っ赤になりながら、

「お、お、おばあちゃんが、旅立ったのも、お別れじゃ、ないって。いないけど、いて、あ、愛し続けてて、くれるんだって、思えたから。その……。月夜も、よかったら、この本……。わたしには、宝物の本だった、から……。あの、その……」

「ふーん」

あたしはだるくなって、ソファの背にもたれながらうっそりとうなずいた。

「なみってさ、よく本を読んでるよねぇ」

「え……」

「読んでみても、いいけど……」

かすかにめんどうくさそうな響きに、なみが気づいた。途端になみは耳まで赤くなって、うろたえた。

ぷくぷくした指でギュッと握って差しだしてた古い本を、すごいスピードで引っこめる。

あたしが怪訝《けげん》な顔つきをしたまま、だらりと力なく手を差しだすと、

「……………………いいッ！」

「なみ？」

「もう、いい……」

「えっ。ちょっと、なみ？」

プップー、と表で兄貴の車がクラクションで呼んだ。

途端になみは身をひるがえして、どたどたと廊下を走っていった。あたしは起きあがって、そしたら目眩《めまい》がして、まず右に、つぎに左に、倒れそうになったけど、なんだか気になるからゆっくりとした仕草で追いかけた。

スニーカーをひっかけるようにして履いて、フラフラと玄関を出ると、車の後部座席になみが飛びこんだところだった。巣穴に飛びこむウサギみたいに。助手席には先生がいて、運転席の兄貴の耳に口を近づけてなにか話していた。なにを言われたのか、兄貴は豪快にワッハッハと腹から笑っている。なんだかわからないけど妙に愉快そうだった。

バタン、と後部座席のドアが閉まる。

追いかけてって、開いてる窓から覗きこんで「……なみぃ？」と甘えるようにささやく。

するとなみは、いままで見たことないほど傷ついたような目つきでこっちを見上げた。

さっきの先生みたいに、あたしの耳に唇を近づける。

うん、と耳を澄ました。

するとほかの人には聞こえないぐらいのささやき声で、

「わたし……。ほんとうは……。月夜のことが苦手」

あたしはおどろいて、黙ってなみをみつめかえした。

「ずっと隠してた。でも、性格っ、悪すぎ！」

「え……」

なみはそれきり口を閉じた。怯《おび》えきったようにじっとしている。

エンジンがかかる。

車が走りだしたかと思ったら、開けっ放しの窓から、ウワァァーッと狂ったように叫びだしたなみの甲高い声が聞こえてきて、ビックリした兄貴が運転席で飛びあがったけど、車はそのまま玉葱横丁の薄茶色の石畳を滑るように走り続けて、あっというまに遠ざかっていった。


その夜。

ううん、明け方、かな。

あたしは夢を見た。

宇宙空間みたいな、暗くてキラキラしてる不思議な場所に、黒い立派な椅子が一脚あった。その椅子にお兄ちゃんが座っていた。肩のところがとがってる黒い軍服を着てて、派手な銀色の襟飾りが眩しかった。お兄ちゃんはやけにふんぞりかえって座ってて、張り切って威張ってるように見えた。まるで夏休み初日の子供みたいに。

右手に、なにかを握ってる。

それがなんなのか、夢の中ではあたしも知ってた。

——爆弾のスイッチ！

この世のなにもかもを吹き飛ばす。無花果町どころじゃない、世界中が一瞬にして白い光とともに消えちゃう、魔法のスイッチだ。未確認飛行物体に乗って、宇宙の彼方《かなた》からやってきたお兄ちゃんが、それを持ってる。

だから。

で。

お兄ちゃん……。

「押しちゃって！」

と、夢の中で叫んだ。

「なにもかも吹き飛ばして！　お兄ちゃん！　友達も学校もバイト先も、優しい家族に囲まれたこの家も、無花果町も、ううん、もっと、なにもかも……。消えちゃえばいい。なくなっちゃえばいいんだ。お兄ちゃん……！」

あたしは叫び続けた。

「押してよーっ！　ウォォーッ！」

——ゴトンッ。

と、ベッドから床に転がり落ちた衝撃で、起きた。

寝汗をかいて体中がベトベトだった。

またおおきな声で寝言を言ってたんだと気づいた。でも、階下からはもう怒る声も「寝ろよっ」と命じる声も聞こえてこなかった。おとうさんも、兄貴も、お布団の中で目を覚まして、身動きもできず戦々恐々として、二階からの不気味な叫び声を聞いてるのかもしれない……。

あたしはベッドに這いあがって、横になった。

ゆっくりと目をつぶる。

手のひらに意識を集中すると、夢の中で死者が握っていた爆弾のスイッチが、いま自分の手の中にもあるような気がありありとした。

すべすべしてて、悲しい、その感触。

（押しちゃって！　お兄ちゃん……！　押してよーっ！）

……あたしは、また泥のような眠りに落ちた。

「丘をこえ　行こうよ
　口笛　吹きつつ」

「空は澄み　青空
　牧場を　さして」

　翌週の初め。

　あたしと密は、十九歳の自転車に曲芸みたいな二人乗りをして、郊外に続く道をばかみたいに歌いながら走っていた。

　夏の空はおどろくほど高くて、雲一つなくて、道路もなにもかもが白い光に包まれていた。道路の左右では、玉蜀黍《とうもろこし》畑が非日常的に輝いていた。空から銀色の未確認飛行物体が降りてきてもちっとも不思議じゃないような感じだった。汗が滴った。膚《はだ》がジリジリと音を立てて焼けた。

　夏祭りは明後日《あさって》からの開催ともう迫ってきてて、町にはそろそろ観光客たちが押し寄せようとしていた。いまこうして郊外に続く道を走ってても、気の早い観光バスや自家用車やオートバイの集団が町に向かっていくのと、ときどきすれちがう。約は昼間、作業の当番になっていま働いてるところで、夕方から交替するはずの密が、こうしてあたしと遊んでくれていた。

密の背中にもたれて、一緒に歌いながら、あたしはお兄ちゃんと自転車で飛ばしたあの日のことを思いだしてた。涙が流れそうで鼻がツンとしたけど、でもやっぱり泣かなかった。

あの日、お兄ちゃんは、どこに行くのって問いに、

「——雲の上までだよ！」

と答えて笑ったけど、でも、今日は雲一つない空だからなぁ。

自転車を漕いでる密に、どこ行こうかって聞かれて、あたしは首をかしげてから「銀山《かな》に行ってみない？　宇宙船を見たって証言がある場所なの」と答えた。密はキョトンとしてから「いいよ」と片頬で笑った。

それから、若干、意地悪そうな目つきになって、

「いま、また、死んだっていうやつのことを考えてたんだろ」

「あ……。うん」

「月夜、知ってるか？」

「死ぬ前はさ、まぁ状況によってはすごく辛《つら》いんだけど、でもいざ死ぬその瞬間、大量のドーパミンっていう脳内物質が噴出するんだって。それって、ビッグバンが起きてうっかり新しい宇宙空間ができそうなぐらいの凄《すさ》まじい性的快感なんだってさ」

「なにを？」

「……密の、意地悪！」

あたしはじろっと睨んだ。

すると密はますますにやにやして、

「なんでだよ？　俺は、楽しみだけどな。そりゃ死にたくないけど、いつか死ぬから。しかも、愛する人と一緒とかじゃなくて、理不尽なことに、一人ぼっちでさ。……どうせなら、なにか楽しみがあったほうがいいだろ。……おい、ほんっとに、この手の話が苦手なんだな、月夜。赤い顔してる。あんたっておっかしいなぁ」

「わかっててするんだもの。それって意地悪だって」

すると密は、興味なさそうな薄い声で答えた。

「だってさ。いい加減、体を隠してるその無花果の葉っぱを取れって。それで、エイッて捨てちゃえよ。そんなもの、ほんとに生きてくうえでは邪魔なだけだろ」

「もうっ……」

密はくっくっ、とちいさな声で笑った。

「そういや、約が言うにはさ」

「ん」

「確か、古代ローマの神話かなにかでは、月の女神は二つの顔を持ってるんだって。だから、月夜にももしかしたらもう一つの顔があるのかもな。発育不良の顔と、ちゃんともう十八歳の顔と……」

「なによ、それっ」

銀山が遠くに見えてきた。山の中腹が銀色に光っている。昔は鉱物を採取してた山の一つだけど、もうとっくに出なくなってからはほとんど誰も行かない。いまでは町は、銀の鉱物じゃなくて銀の宇宙船の観光で栄えてる。

夏の緑が茂ってて、日射しを反射して眩しい。

ふくれ続けてるあたしに気づくと、密は大笑いした。気持ちよさそうに口を開けて、しかも笑いすぎたのか目尻に透明なものが光ってる。

「密って、けっこうつめたいよね」

「ふふん」

と、役者の流し目のように甘くあたしを見て、

「俺と、もっと知りあえたら、どうつめたいかわかるよ？」

「なによ、それ」

「……どうせ〈無花果UFOフェスティバル〉が始まったら、町からいなくなるけどね。明々後日《しあさって》の朝にはまた旅立つから、さ」

と、なんでもないことのように言う。

あたしは無言で、密の両肩をつかんでた手のひらに力を込めた。

そんなの、だめ。

行かないで、って。

お兄ちゃん……。

密……。

だって、そしたら、幽霊の夏休みが終わってしまうでしょ……。

「なんだよ」

「……ううん、なんでもない」

あたしは、子供のころ、無花果町に引き取られてすぐのときに、まだチビだったお兄ちゃんにもっとチビのあたしが同じ言葉を投げつけた夜のことを思いだしていた。つめたい、って。

そしたら、お兄ちゃんが黙ってギュッと抱きしめてくれたことも。

あの夜にこそ、あたしとお兄ちゃんのあいだの見えない絆《きずな》が始まった。それが良いのか悪いのかは神さまにしかわからないけど。濃くて、情があって、生半可なことでは断ち切ることのできない、生きている人と人との熱い関係。

そして、片方が死んだいまも、それはまだ終わってない。

おとうさんは――、忘れることが死者への供養だよって教えてくれたけど。

で、兄貴は、あんなやつは死んでよかったんだって怒鳴ったけど。

イチゴ先輩はっていうと、泣かないなんてあなたはつめたい妹だって、責めたし。

担任の先生は、幽霊なんてぜったいにいないわ、ぜったいによって言いきった。

友達のまきは、あんたはいつも芝居がかってて我慢ならないってずっと怒ってる。

そして、なみは……。

旅立つことは、人と人の別れじゃないって。

死者たちは、地上に残された者たちを愛し続けているはずだって。

……みんなが口々にいろんなことを言っては、あたしのことを引っ張ったり押したりするけど。

そして、祈りが強くてもどってきたお兄ちゃんはというと、なぜかまったく別人みたいになっていて。こりゃ気のせいかもしれないなって感じで。

だから……。

あたし……。

どうしたらいいのかな……？

あたしは密の汗ばんだ白いタンクトップの背中に、黙ってほっぺたをすりつけた。

「また、いなくなったやつのことを考えてるんだろ。月夜？」

「うん……。ううん……。そう……。ちがう……」

夏の太陽が眩しく輝いて、あたしと密と自転車の周りをあの世みたいに空恐ろしく真っ白に光らせていた。

銀山の中腹で自転車を降りて、あたしと密はきゃあきゃあしゃべりながら山道を歩いていった。小川が流れてるから顔を洗ったり、水をかけあったり、木陰で寝転んだら揃って泥だらけになったり。なにかあるたびに笑い転げた。

おおきなメタセコイアの木が何本も立っているのを見上げて、なんて高いんだろうと口を開けていたら、密がその木陰でなにかをみつけた。寄っていってみると、名前のわからない紫色の丸い花がひとつだけ咲いていた。

「わぁ、かわいい花だね」

「これ、俺、知ってる。確か月紫鏡《げっしきょう》って名前の花だ」

「げっしきょお？」

「うん」

密はにやっと笑った。

「前の、前の、前の町にも咲いてたから。あっちのほうが無花果町よりも南の土地だったから、早く咲いてたのかもな。その町に、約が仲良くなった子がいてさ」

「あぁ！」

と、あたしはうなずいた。

木陰に腰を下ろした密の隣にぺちゃっと座りこむ。いつももてあましてる、女の子にしては長すぎる手足を、またもてあまし気味に畳んで。すると密が、無造作な仕草であたしの膝《ひざ》に形のいい頭蓋骨《ずがいこつ》をポンと置いた。

それは、お兄ちゃんや高梨先輩のグループの男の子たちみたいな、ときどき照れるとはいえ、女の子の扱いに慣れきってる若きプレイボーイのそれとはぜんぜんちがった。相手が、その、あの、密の言い方だと、性的対象じゃなくて、つまり……。おおきな犬がふいになついてきたような感じだった。こういう密と一緒のときは、あたしは自分の無花果の葉っぱを気にしなくてよくて、自然な気持ちになれた。

あ。そういや、約が仲良くなった子って、トレーラーハウスの外で聞いちゃった二人の会話にも出てきてたから、気になってたんだ。と、つぎの言葉を待つ。

密は気持ちよさそうに目を閉じて、両手のひらを空に向かって伸ばしながら、

「子、って言っちゃうけど、だいぶん年上だったんだぜ」

「えっ。大人ってこと？」

「んー、人間の区分で言うと、おじいちゃん？　六十、いや、七十過ぎてたって感じ？かな」

「えぇーっ？」

それって、うちのおとうさんよりずっと年上だ。へたするとおとうさんのおとうさんぐらいの歳？　あたしがびっくりしてると、密は柔らかく微笑んで、

「人は歳じゃないんだよ。それに性別とか、生まれや育ちでもないって。人はただその人

自身なんだ。……って、その子の影響だけどさ。俺も前は歳とか性別をもっと意識してたよ」

「ん」

「ま、とにかくさ。その子が月紫鏡の名前を知ってて、逸話も教えてくれたんだってさ。確か、能かなにかの演目にもなってるらしいけど。まんま『月紫鏡』っていうやつ。知らない？」

「知らないなぁ」

密は目を閉じたままで、気持ちよさそうに頭を揺らした。

木漏れ日はとても強くて、青白い密の顔を、影になってるところと真っ白に照らされてるところの混ぜ混ぜにしていた。あたしはその顔を……なつかしいきれいな顔を……いつまでも目に焼きつけておきたくてただもうみつめていた。

「戦国時代の話だったと思うんだけどな。細かいとこは忘れちゃったけど。昔々、あるところに……」

と、密は目を閉じたまま、譫言《うわごと》のように続けた。

光が雨のようにサラサラと降り注いでいた。

風も柔らかく、あたしたちはまるで知らず知らず夢の世界の奥深くに入りこんだようだった。

「とても仲のいい夫婦がいたんだって。武家にしては珍しく、幼なじみどうしで愛しあってて、恋愛結婚の本妻、だっけな。ま、ほかにも妻たちはいたみたいだけど。で、戦になって、夫は危険なことがわかってて出陣して。戦地で、やっぱりこれはもう無理だっていうぐらいの事態になって、死にかけたんだよ。すると夢に本妻が現れて、あなたを助けるために神さまと取引しましたよ、って。夢の中で、本妻が短刀で自分の喉をついて自害して。そしたら夫のほうは自然と体が楽になって、九死に一生を得て無事に帰ってきたんだ。国に着いてみたら、夢で見たとおりに本妻は死んでて、残ってた二番目、三番目、四番目、五番目の妻たちが口々にわぁわぁ説明するのを聞くと、神さまと約束をして自分の命と引き替えにすることになったって宣言して、ほんとに、喉をついて自害したんだってわかった。

海辺の町だよ。ここはちがう。すぐそこに海があるんだ。

夫は、満月の夜に二人乗りの舟を出したよ。

古来から、月の海を銀の舟で渡った生者は、死者のいる国にたどりつくと信じられてきたから。

妻の目印は、婚姻したときに自分が贈ったおおきな紫の鏡だった。ほどなく死者の国で死んだ妻をみつけた。生前と同じく美しい姿で、自分の頭よりおおきな、重たい鏡を胸の前で抱きしめて、夫を待っていた。さぁ、帰ろう、と手を引くと、では神さまの許可をもらってきますね、と言う。しばらくしたらうれしそうにもどってきて、帰っていいですよ、でも気をつけてねって言われました、とささやいた。夫は大喜びして、ほかの死者たちにも礼儀正しく挨拶《あいさつ》をし、本妻を銀の舟に乗せた。

月の海を渡っているあいだは、こっちを見ないでくださいね。けっしてですよ。と、本妻が念を押した。夫は、そういやそういう逸話を聞いたことがあったから、わかった、俺はぜったいに振りかえらないぞと固く約束をして、銀の舟を漕ぎだした。

月が輝いていた。

魔法の月が。

舞台の照明のように、皓々《こうこう》と。

だけどさ、やっぱり、結局夫は振りかえってしまうんだよ。本当に自分の後ろに本妻が乗っているのかなって心配になってしまったから。どうしても、べつのなにか、人ならぬものの気配が背後からしてきて、本妻がべつのおそろしいなにかに変わってしまったような気がして、ついに、ハッとひと息吸いこんでから、櫂《かい》をつかんだまま、そっと、首を、動かして……。

振りむいた。

と……。

そこには、妻ではなく。

鬼がいた。

おそろしい形相をし、髪を振り乱し、身の丈も夫の三倍はあろうかという鬼が立っていた。振りかえった夫に気づくと、悲しそうに吼《ほ》えながら、紫の鏡を抱きしめてた。その姿を見て、夫は、この鬼がやっぱり死んだ本妻なのだと気づいた。死してこんな姿になってしまっていた。だから、けっして振りむくなと約束させたのだって。

鬼は……。

見られてしまったからにはもう地上には二度と還れぬ。あと我を弔いて賜《た》び給《たま》え。代わりに、最後に、と……。

月の海に滑りだすと、ゆっくりと舞を舞い始めた。

夫は涙を流しながらその舞を見守った。そういえば、本妻は生前も舞の名手だったからな。ではこの鬼がやっぱり妻の変わり果てた姿なのだ、約束を破って振りかえってしまって本当に悪かった、と手を合わせながらね。

おおきな鬼は、海上が舞台であるかのように滑り、見事な舞を披露した。

やがて、紫の大鏡を夜空にかざした。

月の光が魔術のように揺らめいたという。

鬼は大事な鏡に、この世の最初から、我々がいる現代、そしてはるか未来の消滅までのほとんどすべての時を、ほんの数秒のあいだにキラキラと映してみせた。

宇宙の秘密のすべてを。時の流れの始まりから終わりまでを。

そうすることで、限りあるこの世と、短く鮮烈な人間の生を祝福してみせたのだ。

そして舞が終わったとき、鬼の姿はかき消えていた。

海に浮かんだ紫の鏡が、ほんの一瞬、輝いて……月の海に音もなく沈んでいくのを夫はなすすべもなく見守った。

それから夫は、一人ぼっちで銀の舟を漕ぎ続けて国にもどった。そして待っていた家族と臣下に、本妻とは残念ながら今生での縁《えにし》が切れ、ともに地上にもどってくること敵《かな》わなんだが、最後に心を込めたよいものを見せてもらい、もったいなくありがたいことだった、やはり良き縁であったと語った。

そして、夫は八十近くまで長生きしたし、この武家もまた現代まで絶えることなく繁栄したという」


「……って、いう話」

と言って、密はパチッと目を開けた。

あたしは我にかえって、

「へんなのぅ。密、よく全部覚えてたね」

「うろ覚えのとこは適当に作ったんだよ」

「……こらーっ」

「あはは。でもさ、伝承ってそういうもんだろ。いろんな人が、えっとどうだったっけ、忘れた、って適当に脳内補完したりの繰りかえしで、作者がいっぱいいる感じでさ。みんなの集合無意識でできてる、魔術みたいな話……。だからおかしな力がある……」

「ん」

あたしはゆっくりとうなずいた。知らず背筋がざわついた。

……武将の本妻がいなくなってしまった辺りから、じわじわと、あたしが知ってて、知らない人──義母のことを考えだしちゃったからかもしれない。

おとうさんも、兄貴たちも、普段はけっして話題に出そうとしない女の人。きれいで気まぐれな人だったらしくて、あたしはこっそり、お兄ちゃんの整った顔と自由な魂は、もしかしたらその人譲りなのかもって思ってた。その人は死んじゃったんじゃなくて、紫の瞳をした正体不明のちいさな女の子が引き取られてきたのと交代するみたいに……いなくなった。初恋の男の人と出奔したって噂、だけど、おとうさんにも兄貴にもちゃんと聞いたことない。

おとうさんはもう許してるのかな。乗りこえてるのかな。大人のことって、でも、わかんないな……。

密が楽しそうに、歌うような口調でもって、

「月夜。もうちょっと上に登ってみようか。この小川沿いにさ」

「うん！」

いっしょに立ちあがった。密が自然に手を伸ばしてきたので、手を繋いで道なき道を仲良く登っていった。

内心では、このままずっと登り続けられたらなぁ、と思ってた。これきり下りたくなか

った。密がえいえんの恋人の約とともに旅立ってしまう明々後日の朝なんて、こないでほしいな、って。

涼しい風が吹いてきて、あたしたちの髪を揺らした。ここは海のない町だから、海辺の町にとっての月の海が、銀の山かもしれない。なんだかあの世に近づいていくようで奇妙に心地よかった。

あたしは、密と手を繋いで、寄り添って、歩き続けた。

また、歌うことにした。

「丘をこえ　行こうよ
口笛　吹きつつ」

「空は澄み　青空
牧場を　さして」

そう、どこまでも。

どこまでもよ、密。お兄ちゃん、って。

——一時間ぐらい、いや、もっとかな、二人ではしゃぎながら登り続けた。それで、下

を見たらもうけっこうな高さで、道なき道をきたからちょっと怖くなっちゃって、

「帰れるかな」

とつぶやいたら、密のほうはなんにも恐れてないみたいで、不思議そうな顔をしてあたしを見下ろした。

「こられたんだから、帰れるだろ。月夜はばかだな」

「そっか。そうだね」

「置いていくぞーっ！」

「わっ、待ってよ」

密はタンッと地面を蹴って、山道を敏捷《びんしょう》な獣みたいに走りだした。あたしはあわてて
「そんなに走ったら、転ぶよ。それに、ほんとに道に迷うってば……」と言いながら追いかけた。

こんなに上のほうまで登ってきたのに、まだ死者の国じゃないのかな。

紫の鏡を手にした不思議な鬼には、逢えないのかな。

そう思いながら、一生懸命走る。

メタセコイアの高い幹がどこまでもまっすぐに連なっていた。かなり高いところからの木漏れ日が白煙のように射している。ピーチチチ、と小鳥が鳴いた。いつのまにか不思議な森に着いていた。

あたしは目を細めて、光の中にすっくと立ち、にやにやと笑いながらこっちを振りかえ

っている密を見上げた。

そのとき、煙のような木漏れ日がとつぜん強くなった。

目が眩《くら》んで、思わず瞼《まぶた》を閉じる。

遠くに連れていかれるような浮遊感に取り巻かれた。白い光に包まれてる。あ。体の力がすぅっと抜けていく。まるで死んでいくように。

あたしは夢を見ているような気分で微笑みながら、問いかけた。不安と恍惚《こうこつ》に取り巻かれていて自分でもなんだかよくわからなかった。

「密ぅ。道に迷ったら、どうするの……」

「そんなこと、ちっとも怖くない。ぼくはどこまでも行ける、遠くまで走れる、って信じてるよ」

「また、そんなこと言って」

「それに、もしも、不幸にも神の雷が落ちて、迷ったり谷底に落ちたりしたら……」

光が増していくのがわかった。

小鳥の声が聞こえて、次第にどこかに遠ざかっていく。

と、ぱっと弾《はじ》けるような、無邪気で明るい笑い声がふいに森に響いた。

「──またおまえが、きっと、ぼくをみつけてくれるさ。月夜の目は、あの世のふちまでひとっ飛びでたどり着くんだ。頼もしきぼくのパープル・アイ……！　その紫の月の瞳には死者の姿が見えるんだろう？」

「……えっ⁉」

今度こそあたしは、ぜったい気のせいじゃないし、あなたはやっぱりお兄ちゃんですし、と確信して目を凝らした。それから、足をもつれさせながら駆けた。木の根っこや、葉っぱや、蔦《つた》に足を取られて転びそうになりながらも、男の子に向かって突進して、

「ねぇ、いまの！」

と、叫んだ。

「……ん？」

びっくりしたような密の声がした。光の角度が変わったせいで、その顔がよく見えるようになった。煙草をくわえて、のんびりとした様子で紫の煙をくゆらしているところだった。

もごもごしながら、

「なんだよ？　急に走ってきて」

「いっ、いま、なにか言ったでしょ！」

「いや、なにも。……なに？　そんな怖い顔してさ」

「ううん、なんでもない……」

と、あたしは首を振った。

またこの両腕のあいだをすり抜けていってしまったのだ。あたしの死者が。ほんの、一瞬で……。願い事を唱え終える前に流れ星が消えちゃうように……。

それから、白い光に包まれた辺りを見回した。隣から、密の吸う煙草の煙が漂ってきた。煙はまたかすかな紫色に染まって見えた。


夕方になって、ようやく山を下りて無花果町にもどってきた。

これから工事に参加する密と別れて、お店をひやかしたりしてなんとなくぶらぶらしていたら、なみと行き合った。

声をかけようと足を止めたら、なみは忌みするものを見てしまったというように顔をそらした。そして足早に駆けていく。

その後ろ姿をぼけっと見送ってから、所在なくまた自転車にまたがった。

力なく漕いで、家に向かう。

暮れかけた空にまた月が浮かんでいた。ルナティックな一日がまた終わろうとしていたのだ。あたしはペダルを思いっきり漕いで走っていた。夕日に染まる無花果町の夏の風を一身に浴びると、どんどん、気持ちいいのと悲しいのが一緒の不思議に透明な気分になってきた。

五章　月夜の奈落《ならく》のおそろしい秘密

…


それから二日経った。

今夜から〈無花果UFOフェスティバル〉が始まる、というか、今夜が前夜祭だった。みんなでまず前夜祭で盛りあがってから、週末にかけて毎日町のいたるところでいろんなイベントが催されるのだ。

朝、起きたときから、空気が昨日まではどこかちがってるのがわかった。ピリピリしてて、そのくせ楽しそうで、町全体が期待と不安にわくわく揺れてるような感じ。

『手伝ってーっ！』と、悲鳴なのか怒ってるのか微妙な感じの声でイチゴ先輩が連絡してきたので、あたしは急遽《きゅうきょ》〈UFOカフェ〉に顔を出すことにした。

自転車で出かけると、町に近づく道を、観光客を乗せた車がたくさん走っているところだった。ドライブインもコンビニも、それだけじゃなくて電信柱も街路樹も、銀色の飾りをたくさん夏の風に揺らして、完全に夏祭り仕様になっている。自転車を追い越していく観光バスの窓から、子供が握りしめている、宇宙人の顔を描いた水色の風船がフワフワと揺れていた。

町中でも、宇宙人のコスプレをした人たちが歩き回ってて、普通の格好で歩くとかえって目立ちそうだった。コンテスト会場の引き出し広場に向かって屋台を引っ張っていく人たちや、町のマップを片手にうろうろしてるカップルや、いろんな人たちで混みあい始めている。

ようやくカフェに着いたら、すでにお客さんでぎっしりだった。制服に着替えてフロアに出る。人を呼んだ割にはイチゴ先輩がいないなぁと思ったら、厨房《ちゅうぼう》のバイトの子がにこにこと、

「イチゴちゃんなら、今夜の〈ミス宇宙人コンテスト〉に出場するから、その準備で帰ったよ」

「……はぁぁっ？」

「ほら、高校生は出られないからさ。イチゴちゃん、ようやく今年から出場可能になったわけ。マスコミもくるしで張り切ってたよ。顔パックしたり、唇に蜂蜜《はちみつ》を塗ったりして」

「あいつっ……！」

「なんだよ、怒って？　来年、ツッキーも出ればいいじゃない。きっとみんな君に投票するって。だってそのツラだもんなぁ！……まっ、今年はイチゴちゃんが本命ってことで決

まりっぽいけど」

「そういうことじゃ、なくって……。もうぉっ！」

　とプリプリしながらも、仕方なく夕方まで働いた。

　やがてべつのアルバイターがやってきて、それに、忙しそうだからねって遠藤オーナー本人も顔を出して手伝ったりし始めたので、あたしはそーっとお暇《いとま》することにした。覚えてろっ、イチゴ先輩めっ、とまだ怒りながらも自転車を飛ばした。うちには帰らず、そのまま引き出し広場のそばにあるあの林に向かう。

　今日も、銀色のトレーラーハウスがずらりと並んでいた。

　夕日を浴びて輝いてる。

　……もう町を出る準備を始めてる車もあって、あたしの胸がズキンと鳴った。外に並べていた簡易テーブルや椅子を仕舞ったり、車体を洗ったりしてるところだ。

　赤いグミのスダレが目印の新しい車をみつけて、あわててノックしたけど、誰も出てこなかった。「密っ！」「……約っ？」と外から呼ぶけど、返事がなかった。

　不安になる。

　その場にしゃがんで、膝《ひざ》を抱えてじっとしてたら、やがて遠くから、

「……あれ、月夜かっ？」

　と楽しそうな声がした。

　あたしは途端に微笑んで振りむいた。ぴょんっと立ちあがる。

密と約が、肩を抱きあいながらゆっくりと歩いてくるところだった。どうやら二人とも前夜祭開催のギリギリまで働かされたみたいで、タンクトップが汚れて、汗まみれになってる。そんな格好なのに、二人からは今日も親密でセクシーな雰囲気が濃く漂っていた。

「仕事、終わり！　もういつでも旅立てるよ」

「えっ。お祭り、見ないの……？」

「明日からもうつぎの町で働くからな。……月夜、入る？」

「うんっ！」

あたしは喜んで飛びあがって、密に続いてトレーラーハウスに入った。

――初めて入ったトレーラーハウスの中は、狭いというか、妙に細長いっぽい空間だった。奥のほうにクリーム色をしたおおきなダブルベッドがあって、手前に簡易キッチン。ちいさな銀色のドアはトイレかな。お風呂《ふろ》はあるのかないのか、よくわからないな……。密たちが外にテーブルと椅子を出すのがよくわかると思った。狭いハウスの中にいるより、太陽の光を浴びてゴハンを食べたほうがずっと楽しそうだ。

キッチンでタオルを絞ると、密と約がその一枚のタオルで体中の汗を拭《ふ》いた。続いてタンクトップを脱いで上半身だけ裸になって、蛇口に頭を突っこんで順番に髪を洗う。すべすべした膚《はだ》を水が滴っていった。どっちも青白くて、外で作業してたのが不思議なぐらい日焼けしてない。

座るところがないから、ベッドの端にちょこんと腰かけて待っていた。やがて密が隣に座って、水が滴る胸や腰をタオルでせわしなく拭きながら、

「これでお別れなんだな。月夜とも」

「……それ、なにを飲んでるの？」

「えっ、これ？」

密が、約に渡された細長いグラスを右手でギュッと握っていた。あたしが不思議そうに指差すと、にやにやと笑いながらゆっくりと持ちあげてみせた。約も同じものを握って、蛇みたいに赤い舌を出しては中身をちろちろと舐《な》めている。

お酒、かな。薄紫色の液体が入ってるみたい。

密はグラスとあたしを見比べると、かすかに意地悪そうな、でもからかってるような笑みを浮かべた。こういうときってやっぱりなんだかサドっぽい。

「――これは自白剤」

って、低い声。あたしは思わず笑って、

「あ、またからかってるんでしょ、密」

「あはは。まぁそうだけどさ」

「どうせお酒でしょ。見ればわかるもん」

「うーん？」

と、密は首をかしげた。

「お酒といえばまぁお酒だけどさ。ほかにもいろいろ入ってる。そっか、町の人はこういうのを飲まないんだよな。俺たちには普通のことだけど」

密は一人で納得したようにうなずいた。それから約に外国語で話しかける。約はうなずくと、自分のグラスをグイッと差しだした。

目が、合う。

もうあたしのことを怒ったり敬遠したりしてないみたいで、約の細い目は笑うようにさらに細くなっていた。そっと受け取る。

「これを飲むといい気分にもなるけど、それだけじゃなくて、いろいろしゃべっちゃうんだよ。だから、通称・自白剤。まぁいい気分になるだけだったらこっちで充分だしね」

と、密が煙草の箱を指さした。あたしは首をかしげて、

「いい気分？　でも、それってただの煙草でしょ？」

「えっ、ちがうよ？」

と、密がおどろいたように返事をした。

お互いに不思議そうにみつめあった。

地面に土台を埋めて暮らしてる人と、地面を走っていく人とは、やっぱり生活も文化もいろいろとちがうみたい。

ふと頭の中に、ずっと前に密たちが最初に〈UFOカフェ〉に現れたとき、イチゴ先輩が怒って話してた声が思いだされた。

〈中学生の女の子が……。へんな薬を吸わされて……〉

で、なんだっけ。

密がグラスの液体をごくりと飲んで、にやっとした。

「このお酒、俺たちはけっこう好きだけどな。月夜には合わないかもなぁ」

「そりゃ、自白なんて聞くと怖いけど」

密のサドっぽい笑みがぐっと濃くなった。

「つまりさ、月夜。俺たちってさ、毎日いろんなことをしゃべるだろ。俺はこうだよ、わたしはこうなの、って語るのがほんっとに好きな生き物だよな。だけど、いくらがんばって話しても、自分のことがうまく伝わらないとかさ、この人のことがどうもわかんないなってこと、ないか？」

「あっ。あ、る……！」

あたしはこわごわとうなずいた。

握りしめた細長いグラスは、つめたかった。こわいのに、そっとグラスを持ちあげて秘密の液体を舐めてみた。それは甘くて苦くて、かすかに酸っぱくもあって……。喉《のど》の奥にツンとくるから、アルコールっぽくて……。おいしいのかどうかよくわからなかった。確かにひどく秘密っぽい味がする。こわいのに、惹《ひ》かれる。また一口飲んでみる。すると喉がカッと音を立てて焼けた。

密がますますにやにやしながら、

「約がこないだうまいこと言ってたんだよな。おい、なんだったっけ？」

「ᒣ⊅⌂⊅∟⊏≷∟⋓<⋒#≀⋈⋎◇∟⊲#<⋏★◇⊲∟⋈≀」

「そう、それだよ。あのな……」

密もグラスの中の自白剤をゆっくりと飲み干す。

「語ることではなく、〝どうしても語ることのできない重大ななにか〟こそがじつはその人自身なのだ、って。だから、これを飲んで自白しあうことで、互いをよりよく知ることができるって」

「ふ、う、ん……」

あたしは、急速にそのお酒なのか自白剤なのかわからないものが回ってきて、おおきなベッドにくにゃりと横になった。

密がこっちを覗《のぞ》きこんで、「あれ、月夜？」と聞いた。

約と顔を見合わせて「うわ。いきなり潰《つぶ》れちゃったよ。ほんの二口ぐらいでさ。町の子って不思議だなぁ」と言うのが聞こえてくる。

約が答えてる。密がなにか言って、それから……。

心配そうに、でも笑みだけはそのままでこっちに顔を近づけてくる。

密？

「質問ごっこ、始めるよ？」

うん。

「……？」

密……？

「？」

えっ、なに……？

なに……？


「……本当に好きな色は？」

「じゃ、動物は？　猫とか犬とか普段は無難なことを答えるけどさ、でも、本当はなに……？」

「あんたがさ、この世でいちばん苦手な人って、誰？　じつはさ、すごく仲良くしてたり、うまくいってるはずの人間関係の中に、一人、鬼が交ざるようにしてそいつがいたりするだろ。そういうもんだよ。あぁ、みんなそうさ。自分だって誰かにとっての鬼かもしれねぇし」

「なぁ、月夜も俺たちに質問しろよ。だって自白剤が効いてるあいだしかこんな話はできないんだからさ。わざと避けるんじゃなくてさ、ほんとうの言葉はなかなか出てきてくれないんだ。なぜなら、ほんとうすぎることは、自分でも気づいてないことばかりだから。

……人間っておかしなもんだよなぁ」

「ほら、もっと仲良くなれるよ。月の裏側を見るように、こうして心の裏側まで見せあえば。おいっ……」

「くすくす笑ってないで。あんた、ほんっとに笑い上戸だな」

「なにか、聞けよ？」

あたしはそのお酒だか自白剤だかを飲んでぼーっとなって、密と約の顔をよく見ようとしても焦点が定まってない感じでユラユラしてた。

目を凝らして、密の、お兄ちゃんとソックリのきれいな顔をみつめる。いつもなら、顔は同じだけど浮かんでる表情がぜんぜんちがう人のものだって、すぐ気づくんだけど。このときはぼんやりと霞《かすみ》がかってるからわからなかった。

「お兄、ちゃん……？」

密がびくっと肩を震わせた。隣にいる約と顔を見合わせる。

おおきなベッドの真ん中で、あたしは唇を強く嚙《か》んだ。

「教えてほしいの。あの日、最期のときのことを……。あたしにはわからないままで。だからずっと気になってたまらなくて。さぁ、あの男の子はもう死んだんだからみんなで葬りましょうってわぁわぁ言われても、あたしだけ、うまくできないままで。生者たちの和を乱し続けて、町中を困らせてる。だから……。教えて、ほしいの……」

「おい、月夜？」

「あの日のこと……。ねぇ……。あたしのしたこと、怒ってる？　それとも許してくれる？」

起きあがって、急に密に詰め寄る。

密の胸に手のひらが当たった。すべすべした膚《はだ》だ。女の子みたい。切れ長の瞳《ひとみ》を間近に見る。

それから、あたしは渾身《こんしん》の力を込めてその胸を叩《たた》いた。

けっして開かないドアを叩き続けるように。あの世のドアを。

……でも密は、そんなあたしをめんどくさそうに押しのけて、

「あのさぁ。俺、でもほんとにあんたの兄とかじゃねぇから。それに顔だってそんなに似てねぇって言うしさぁ。そういうのはなしにしようぜ。自白もなにもできないって」

「でもっ……」

「顔がソックリだって言うんだろ。まったく、月夜さぁ……」

密は起きあがって、約と並んでこっちを見た。

泣きそうな顔で唇を震わせているあたしを、じっとみつめる。

密はなんでもあまり信じないし、疑うのがうまい男の子だってことをあたしは思いだした。そしてときどき鋭いことも。

「……月夜。あんたってさ。なにか隠してることがあるんだろ？　なぁ？」

「エッ？」

「俺、ずっと気になってたんだよ。おかしな娘だなって。でさ、月夜はもしかしたらなにか重大なことを誰にも話してないんじゃないかって。それがいったいなにかは、俺にもさっぱりわからないけどさ。ただ、こいつにはきっととんでもない秘密があるんだって。そんな気がしてならなくて」

——自白剤！

うっかり飲んでしまったあの液体。

どうしても語ることのできない重大ななにか。

あたし自身を表すもの。

体から出ていこうとしない、ある、本当の言葉。

この胸を蝕《むしば》み続ける罪の意識と、解けない疑問。

あたし、は……。

よろめきながら、ベッドから降りて立った。

約が手を伸ばして、乱暴に支える。

頭を振る。乱れた服をばたばたと直しながら、それでも抵抗し続けた。

「いったいなにを言っちゃってるの、密？　さっ、さっぱりわからない、けど？」

密はむっつりした顔つきであたしを見下ろして、

「いや、自分でもよくわかんねぇよ。ただの閃《ひらめ》きだし。だけど、あんたはずっと苦しそうだしさ。ほっとけなくて。それでこんなに深く関わっちまったのかな。どうせこの町からはすぐにいなくなるってのに。なぁ、あんたはいったいなにが苦しいんだよ。月夜……？」

そしてベッドから降りるとこっちに近づいてきた。

青白い膚が、全身、月の表面のようにすべすべと光って見えた。黒目は闇みたいに深くて、表情がまるで読めなかった。風もないのに、さらさらした髪が後方に向かってふわっと揺れた。ゆっくりと首を左にかしげる。まるで、暗い森の奥で、人間の姿に化けた不気味な獣と行き合ってしまったようなこわさだった。あたしは硬直して、密の顔をただ見上げていた。

色のない唇が、そっと動く。

密がなにか言った。

「あんたさ、無花果《いちじく》の葉でなにを隠してるんだよ？」

「──あたしも、お兄ちゃんを好きだったの」

なんの前触れもなく、あたしはあっさり自白した。

薬のせいだろうか。それとも獣みたいな密の姿が恐ろしかったからなのかな。わからない。自分でもびっくりして両手のひらで口を押さえた。

密が怪訝《けげん》そうに、

「も？」

「あっ、えっと……」

「⌧⅄、⊭♯⋒⋚⌂⋝。⊖⊅♈」

と、背後で約がなにか言った。なに、と振りむいた密が、

「ふーん、そうか。この義兄妹って……」

「――そしてね、あたしがお兄ちゃんを××たの」

うわ、この自白剤、ほんとにだめ！　また言っちゃった！　だけど手のひらで口を押さえたままだったおかげか、声がくぐもって、二人の耳にちゃんとは届かなかったみたいだった。

密がこんどはこっちを振りかえって、「えっ」と聞きかえした。

答えずにうつむく。

約がベッドの上で四つん這《ば》いになって、警戒してるようにそーっと近づいてきた。あたしの顔を覗きこむ。密のと同じ、闇夜のように暗くて表情の読めない目が瞬いていた。そして、あたしの強張《こわば》った表情の奥にあるものに気づいたように……ハッと腰を引いた。

密は身動きせずにあたしを見守っている。深くて底知れない目つきだったけど、約のそれとはちがって……。なんていうか、獣が見知った人間の様子を観察するような感じだった。どうやら、つぎの言葉をじっと待ってくれてるようでも、ある……。

でも、あたし……。

これ以上なにも自白したくないよ。黙ってたい。逃げたい。でもなんだか頭がフラフラしているみたい。これって大丈夫なのかな。

〈なによ、よそ者とへらへらおしゃべりして……〉

イチゴ先輩の声がまた蘇《よみがえ》った。

〈あなたは……。反省室、ねっ……〉

声を追いだそうと、頭を激しく振る。そしたらくらっと目眩《めまい》がして、意識がさらにぼんやりし始めた。しゃべるつもりはないのに、また勝手に、

「あたし、が……。犯人、だったの……。無花果町の誰も、まだ知らない……」

と小声でつぶやいた。それから後ずさって、壁に思い切り背中をぶつけた。

ほんとに、まずい。

……どうやらあたしは罪をどんどん自白してしまうばかりらしい。

我に返る。

とにかくここから逃げなきゃっ、と思った。いまは人のいるところにいたらだめなんだって。もう耐えられず、自白剤の効果でもっと話してしまうって。

……でも、このことを話したほうがいい相手がいることも、知っている。

ほんとは、あたしはあの日からずっと言いたかったから。聞いてほしかったから。

だけどそれは、ここにいる二人、密と約じゃなくて。

トレーラーハウスの中にある、旅人の男の子たちのおおきなベッドじゃなくて。

それは……。

前嶋家の……おとうさんと、兄貴……。そして三角屋根のあの家のリビングにある〈普通の三人掛けソファ〉なの……。

ずっと、あの家の人たちに罪を自白して許しを請いたかった。

あたしはフラフラとよろめきながらトレーラーハウスから飛びだした。密が「おいっ」と呼ぶのが聞こえた。

「月夜っ、危ないだろっ！　これを飲んでから走ったら……。効くって！　効きすぎるし……。待って、月夜ッ！」

密らしくなく焦ったような声。まだ幼い少年のそれみたいに、いつもより高くなったか細い声。

あたしは止まらなかった。

行かなきゃ、って。

そしてあたしは銀色の自転車に飛び乗って無花果町を走り抜ける。

外に出るともう日が暮れていた。夏の夜風が凍ったように吹いていた。引き出し広場で、お手製の宇宙船を飛ばす宙人間《ソラ》コンテストの準備が始まってるのがわかった。コスプレをして歩いている人たちは、誰が町の人で、誰が観光客で、誰がほんとの宇宙人かももうぜんぜんわからない。

日常と祭りの境界線がすこしずつ薄くなっていく。ルナティックな月が紫色に輝く。この世とあの世が。町と宇宙の彼方《かなた》が。一緒になって、右に、左に揺れ始めている。見る間に揺れは激しくなって、みんな共振し始めて。年に一度の銀色の祝祭の夜は、もう、ほら、始まってる。

あたしは走った。

上空をコンテストに参加してる宇宙船がぼうっと飛ぶ。無線で動かしてるのや、風を利用してるのや、高いところから飛び降りるのや……。銀の舟たちがどこかを目指して飛び続けている。あの世のふちを目指してるように。夏の終わりは死者の季節だから。

あたしはその下の地面を銀色の自転車で走り抜ける。家へ。前嶋家へ。告白しなければならない大事な人たちがいる場所へ。もうあの人たちから嫌われてもいい。ひどく責められてもいい。自白剤が効いていて、あたしはいまなら言えるんだと思って、でも言うのが怖くもある。自転車を走らせる。家へ！　家へ！

玉葱横丁を走り抜ける。緑色のペンキで塗られたかわいらしい三角屋根の二階屋についた。

自転車を飛び降りて、バビュンと音を立てて、うちに飛びこむ。

なんと、ちょうど玄関におとうさんと兄貴が立っていた。二人ともすでにしっかりコスプレをしてる。おとうさんは毎年着てる銀色のスーツ。これに袖《そで》を通すと演歌歌手みたいになっちゃうんだけど、何年か前の卒業生たちのプレゼントらしくて、大事に手入れしては着続けてる。兄貴のほうは青い着ぐるみ姿。ドラえもんみたい。モコモコしていてかわいい。

二人は同時に、

「あっ、月夜発見！」

「よかった。カフェを出たと聞いたけど、ぜんぜん帰ってこないから……。心配したよ」

と、おとうさんがほっとしたように目尻《めじり》を下げて微笑んだ。

続いて兄貴が、

「なぁ、イチゴがミスコンに出るんだって。聞いてたか？　毎年、観光客のクイーンばっかりだから、今年こそぜひとも町の女の子に優勝してほしいって、俺たちも急遽《きゅうきょ》、イチゴ応援団だよ。ほらっ、月夜も早く着替えて、って……。月夜……？」

と、あたしの荒い息と、焦点の定まってない目と、グラグラする首に気づいて、二人が顔を見合わせた。あと、なんだか乱れてる服装にも。

兄貴が額に手のひらを当てて、息をかいで、「酒か……？　いや、この匂いは……。んん――……？」と首をかしげる。

あたしはとつぜんその場に頽《くずお》れて、額を玄関の御影石《みかげ》にぴたっとくっつけた。

おとうさんと兄貴……あたしを家族の一員として受け入れてくれた優しい人たちに、ひれ伏す。もうろれつが回ってないけど。

「お詫《わ》びします。あたし、自白、します。おとうさん……。あ、兄貴……。もらわれっ子のくせに……。あたしっ……」

「はぁ？」

「どうしたんだ、月夜？　おい、立てよ。立てって！　うわ、ぐんにゃりしてる。猫みてぇ。なんだよ、まさか酔っぱらってるのか？　でもこれって酒の匂いじゃねぇし、な……」

あたしは玄関先に倒れたと思ったら、体の力が抜けて動けなくなってしまった。

兄貴が引っ張りあげようとして腕をつかむんだけど、確かに猫みたいにぐにゃぐにゃしてて、何度も床に落っこちてしまう。つぎの言葉を口にしようともしてるんだけど、唇が震えるばかりで声を出せなかった。

強引に立たせようとする兄貴を、おとうさんが止めた。

二人してしゃがみこんで、よく似た心配そうな顔つきでこっちを覗きこむ。

こわくなって目を閉じた。

それからおそるおそる口を開いた。

「おとうさん。兄貴……」

「ん？」

「どうしたんだよ、いったい？」

「あたしが……」

と、声が割れるように震えた。

——自分にくっついてたおっきな無花果《いちじく》の葉っぱが、一枚、ぺらりとはがれて、背後の夜空を飛んでいくところが見えたような気がした。

そして、あれから一カ月近くも経ったこの夜、ようやく二人に向かって自分の罪を告白することができた。

「あたしが、お兄ちゃんを殺しました」

——ずっと黙っていて、ごめんなさい。

<|

あの日——。

夏が始まったばかりの日。

あたしはアルバイトに行こうとしていた。時間があるから、コンビニに寄ってアイスを買いました。

定番のアーモンドチョコバーを。

うちではアーモンド味のお菓子がご法度だったから、誰も買ってこないし、食べることもなかった。あたしは外でだけアーモンド味のものを食べるようにとかなり気をつけてた。で、この日、食べ終わって棒だけになったのを持ってるところに、角を曲がって、自転車に乗ったお兄ちゃんが近づいてきた。

ぼくも食べようかな、とコンビニに入っていった。

お兄ちゃんはもともと甘党じゃないけど、あたしが食べてるのを見るとつられて甘いものを食べたがることが多かった。それで、やっぱり甘いよなぁって、毎回けっこう新鮮におどろいてみせたりして。

ほどなく、お兄ちゃんが同じメーカーの苺アイスのバーを買って出てきました。それを齧《かじ》りながら、

「——ずっと、月夜に言いたかったことがあるんだ」

……その後に起こったことを、あたしは長いあいだ誰にも黙っていました。

お兄ちゃんの顔が近づいてきて、あれっと思ってるまに、なぜかあたしの唇にお兄ちゃんの唇が重なっていました。お兄ちゃんの唇からかすかに苺の味がしました。一回だけ、キスしたことがあると言ったのはじつはこのときのことです。だけど、つぎの瞬間にはお兄ちゃんは、スローモーションになったように、夏の空に体を投げだし、ゆっくりと仰向《あおむ》けに倒れていきました。

白目をむいて、泡を吹き、全身を痙攣《けいれん》させながら、奈落に落ち、お兄ちゃんは死んだ。

コンビニの店員さんが飛びだしてきて、応急処置とかしてくれて、しっかりしろ、大丈夫だからって声をかけて、で、救急車がきて……。そのあいだずっと、あたしはわけがわからなくなっていて、すっかり忘れていました。

じわじわと事態を理解したのは、その夜。お通夜が始まるころのことでした。

涙は出なかったです。ショックで凍りついたまま中心までバキバキで。

みんなが、お兄ちゃんがなぜかアーモンドのアイスを食べたって思いこんで口々に話してるのを聞いて、ちがうよ、苺なのにと思って、あの店員さん、どっちにどの味を売ったのか忘れちゃってるのかな。だって……。

キスされたときに、苺の味がしたんだもの。

あれっ。

ということは、お兄ちゃんの唇には、あたしが食べたばかりのアーモンドの味がしたの、かも……？

ほんのちょっとでも息が止まってしまう、致死性の超絶アレルゲンの、アーモンドの成分が……？　口移しで……？

店員さんはもしかしたら見てたのかもしれない。とつぜんキスされたところも。お兄ちゃんって泣き叫んでるところも。それでとっさにわざと逆に証言してくれたのかもしれない。わかんないですけど。

つまり、お兄ちゃんは、女の子にキスして死んだ。

——これが月夜の奈落にずっと隠されていた秘密でした。

」

あたしは玄関先にひれ伏したまま、ごめんなさい、ごめんなさい、と馬鹿みたいに繰りかえしてた。

おとうさんも兄貴も銅像みたいにパキーンと固まっていて、しばらくなにも言わなかった。

……この家は、仲が良くていつだって笑いが絶えなくって、だけどじつは幾つかの禁忌があった。いなくなったおかあさんの話題を、まず誰も出さなかったし。それに、イチゴ先輩にも指摘された通り、誰も恋愛や色恋の話をしなかった。ちょっとしたジョークでさえ、誰も。兄貴も、彼女ができてもこれまで一回もうちに連れてこなかったし、おとうさんも、どんな子と付き合ってるんだねとはけっして聞かなかった。

もしかしたら、この異性のもらわれっ子が、バランスを取ろうとする家族に妙な緊張を強いてた……のかもしれない。それか、あたしはほとんど覚えていない義母という人の奔放な消え方のせいかも。

まぁ、とにかく、家族全員で、無花果の葉っぱで体にあるはずのものをうまく隠しながら、仲良く一緒に暮らしてきた。イチゴ先輩曰《いわ》く、コメディ劇団の公演みたいに。それって、どこのうちもけっこうそうなのかな？　それとも前嶋家だけなのかな？　よくわかんないけど……。

あたしも、男と女が惹かれあうってこと自体、この世にないみたいに振舞い続けてた。密が言うような、性的なんとか、みたいなのも。ないないっ、それにその話題はうちではタブーですしって感じで。

——だけど、一方で。

家族の一員であるはずの、あたしとお兄ちゃんのあいだの深い絆《きずな》も、ずっと昔から始まってたことだった。愛だの恋だのわけわかんないチビのころから。お兄ちゃんよりかっこいい男の子はぜったいいないってあたしはずっと信じてきた。お兄ちゃんもあたしを好きでいてくれて、仲良しだった。

お兄ちゃんがどういうつもりだったのかは、わからない。

あれだけ渾身《こんしん》の注意を払いあって作ってきた家族のバランスを、崩してまで、わざわざあたしなんかにちょっかいかけるのも、ね。町じゅうにかわいい女の子がいたし、お兄ちゃんと付き合いたい子もいて、より取り見取りだったし。

で、あたしのほうは……。

どういう意味でお兄ちゃんを好きだったのか、いまでもまだよくわかってなかった。死んじゃってからも、あの世のふちで呼びながらも、ずっと悩んでるけど。幽霊から、正直に言えよってからかわれても、そこはやっぱりあいまいなまま。

あぁ、ただ……。

あの男の子の魂と自分のそれとのあいだには、深くてかけがえのない繋がりがあったのだ。だからいまとても混乱してる。奈落という男の子のことを身も世もなく好きだったのだけは、ほんとう。そしてこれからもずっと。

月夜は奈落が、えいえんに大好き——。

おとうさんが先に口を開いた。

「月夜……。そんなことをずっと黙ってたのかね。そうか。それでおまえは長らく悩んでたんだねぇ」

「うっ」

「もう顔を上げなさい。奈落がいったいどういうつもりだったかはわからないことだけれど、でもそれはおまえのせいじゃないだろう？　ちゃんと忘れて、前に踏みださなければ」

「……おとう、さん？」

あたしは違和感を覚えて、ゆっくりと顔を上げた。

心の底から心配している顔をして、おとうさんがあたしを覗きこんでいた。オロオロし始めながら肩を抱きよせて、

「気持ちはもうよくわかったから、元気を出しなさい。なにがどうにしろ、奈落は二度ともどってこないんだ。おとうさんたちは、生きて、いま苦しんでるおまえがなによりも大事だよ。それなのに、このかわいい口で、もらわれっ子とかやたらと言うんじゃない。おとうさんまで寂しくなるじゃないか。まるで、わたしたちの愛情がおまえにとってはとるにたらないことのようで……」

「でっ！　でも！」

「あのなっ、そういうことはもっとはやく言えよ、月夜。ばかだなっ、おまえは」

と、兄貴までがガミガミと怒りだした。

「親父の言うとおり、それってぜんぜんおまえのせいじゃねぇだろうが。いったいどういう悩み方だよ。このばかっ。……なっ？」

あたしはいやいやするように首を激しく振った。

「だって……！　あたし!!」

「ん？」

「ここまで大事に育ててもらって。なのに、あたしのせいで、この家の子のお兄ちゃんがあんなふうに死んじゃって……。こんなの、でもっ！」

兄貴が地団太を踏んで、叫んだ。怒りすぎだ。

「もう、いいんだって！　おまえは悪くないし、悩むことなんてなにもないって、親父も言ってるだろ！　親父も、俺も、なにがあったのかよくわかったからさ。奈落のほうはともかく、おまえを責めたりするわけないだろうがっ！　わかるだろっ！」

「ちがっ」

「なんだよっ！　もうっ！」

「あたし、だから……。呼んだの……」

「誰を」

震える声でちいさく答えた。

「お兄ちゃん、を……」

すると兄貴がキリキリと眉《まゆ》を吊《つ》りあげた。

「こらっ、月夜！　おまえはまだそんなことを！」

「あの世のふちまで、行って！　おまえを許すって、言ってほしくて！　どうしてあの日アーモンドのアイスなんて選んだんだろって、ずっと考えてて。心の中で謝り続けてて。お兄ちゃんに話しかけ続けて。もう死んでる、けど、でも……」

「月夜っ」

兄貴がぐにゃぐにゃのあたしをむりやり立たせた。

乱暴に、ほっぺたを右、左、と一回ずつ叩いた。けっこうな音がした。力がこもってたみたいで、かなり痛い。

「よく聞けよ。月夜。いいか？」

「うん……」

青い着ぐるみのモコモコの胸に力なくもたれる。

ほっと息をついた。なんだか気が抜けていく。

兄貴、助けて……。

ずっとその現実力を頼りにしてきたの。素直にそう言えたことは一度もなかったけど。このおそろしいわけのわからない場所から救いだしてほしい……。こんなところにはもういたくない……。

とるにたらなくなんか、ないよ。あたし、おとうさんのことを信頼してる。それに兄貴の強さも。だから兄貴……。

お願い。あたしを助けて……。

ここから引っ張りあげて。もう暗い奈落の底にいまにも落ちそうなの。

と、兄貴の低い声が玄関に響いた。

「なぁ、月夜。死んだ人間はもう骨と灰になってるんだぞ。それは物質に過ぎないんだ。

……おい、聞いてるかッ！」

ザワッ。

……背筋に怒りが燃え広がった。兄貴から離れて、壁にもたれる。

反発する気持ちがまた全身に巻き起こる。

「ちがっ、ちがうっ……！」

それに、さっきからずっと頭がキーンとなってて、すべてが霧の向こうでされてる激しいめごとみたいで、よくわかんなくなってきちゃった……。

あたしは……。

そう、ただとめどなく悲しいままだ。

だからまだ、こうやっていなくなったお兄ちゃんのことばかりを考えてる。そうするほどにこの世は遠い場所になっていく。

あ。遠い。遠いよ……。

兄貴が遥《はる》か遠くでなにか叫んでるみたい。

「よく聞け、月夜。俺を信じろ。なっ、おまえは俺の言うことにけっこう納得して生きてきたろ。だから耳をかっぽじってよく聞けよ。大事な、大事な、大事なことだからな」

肩をつかまれて激しく揺さぶられる。兄貴の声がする。

「――死者と言葉を交わすなんてことはできないんだよ。誰がどうしたって、もう一度この世に呼びもどすなんてことは論理的に不可能だ。つまり、ここまでのすべてはおまえの想像上の出来事に過ぎない」

……ちがう！

兄貴はまちがってる。だって、子供にならできるもの。死者を呼ぶことが。

と、あたしは思った。でも言葉にはせずに、ただパープル・アイをカッと見開いて兄貴を睨《にら》んだ。牙《きば》もむきだす。すると兄貴はひるんで、思わず肩から手を離した。

途端にあたしは、ズサッと鈍い音を立てて玄関に崩れ落ちた。中身を喪《うしな》った古い着ぐるみみたいに、力なく。ぺっちゃりと。

と、おとうさんの震える声が頭上から聞こえてきた。

「月夜、もういい加減、おまえの心の中にいる奈落を手放してやりなさい。我々がいつまでも悲しんでいると、死者はうまく成仏できないよ。そして、おまえも前に進むんだ。どうか奈落のことはもうキッパリと忘れてほしい。生きてるおまえの幸せがいかに大事かということを、もっとよくわかってほしい」

ちっ……。ちが、うっ……。

と、あたしは声にならずつぶやいた。

このもらわれっ子は、あなたたちにそんなことを言わせたかったんじゃ、ない。血を分けたお兄ちゃんをなくして、ひどく悲しんでるだろうこの家族に。

そうじゃない。そうじゃない。あたしがほんとに伝えたかったことも、おとうさんたちから言ってほしかったことも、全部、ちがう。

……もう誰も助けてくれない。

腕を伸ばし、あの世のふちから引きあげてはくれない。それに死者だってあたしを許さないままなのだろう。

なぜかどんどん卑屈な気持ちになってきた。

あたしは仰向《あおむ》けに倒れたまま、ほんとに頭がおかしくなってしまったかのように、渾身《こんしん》の力を込めて叫んだ。

「あの日、ほんとはあたしが死ねばよかったのっ！　お兄ちゃんじゃなくて、もらわれっ子のほうが！　あたし、出ていく！　それで、いまからでも……。しっ、しっ、しっ」

言っちゃだめだ、声に出してしまったら、もう後戻りできなくなるってわかってた。でも止まらなくて、

「しっ、しっ、しっ、死んでっ、お詫《わ》びします！　ほんとにっ、生まれてきてっ、あたし、ごめんなさい……」

最後は気弱に、ぐにゃぐにゃな口調で謝ると、あたしは妖怪《ようかい》みたいにずるずるとタイルの上を這《は》いながら玄関を出た。そして、もつれる足で自転車に飛び乗ると、玉葱横丁を走りだした。

こうしてあたしは、この夜、ついに禁断の一言を口にしてしまったのです。

〝あたしも死ぬ〟と……。

Y

あたしは銀色のちいさな宇宙船に乗って夜空を飛んでいた。

あの自白剤の成分ってなんだったのか、さっぱりわからない。心も体もフワフワしてるみたい。無花果町の上空を流れ星みたいにすごい勢いで駆け抜けていく。

上から見ると、やっぱりちいさな町だなぁ。

遠くに引き出し広場が見える。祭りの中心のそこに向かって、道路も、建物も、飾りの銀色や青や緑を徐々に増している。スタジアムみたいな照明が広場を照らしていた。広場の裏の、引き出し状になってる崖《がけ》のその また向こうは、闇に沈んでてまるでなにかの淵《ふち》みたいに見えた。

さらに遠くに、夜風に揺れるキラキラの玉蜀黍《とうもろこし》畑。

そのさらに向こう側に、乾いて石だらけの荒野。

見事な満月が、町のすべてを皓々《こうこう》と照らしだしている。空を飛んでるせいか、月がいつもより近くて、いまにも落っこちてきそうにおっきい。

あたしはおかしくなって、月に向かって手を振った。もしも下から見たら、月の真ん中で影を作ってる、自転車にまたがった背の高い女の子のシルエットが見えただろう。

夜空を飛ぶのはとても気持ちがいい。

ふわふわと進んでいく。

……あれっ。

いつのまにか下の道路に降りてきちゃってた。夢のように軽かったペダルにも現実の重さがもどっている。夜空のような色に染まった、古いアスファルト道路。町に続く大通りだ。街灯がところどころに寂しく灯《とも》っている。

夜になったいまでは、道路はだいぶ空《す》いていた。ていうか、いまこの道路を走っているのはどうやらあたしだけみたいだ。あ、でも町に近づくにつれ人の気配がすこしずつ増してくる。それにしてもなんてカラフルで非現実的な人の群れだろう！　コスプレをした人たちが増えてくると、自転車では前に進みづらくなってきた。電飾も眩しい。道の左右に七色の屋台が並んでいる。呼び込みの声も響く。

人をかき分け、かき分けして、あたしは進んだ。

あっ……。

濃いピンクの霧が視界をゆっくりと横切っていった。なんなのかはわからない。目で追っていると、霧は次第に薄くなって、で、消えていって……。

と、そのとき。

どこからか……。

口笛が聞こえた。
小気味いいメロディ。
あたしは足を止めた。それからじっと目を凝らした。
コスプレした観光客や町の人たちであふれる引き出し広場のほうから、スタンド・バイ・ミーの曲を吹くなつかしい口笛が響いてきた。
メロディに合わせて……。
胸の奥で自然と口ずさむ。
(夜の闇に、包まれて、もう月明かりしか、見えなくなっても
あたしは、怖くない　怖くない
あなたがいてくれるから
ダーリン、ダーリン、そばにいて　そばにいて……
空が落ちてきても、山が崩れて、海に沈んでしまっても
あたしは、泣かない　泣かない
あなたがいてくれるから
ダーリン、ダーリン……そばにいて……そばに、いて……)
そばに、いて……。
――タッ。
と、地面を蹴って走りだした。

夜空には落っこちてきそうな満月が光り輝いている。姦《かしま》しいはずの人の声がどんどん遠くなっていく。足が宙に浮くような感じがする。走るけど、なかなか前に進まない。むしろ地面のほうが後退していってるみたい。広場の真ん中に目を凝らして、瞬《まばた》きし、それからすっと息を吸う。

——あたしはその背中をみつけた。

白いタンクトップを着てて、ブカブカの麻っぽいパンツ。背がすらりと高くて、長い手足を持てあますように揺らしている。後ろ姿からでも、あっ、あの人はかっこいいぞってわかる素敵なビジュアル。

楽しそうに口笛を吹いてる。

周りにたくさんの人がいるけど、宇宙人のコスプレしてる人ばっかりだからか、誰もが幻のように淡く思えた。そんな中で、その男の子の背中だけが、夜の空気をはらんでリアルに浮かびあがっていた。

口笛が続く。

手になにか持ってる。

——屋台で買ったらしいフランクフルト。

黄色いマスタードがてんこもりに塗られてる。マスタードまみれって言ってもいいぐらい。すでに一口齧《かじ》ってある。

あたしは……。自転車から手を離した。地面を蹴って走った。

今度は、地面が逆に前方に向かって勝手に進むように、瞬きするほどの時間しかかけずにあっというまにその場所にたどり着いた。

両腕をひろげて、

「お兄ちゃん！」

と、後ろから思いっ切り抱きついた。

ほっ、と息をつく。

首も背中もあったかかった。生きてるときとすこしも変わるところなく。

「逢《あ》いたかった。逢いたかったよ……」

とつぶやくと、奈落はゆっくりと首を曲げてこっちを振りむいた。

顔も、生きてたときとまったく同じだ。

優しい黒目と、なにを考えてるのかわかんないひんやりした白目の混ぜ混ぜ。この男の子独特の目つき。あたしを見下ろすと、口笛を吹くのをゆっくりとやめた。それから元気いっぱいににっこりしてみせた。

唇がつめたくほころぶ。

前髪が風に涼しげに揺れる。

急にパカッと口を開いて、

「よぅっ、月夜！」

「もぉ！　よぅっ、じゃないよ！　あれきりなかなか出てきてくれないから、あたし、もうたいへんだったんだから。たくさん話せるよって、言ってた、のに……」

あたしは奈落の青白い顔を見上げた。

切れ長の瞳《ひとみ》。鼻筋が通っていて、ぱっと華やかな顔立ち。なによりも、漂っている愉快で明るくて愛嬌《あいきょう》たっぷりのこの空気。見ているとこっちまで楽しくなってきちゃう、曇りない笑顔。

いつまでも見ていたい。その輝く姿を。

奈落はすこしだけうつむいて、

「ぼくさ、月夜に大事なことを言いにきたんだよ」

「なに？　なに？　聞く！」

あたしは思わずその場で何度も飛びあがって、聞いた。

「いや、あのね……」

広場のあちこちでドッと喚声が上がり始めていた。いろんなところで同時にイベントをやってるのだ。その声に月が揺れて、ほんとに落っこちてきそうに思えた。と、火薬が爆発するような音もして、遠くがパッと明るくなった。音楽も激しくなって、喚声もひときわ高くなった。

あたしは立ち尽くして、目の前にいる長身の男の子を一心に見上げた。

奈落が目をさらに細めて無邪気に微笑む。前とまるで同じ、曇りのない元気いっぱいの表情だった。

そして楽しそうにささやいた。

「――ぼくはもう死んでいるんだよ、って。月夜にあらためて教えにきた」

そのとき、どこかでまたひときわおおきな喚声がドッと上がった。

「知ってるよ、それは！　あたしもね！」

――銀色の自転車の上。

奈落が漕《こ》いで、あたしは二人乗りして後ろにくっついて。あたしと幽霊は無花果町のあちこちを自転車で飛ばしていた。

どこまでもいけそうなスピードで。

軽々とお兄ちゃんはペダルを漕ぐ。透明な汗が垂れて首筋から落ちて消えていく。

夜空には青い月と、白々とした眩しいミルキーウェイ。

道の左右に銀色の電飾が光ってるから、天の川を二人きりで走っているみたい。ロマンチックだ。

「ほんとかぁ？」

と、お兄ちゃんがからかうように聞いた。

あたしはその首っ玉にかじりついて、「う、ん……？」と自信なく返事をした。

「どうも信じてないみたいでもあるから、さ」

「んー」

「ん？」

「あのね。そんなことより、あの日言いかけてたことを教えてよ。お兄ちゃん」

「へっ？」

「へっ、じゃなくて！　ほら、月夜にずっと言いたかったことがある、って言ったでしょ。でもその後すぐに倒れちゃって、結局聞けないままになったの」

「だって、死んだからなぁ」

ふざけたような返事と、明るい笑い声。あたしはふてくされてみせて、

「もうっ」

「……月夜のことをほんとに好きだよって、伝えようとしてたんだ」

と、奈落は急に真顔になって、たいへんなことを言った。

月もコトンッと音を立てて動いた。

あたしは銅像のように固まった。奈落の声は相変わらず能天気だ。

「だって、血、繋《つな》がってないだろ。まぁ、家族の平和と均衡ってやつも大事だけど、いちばんじゃないよな。親父ともちゃんと話して、認めてもらおうって、あの日、思いついてた。でも月夜のほうは、さ……」

あたしは、奈落の肩に置いた自分の手がつめたくなっていくのを感じていた。

黙って、うつむく。

こっそり唇を噛んだ。

「ぼくのことどう思ってるのかなって、聞こうとしたこともあったけど。でももうやめておくよ。なぜなら、死んでるから」

「ん、んー……？」

「まぁ、おまえがやけに気にしてるみたいだったからさ。ぼくはもう死んでるんだよってこととさ、あのとき言いかけたのはこういうことだよって、それだけはちゃんと伝えたほうがいいかなと思ってさ。それでずっと、こっちにもどってこようとしてジタバタしてたんだけど、けっこうたいへんだった」

「おっ、お兄ちゃんは……」

「ん？」

「でも、怒ってないの？」

「はっ。なにを？」

「だって、あたしに、殺されたのに……」

自転車は無花果町の道という道をすごいスピードで走っていた。

途中で、おとうさんを助手席に乗せた兄貴の車とすれ違ったようだったけど、なぜか運転席の兄貴も、やたらキョロキョロしてるおとうさんも、あたしたちの姿にはまったく気づかないみたいだった。

と、お兄ちゃんがのけぞって、弾《はじ》けるような明るさで笑いとばした。

「おおげさなやつっ。ちがうだろ。あれはたまたまなのにさ」

「で、でもっ……」

と、あたしは声を絞りだした。

「もしもあのとき、アーモンドチョコじゃなくてべつの味のアイスを買ってたら、お兄ちゃんはいまも生きてたんだって。毎日、毎日……。誰かに、告白したくて。こわくって言えなくて……。ずっと……。どうして、あのとき……」

「だけど、そんなのは神さまにしかわからないことだよ」

「ん……」

「ぼくが死んだのは誰のせいでもないって、月夜以外のみんなが知ってたのに。月夜だけがさ……」

と、お兄ちゃんがちいさな声でつぶやいた。

「もう、わかったか？」

「うん……」

あたしはコクンとうなずいた。

「ほんとか？」

と、念を押された。だから、

「うん」

もう一度うなずいた。

月夜は、奈落の言うことはなんでも信じる。

……大好きだからね。

まだ夢の中にいるみたいだな。

ねぇ、どうか醒《さ》めないで。お願い。このまま、ずーっと離れたくないよ。

自転車が停まる。

いつのまにか二人とももとの引き出し広場の前にもどっていた。自転車からひらりと降りると、お兄ちゃんは、もう死んでる人とは思えないぐらい楽しそうに声を立ててしばらく笑ってから、腕を伸ばしてあたしの頭をそっと撫でた。

「月夜。おまえに大事なことを伝えられてほっとしたよ」

「お兄ちゃんがほっとしたなら、あたしも自動的にほっとするけど……」

奈落は元気そのものの顔で笑った。

「もう思い残すことはなにもないや。口笛でも吹いて、広場を一周したら行くよ。今度もそう長くはいられないみたいだしな」

「やだっ、お兄ちゃん……！」

あたしは震えるちいさな声で叫んだ。

腕をつかんで「お兄ちゃん……」ともう一回、呼んだ。それから、答える声がないのでおそろしくなって、子供みたいにすがりついて「行かないで……」と頼んだ。

　お兄ちゃんはやけににこにこしながら、

「でもさ、この身体のやつも、明日の朝には無花果町からトレーラーハウスで旅立つみたいだし。あ、こいつってけっこう鋭いよな。それに、月夜とも気が合ってたし、こいつを選んで正解だったよ。ま、それはともかく。もうお別れだ」

「やだ！　あたしも行くっ！」

　奈落はキョトンとして、首をかしげて聞きかえした。

「……行くって、いったいどこへ？」

「あの、あたしも、お兄ちゃんと、一緒に……」

　……死者の国へ。かな？

　と、心の中だけで聞いた。

　だって、あたしはもう、死ぬって口に出して宣言してしまったし。

　それにもう家に帰るのはぜったいいやだと思った。受験も。変化も。家の均衡を守るためにたえまなく神経を遣いあうことも。お兄ちゃんが旅立ってしまうならあたしもついていきたい、構うもんかって、後ろ向きの勇気を目いっぱい振り絞って、でもぶるぶる震えながら死者を見上げた。

　奈落は困ったような顔をしてあたしを見ていた。

　それから、一瞬、とても暗い、感情の読めない表情を浮かべてうつむき、じっと考えこんだ。生前はけっしてしなかったような顔つきだった。それを見てあたしは、あぁ、お兄ちゃんはやっぱりもう死んでるんだなぁと思った。だけど不思議とこわくなかった。生きていま暮らしてる自分の現実と未来のほうがずっとおそろしかった。

と……。

奈落が、ふっといつもの曇りない満面の笑みにもどった。でも声だけは妙に陰がある調子で、

「月夜もくるのか？　──ほんとうに？」

「うんっ！」

「──ぼくと一緒にあの暗い場所に行ってくれるの？」

「うんっ！　うんっ！」

あたしはうれしくなって何度もうなずいた。その場で飛びあがる。

すると奈落もにっこりと微笑んでうなずきかえした。……らしくなく、どこか暗い笑みと見えたので、あたしはまたはっとした。ふいに顔に影が差して、笑ってる口元しかよく見えなくなってしまった。顎《あご》が青白くて硬そうだった。

あっ、やっぱりお兄ちゃん、強がってただけで、一人で死者の国に還《かえ》るのは寂しかったんだな、あたしなんかでも役に立ってよかった、と思った。

そのとき奈落にグッと手をつかまれた。生きてるときはしなかった仕草だった。それに、氷のように冷たくて、皮膚とは思えないぐらい硬い手のひらだ。凍える石に包みこまれたみたい。それはどこか強引で、暗みに向かってずるずると引きずりこむような手だった。

あぁ、これが、死者の手。

あの世のふちから、奈落の底に向かって、生者の魂を引きずり落とす、手……。

ふっと、背中が冷えた。

夏の夜だというのに、おどろくほど強い寒気が足の先から脳天にかけてぐんっと駆けのぼってきた。

でも……。あたしは不安を振り払った。

そして死者の手をおそるおそる握りかえした。

奈落は屋台のほうを指さして、暗い声で、

「じゃあ、行く前に腹ごしらえしようか」

「えーっ。まさかお腹すいてるの？」

おどろいて、あたしは聞きかえす。

硬そうな顎を持ちあげると、奈落はまた元気いっぱいの声で笑ってみせた。

「うん。死んでるけど、腹は減る。不思議なことになっ！」

サラサラの髪が揺れて、広場の照明を浴びて再び濡れてるように眩しく輝いた。形のいい白い歯もきらりとして、あたしもつられてにっこりした。

「月夜も食べる？」

「うん！」

「じゃ、二人分、買ってくるよ。ここで、待ってて……」

あたしは幽霊から無造作に渡された自転車をカラコロと引いて、後をついていった。死者にぎゅっと手をつかまれた後、不思議なほど体が重たくなっていた。まるで何日も寝ていないかのように力がぜんぜん入らない。それでもゆっくりと歩いた。

男の子のすらりとした後ろ姿をじっと目で追う。

屋台でフランクフルトを買ってる。二本ちょうだい、というように指を立てる。優雅な仕草でお金を渡すと、こっちを振りかえった。

今度は踊るように軽快なステップを踏みながら、足早にもどってきた。

その姿にまたホッとして、お兄ちゃんっ、こっち、と声をかけようとした。

——顔も、姿も、さっきまでと同じだった。

それなのに……。

あたしは硬直して、男の子が握ってるフランクフルトを見た。

ケチャップがたっぷりかけてあった。ケチャップまみれって言ってもいいぐらい。真っ赤だ。かなり甘口になってる、はず……。

言葉もなく、じっと男の子を見上げる。

「ほらよっ！」

低い声だった。

青白いその顔の真上に、さらに青白い月がつめたく濡れてるように光っていた。

切れ長の瞳。こっちを見下ろしながらすっと細められる。

「いきなり『フランクフルト買って！』なんて。つくづくおかしなやつだな、あんたって」

とにやりと笑いかけてくる。

「こっちは心配して、さっきから捜してたのに。おい、大丈夫か？」

あたしは震える手を伸ばして、フランクフルトを一本、受け取った。

男の子に聞いた。

「……ねぇ」

「ん？」

「お兄ちゃんをどこにやったの？」

「……はぁ？　なんだよ、それ？」

と……。

怪訝《けげん》な顔をして、密が聞きかえした。

それから、どこかサドっぽいつめたい目つきであたしをじっと見下ろした。

どうやら広場のどこかでミスコンが始まったところらしい。華やかな音楽と興奮した司会者の声がスピーカー越しに響き渡ったかと思うと、またドッと喚声が上がった。地面まで揺れたようだった。

あたしは密に背中を向けて、地面を蹴って走りだした。

広場中を走って、あたしは奈落を捜した。

お兄ちゃん……。

お兄ちゃん！

どこ？　ねぇ、どこ？

もしかして、妹を連れていくつもりなんて最初からなかったの？

あたしから離れるために、腹ごしらえするなんて嘘ついて。で、一人で行っちゃったの？

まさか！

……そんなわけない。あのお兄ちゃんがこのあたしをおいていくわけがない。だって二人のあいだの深い絆はまだ切れていない。片方が死んだいまも。それは途切れていない。あたしと会わずにいられるわけがない。

生きてるうちに成就しなかった想いと、あたしを、この世におきざりにして、なにも終わりにしないまま一人きりで去っていくはずがない。

走った。

いつのまにか手から離したはずの自転車が、誰も乗っていないのに、遠くを、広場の人をぬって走っていくのを見た。あぁ、あれだ！　あわてて追いかけようとして、つんのめって転んだ。起きあがって、また走る。

と、広場のどこかで、兄貴らしき青いモコモコの着ぐるみの人とすれちがった。「みつけた！　月夜、町中捜したんだぞっ。おかしなこと言って飛びだして。おいっ、おまえってやつは、もうっ……！」と叫んでいるのを、すり抜けて、走る。

後ろから兄貴が追いかけてくるのがわかる。

「おい、親父が泣いてたんだぞっ。初めて見たんだ、あんな顔っ。虐《いじ》められた子供みたいに……。こらーっ、月夜……！　待てっ……」

声が遠ざかっていく。あたしのほうが足はずっと遅いはずなのに。魔術にかけられたように駆けた。まるで、紫色をした、夜の不気味な風になったように。

ふと視線を感じて振りむくと、壇上に青いビキニの水着に銀色のマント、尖った耳に青いラメメイクっていう格好のイチゴ先輩がいて、超絶かわいいキメポーズのまま動きを止めて、怪訝そうにあたしを見下ろしていた。ばちっと目が合う。

目を、そらす。

月が落ちてきそうに揺れている。丸く切り取られた氷の盆のよう。

あたしは懸命に走った。

「お兄ちゃん!?」

走った。

「お兄ちゃぁぁーん！」

大声で呼ぶ。

声が風に乗って飛ばされていく。

叫ぶ。

一人ぼっちで寂しくあの世に還ろうとしてる奈落の耳に、届いてと。

お兄ちゃんはけっこうなお調子者だし、それに気分屋だし、人の言うことをうんうんってちゃんと聞いてくれる性格だから、あ、そんなに呼ぶんならやっぱりあいつも連れていこうかなって、いつものように気楽な調子で、にこにこしながら、もう一度もどってくるかもしれないって。

声を限りに、叫んだ。

あ。

目の端になにかの妙な動きが映った。ちいさな未確認飛行物体《UFO》が飛びすぎて消えていったような……。

引き出し広場の裏手の、箪笥《たんす》みたいな崖になってるところ。落ちないようにって簡単な柵《さく》がつくってある。

そこに向かって、銀色の自転車が、一人乗りの宇宙船みたいに身軽に滑っていって、ひらりと華麗にダイブしたのが見えた。

あたしはそっちに走った。

ぎりぎりのところで、止まる。崖の向こうには群青色の夜空が広がっていた。星が瞬いてる。その空に吸いこまれていっちゃったのかと思って、目を凝らす。

呆然《ぼうぜん》と立つ。

それから、下のほうからなにか音がするような気がして、はっと覗きこんだ。

ＮＡＳＡをイメージした軍服みたいなのを着た警備員が近づいてきて、「こらっ！」とあたしを叱った。肩を叩かれたけど、あたしはその場から動けなかった。

崖の下に目を凝らす。

柵は、どこも、壊れてないのに……。

まるで空を飛んだように。もしくは柵を超自然的な力ですり抜けたというように。

崖の下に。

たったいまここから落下したばかりのように……。

お兄ちゃんの十九歳の銀色の自転車が落っこちていた。カラカラカラッ……と鈍い音を立てて車輪が激しく回り続けている。誰かが自転車に乗って崖からダイブしたところのように。

身を乗りだして、見下ろす。

乾いた音。

月光。

広場からの眩しい照明。

喚声。

カラカラ、カラカラ……。

自転車の音が、のんきな笑い声のように聞こえた。

誘うように車体が銀色に瞬く。

冷たい石のようだった、手のひらの感触を思いだす。それにまた手首をつかまれて引きずり下ろされていくようだった。

あたしはすっと息を吸った。

背筋に寒気が走る。

と、そのとき、

（おいで、おいで。月夜……）

確かに、声がした、と思った。

そして、死者の楽しそうな笑い声。

カラカラ、カラ……。

（おいで。一緒に行こうよ。月夜、月夜っ……）

（だめだ、くるなよ……！）

カラ、カラ……。

（さぁ、こっちにおいで……）

（もどれ……！）

（月夜）

（月夜……ッ！）

車輪の動きがゆっくりと止まった。

（もう、行っちゃうよ。おいていくよ。いいの……？）

（いいんだよ。さよなら、月夜……）

（そこにいたってつまらないことばかりだろ。家では悩みも多いし、学校でもいろいろある。いまここから落ちてしまえば……。楽になるのに！）

（おまえは未来に向かっていくんだ、月夜。こっちにはぜったいくるな……）

車体の銀色の輝きも、鈍くなっていく。

（月夜）

（月夜……ッ）

（おいで）

（さよなら……）

——あたしはさらに身を乗りだした。

警備員が叫んだのが遠く聞こえた。

聞こえる。でも、いまそれどころじゃ……。

と。

あたしは引き出し広場の裏の崖から、もんどりうって落下した。

ゆっくりと目を閉じると、あぁ、これでようやく終わった、という安堵《あんど》が胸にいっぱいに満ちてくるのがわかった。もう苦しまなくていいし、無理に前に進もうとしなくていいし、受験とかも、ないし……。あたしはついにあの世のふちから落っこちたのだ。で、いま消えていくところなんだ。これで終わり、よかった、って。

ずっと逃げたかったんだよ。ほんとはね。十八歳から十九歳になること、見えない一線を越えることが、なんだかだるくて。発育不良のままでここまできちゃって、大人になることも、変化することも、たいへんそうだし。なんていうか、積極的な攻撃とかじゃなくて、へたな防衛ばっかりって感じだったあたしの十八年の人生も、もう終わり。現実のパンチにノックアウトされて、終了して、これで楽になるぞって……。へへ……。さよならせかい。

と、すっかり安心してにこにこ微笑んでるあたしの右肩が、急に……。

ガクンと音を立てた。いまにも抜けそうに痛む。

おどろいて顔を上げる。

……おかしい。

こんなの、おかしい。

あの世のふちにはキャッチャーなんて誰もいなくなったはずなのに。あたしを押しとどめようとする現実の力は、どれもがもう死者の力に敗退してすごすごと姿を消したはずなのに。

おかしい……。

いったい誰？

なんの力？

やめてよ！

と、ゆっくりと目を開けて、不機嫌に睨んだ。

——長い耳と、ビヨンビヨンと揺れる宇宙人の触角が見えた。

なぜかわからないけど、イチゴ先輩の顔があった。青いラメのアイメイクに銀のマント。

確かに超絶かわいいし似合ってるのは認めるけど。いったいどうしてここにいるわけ？

こんなにいい気分のときに、宿命的に気の合わない人の顔が間近にあるなんて、まったく、ついてない……。

ん？

真っ赤なルージュを塗った口がパクパク動いてる。

「……!!」

なに？

「ちょっと……」

ん？

「あんた、これって、嘘でしょ、月夜……っ！」

イチゴ先輩がものすごい顔をしてなにか叫んでるみたいだけど……。

えっ、なに？

「これっていつものばかみたいなお芝居でしょ？　やめてよ、本気で死なないでよ。あんた、ばっかじゃないの。誰かーっ！　助けてーっ」

あたしは目を凝らして、よく見た。

崖から落ちかけてブラーンとぶら下がっているところだった。身を乗りだしたイチゴ先輩に思いっきり手首を引っ張られている。その後ろに知ってる顔がつぎつぎ現れる。あ、兄貴。兄貴がイチゴ先輩と交代してあたしの腕をつかんだ。その兄貴の胴体を、高梨先輩とか、青年団の男の子たちがさらに引っ張ってる。下から見てるからか、普段は前髪に邪魔されて見えない高梨先輩の目がよく見えた。あ、ちょっと泣いてる、かも。

石が二つ、三つ、あたしよりさきに落っこちた。

はるか下で、地面に当たって砕ける鈍い音がする。

下を、見る。

すごく遠くて、暗い。なにこれ。

急にくらっ、と目眩《めまい》がした。

貧血かな。

あ、こわい。かも。しれ、ない……。

ガクッと力が抜けて、無気力に目を閉じた。

誰か助けて。

これ、なんとか、して。

あたし、もう……。

だめだ。

自分自身の意思と、力では、あの世のふちなんておそろしい場所から這いあがることはとてもできなそうだった。兄貴たちに引っ張りあげられてる心と体の、途方もない重たさを感じながら、ただ力なく目を閉じていて……。

ぼんやりして。

悲しくて。

不安で。

あたしってほんとにどうしようもなくて。

怖くて。悔しくて。腹が立って。すごく恥ずかしくて。

とっても、混乱してもいて。

もう、死者に、あの世に、連れてって、と頼んでるのか、この世の生者たちに、助けて、と訴えてるのか、なんもわからなくなってた。

ただ、混乱した頭の中で、グワングワンとなりながら、このとき思っていたことは……。

この世からお兄ちゃんがいなくなったことが、やっぱり悲しくて、どうしてもあきらめたくなくて、川の流れは、濁流となっていつまでも〝悲しみの海〟にたどりつくことなく続いてるようで……。だから、混乱もどこまでも続いてて……。

人が死ぬのは悲しいことです。

……ん？

兄貴がなにか言ってる。

「おまえまでっ、行くなよ！」

って、聞こえる。

兄貴も泣いてる。肩を震わせてしゃくりあげながら、

「月夜っ。ばかで、おとなしそうに見せててじつはヒステリー持ちで、思いこみも激しいし、まったくとんでもねぇ奴だけど。ほんっと、ばかだけど。だっ、だから……。だからこそ、馬鹿やろうだからこそ、おまえにはこれからもずっと生きていく意味があるだろう。素晴らしい価値があるだろう。俺たち、みんなひどい馬鹿やろうだったなっ。月夜っ……」

「あ、兄貴ぃ……」

と、あたしは甘えるように、一声、兄貴を呼んだ。

ブワッ、と兄貴の目に新しい涙が浮かんだ。

「月夜……」

「兄貴ぃ……」

「あ、あいつも、そうだッ。月夜……。あいつも……。奈落もだよッ。俺、あの夜、カッ

となってずいぶんアホなことを言ったよなぁ。死んでよかったなんて、嘘だ。つい口が滑ったんだ。ずっと後悔してた。謝りたかった……。俺だって、奈落にずっと生きててほしかった……」

「兄貴ぃ……。兄貴ぃ……」

「おまえまで、行くな。馬鹿やろうたちがこうやってみっともなく生きていくことは素晴らしい！　嘘じゃない。素晴らしいんだよ！　だから、月夜……。たった一人の、俺の妹……」

あたしの体は、ゆっくりと地上に引きあげられていった。

兄貴も、イチゴ先輩も、おとうさんも、高梨先輩たちも、それにいつのまにか先生やまきたちもいて、みんなそれぞれのテンションで泣きながらこっちを見ていた。

──あたしは思いの強さのせいで、自分があの世のふちに立つだけじゃなく、心配してくれている人たちをも、いつのまにかこのおそろしい場所に引き寄せてしまっていたのでしょう。

なにか人ならぬ不気味なもののような重さと、影を背負って、それでも、あたしの体はみんなの力でゆっくりと引きあげられていきました。

＜

——崖下まで、自転車を走らせて一気に落下したぼくは、そのまま仰向けに倒れていた。

カラカラカラ……と自転車の車輪が回って乾いた音を立てている。

地上での騒ぎをぼんやりと見上げながら、あははっと笑ってしまっていた。月夜はいつもおおげさなやつだ。おとなしそうにしてるけど、あれは演技で、内心ではいつもなにかと大騒ぎなんだ。

ぼくのパープル・アイ。

ほんとうに、君とはこれでもうお別れなんだな。

……だいたい、どうして、あの日に限ってアーモンドアイスなんか食べてたんだよ。タイミングの悪いやつ！　って、まぁそれはぼくのほうか。

兄貴のやつが泣きながらなにか御託を並べてる声も、地上から落ちてくる。だけど、どんどんこの世が遠くなるから、ぼくの耳にはもう聞こえたり聞こえなかったりだ。ま、いいけど。だってさ、ぼくから月夜に言うべきことは、すでに伝えてるんだから。

ぼく、もう死んでるよーって。

誰のせいでもないしーって。

おまえはしっかりなー、って。

……遠くなる意識。

自転車と一緒に倒れながら、夜空に視線を移した。すると満月がぼくを見下ろしていた。

月にだけは死者がまだしっかりと見えてるかのように。

まさに、ここそが月の夜の奈落だね。ぼくと妹のあいだの良き縁《えにし》の最後を飾るにふさわしい場所だよ。

あ。意識が、消えていく……。


そうして月を見上げて、それから目を固く閉じようとしたあいだの、ほんの数秒に、ぼくは長い夢を見たと思った。

キラキラしてる素敵な夢だ。

ぼくは、死なない。あの日、月夜はアーモンドのアイスを食べてないから。もしくはぼくが月夜にキスしなかったから。そういう選択肢の未来だ。ぼくはこの町で大人になって、あの難しい家族ともちゃんと話しあって、もちろん〝やり手の善人〟たる親父からはいつものようにのらりくらりとかわされまくるんだけど、勇敢に戦って、月夜を手に入れる。そして、なんと、その後も心変わりしたりケンカしたりして別れることなく、いつしか月夜と一緒に暮らすようになる。

庭には花が咲いてる。

夜には月が落ちて遊びにくる。

湯気を立ててるゴハンと、美人の妻と子供たちの笑い声。いつまでも続く直線のような幸福。

──一瞬の間に見た閃光《せんこう》のような未来。

なんて幸せだったんだ！　ぼくの人生は！

もちろんそれはたわいのない夢に過ぎない。

だいたい、ぼく、死んじゃったしね。

だけどね、この夢を見られたからこそ、ぼくは死者の国におとなしく収まろうって気にほんとうになれたんだと思う。そして、この素敵な夢を最後に見せてくれたのは、月夜の身も世もない叫びと祈りと悲しみのおかげだったんじゃないかな、って。

そしていま、もうこの世にぼくを引き留める力はなにひとつ残されていないようだった。もはやどんな祈りも、人ならぬ力も、月の光のパワーも。月夜の持つ、あのすばらしい紫の瞳と鋭い牙でさえも、だ。

ぼくはもう行くよ。

思い残すことはない。この一瞬の夢こそが死者のためのハッピー・エンドゥだ。……なんて、ね。

皆の者よ。しかし、忘れるな。ぼくが死んだ日を。

死者を弔うことからけっして目をそらすな。

あと我を弔いて賜《た》び給《たま》え――。

★

そして。

時は経った。

崖下に転がる十九歳の自転車を、夏の草が、秋の紅葉が、そして落ち葉の山が、染め変えていった。

やがて冬になると、雪が降り始めた。

つめたい雪に半ば隠されながら、錆《さ》びていく自転車のハンドルがかすかに覗いている。

静かだ。

もう誰もいない……。

そして、自転車と重なりあうように倒れていた、とてもうつくしい男の子の死体の幻も、眼窩《がんか》が落ち窪《くぼ》み、肉が消え、皮も消え、内臓のあった場所にポッカリと穴が空いて、やがて白い骨だけになっていき……。
再びの春がきて、雪が溶け消えたときには、白骨の幻は消えて、古い自転車だけがまた現れる。
時が経っても。つぎの年にも。そのまたつぎの年にも。そこにある。
それは、あの夏からえいえんに十九歳のままの、銀色の素敵な自転車だ。

さよなら、ぼくのパープル・アイ。生きて、元気に暮らせ。もう逢うことはないだろう。

だからね、月夜は奈落が、えいえんに大好き。

「ぼくが悪かった。月夜、おとうさんがまちがってたんだ。まちがったことを信じて、それで解決しようと無理をしていたんだよ……」

……気づいたら、あたしはおとうさんにぎゅうっと抱きしめられて、激しく揺さぶられていた。

広場の隅に横たえられて、周り中を町の人たちに囲まれていた。

おとうさんは、ピカピカの銀のスーツなんて演歌歌手みたいな格好をしてるせいか、いつもほど人格者にも、正しそうにも見えなかった。人目も気にせず大声で泣いてるし、優しくて立派な教頭先生じゃなくて、なんだか大人のふりをさせられ続けてるかわいそうな子役の小学生みたいに見えた。

「おとうさんも、一郎も、おまえをこわがりすぎていたんだよ。悲しみ方が激しすぎて、とてもぼくらの手にはおえないと思った。そして、おまえを悲しみの真ん中で一人ぼっちにしてしまった。忘れることが供養だ、って無理に言い聞かせたりして。幽霊はいないとか、前に進めとか、おまえのためだと思って言い続けて……」

「あの、おとうさん……？」

あたしは体が重たくって起きあがれなくて、だからヨロヨロしながらも、

「でも、おとうさんのいうこと、間違ってると思わないもの……。おとうさんはいつも正しいんだもの……。なのに、あたし……」

「幽霊は、いた！」

「……エッ？」

「ぼくは見た！　いま、いた！　おまえの心の中にだ！　そこにずっとずっといたんだ！

おとうさんたちのほうが間違っていたんだよ！　だからね、月夜。ぼくはあの家で、三人一緒に、あのソファに座って、ゴハンを食べながら、庭で花火をしながら、ときには笑いながら……。奈落がもうここにはいないことを君とともに悲しもうと思う」

おとうさんはぶるぶると震えていた。

「無理に忘れたふりは、もうよそう。毎月、毎年、奈落が死んだ日には、あの子のことを思いだそう。愛する者のために、休むことなく、そして呼吸のようにたえまなく祈り続けよう」

「おとうさん……」

兄貴も隣でガタガタ震えていた。二人とも、まるで幽霊がほんとにいたかのように、そしてそれをいま見たかのように、あまりにも蒼白《そうはく》な顔をしていた。

夜空に雲が出て、月をすこしずつ覆い隠していく。

かすかに周りが暗くなった。ルナティックな月の魔法の時間が、ようやく終わろうとしているようだった。

「ぼくと一郎がそうやって力を合わせて喪の儀礼を続けている限り、二度と、奈落らしきあの何者かが月夜の前に現れることはないだろう。そうだ、ぼくたちは死者を忘れようとしてはならなかったんだよ……」

「南無阿弥陀仏《なむあみだぶつ》ーっ！」

急にどこからか、かわいらしい女の子の声が聞こえた。

えっ、と顔を上げると、イチゴ先輩の超絶美形な顔がもう間近に迫ってるのが見えた。

なんだかやな予感がした。白いなにか……屋台から取ってきたらしい白い粉がたくさん入った入れ物をつかんでいる。と思ったら、あたしの頭に思いっきりかけた。

……塩だ。すごく、しょっぱい。

「ナッちゃん、ごめん……！　月夜、これで正気に返ってよ！」

必死の顔であたしを覗きこんでる。

あたしはむっつりとして首を振った。頭から塩が落ちて、肩や地面にザラザラと落ちていく。おとうさんにもかかって、目が合うと、二人、微笑んだ。

あたしはそれからイチゴ先輩を軽く睨んで、

「かけすぎでしょ」

「エッ……？」

「いまのってわざとでしょ。いやがらせですね、先輩っ？」

「う」

と、一瞬詰まってから、

「そうよ！　あんたのことなんてこの世でいちばんきらいだもの！　もうっ、ざまみろっ！」

そう嘯《うそぶ》いた。

それからイチゴ先輩はへなへなとその場に座りこんだ。舞台のほうを指さして「月夜のせいで、ミスコン棄権になっちゃったしぃ！」と怒鳴る。

あたしが無言で笑うと、イチゴ先輩は途端に顔を歪めた。

涙がとめどなく流れ始める。

腕を伸ばして、ギュッとあたしの首に回して、安堵《あんど》したように肩を揺らすと、「月夜……。月夜……。ナッちゃんのパープル・アイ……！　生きてる……。アァ、よかった生きてる……！」と嗚咽《おえつ》した。

イチゴ先輩の震える声が夜空に響く。

その空には月が淡く光っていた。

涙に濡れてるように。

「生きてる！　月夜は、生きてる！　月夜はまだ生きている‼」

まるで、そう繰りかえすことであたしをこの世に呼びもどし続けようとしてるみたいに。

姿の見えないなにものかを振り払おうというように。だんだんに小声になっていって、でもまだブツブツとつぶやき続けている。

その先輩の肩越しに、いつのまにか子供みたいに全身で泣いているおとうさんの顔を見た。

〈――ぼくたちは死者を忘れようとしてはならなかったんだ〉

〈奈落がもうここにはいないことを君とともに悲しもうと思う〉

〈正気に返ってよ！〉

あぁ。

本当なんだな。

あたしが大好きだったあのお兄ちゃんは、本当にもうどこにもいないんだな。

本当に、あの日死んだんだな。それでそれっきりなんだな。

あたしの目からとつぜん涙が溢《あふ》れだした。

なんの前触れもなく涙腺《るいせん》が決壊したと思ったら、とめどなく流れ始めて濁流の川のようになって止まらなくなった。

そしておとうさんと兄貴の体からも、無花果《いちじく》の葉っぱが一枚ずつ、ふっと飛んで夜空に消えていく、幻。

空には、涙に濡れる淡い月の光と、銀の舟。

あの舟に乗って何者かはどこかに旅立っていった。だからもう逢えない。大切な思い出の中でしか。二度と。

あたしは、お兄ちゃんが死んだ、お兄ちゃんが死んだ、お兄ちゃんが死んだ……とつぶやきながら、おとうさんや兄貴やイチゴ先輩やいろんな人に囲まれて、お兄ちゃんが死んでからとうに一カ月もが経っていたこの夜になって、ようやく、大切な人を喪《うしな》ったことをほんとうに知って心の底から泣いた。

終章　悲しみの海

その翌朝。

永い眠りから覚めたように思って、うっそりと枕元の時計を見たけど、まだ明け方と朝の中間ぐらいの時間ですごく早起きだった。長らく頭にかかってた靄《もや》がようやく晴れたみたいで、カーテンの隙間から顔に落ちてくる朝日も気持ちよくって。あたしはウーンと伸びをした。

欠伸《あくび》しながら、階下に降りる。

一階の各部屋から、おとうさんと兄貴のいびきが交互に聞こえてきた。二人とも、久しぶりにゆっくりと熟睡できてるみたいだった。起こしたくなくて、あたしは抜き足差し足した。顔を洗って、長い髪をポニーテールにする。それからリビングに入って、座り心地のいいソファに座った。

キャビネットを見ると、奈落の骨壺《こつつぼ》の前に、昨夜、兄貴が供えた御仏供《おぶく》がきちんと並んでた。寝る前に淹《い》れた紅茶と果物。その横になにかある、と思って立ちあがって近づいてみると、色紙だった。おとうさんのメモがついてる。なになに……。〈夜中にまきちゃんが持ってきてくれたよ。でも月夜はもう寝てたからね〉だって。

あたしは色紙をよく見た。

それはクラスの女友達グループの寄せ書きだった。

〈またパフェ食べに行こう〉とか〈二学期もよろしくね〉とか書いてあった。女の子の顔のイラストもあって、どれも笑顔だ。まきの名前がひときわ大きい。これって仲直りってことかな。まぁ、まきとはもう何度も、そのときは壊滅的な気がする大ゲンカをしてるしね。

あたしは内心でどきどきしながら、なみの名前を探した。

で、何度か色紙の上を視線が通ったけど、なみからのメッセージだけがなかった。あたしは吐息をついてソファに座りなおした。

おとうさんが裏の白い広告を切ってまとめた手作りのメモ帳に、あの夜、なみが言っていた本のタイトルを書いてみた。そういえばこの場所で聞いたんだったな……。

幸い、まだ忘れてなかった。

とはいえ、その本を探して、読んでみて、なみとまた話したり……するかは……わかんないと思った。あたし、あの子とちがって、もともと本とかあまり読まない質《たち》だし。それに、受験生だし……。

だけど、もしかしたら、ずっと先……。この町を離れて、大人になってから、ふいに読むことがあるかもしれない、とあたしは考えた。なみと同じところで泣くかも。それでそのとき、昔、傷つけて失ってしまった友達のことを思いだして。

……あたしはメモをポケットに入れた。

キッチンに行ってみた。オレンジジュースを飲んだ。それから〈お散歩。すぐ帰るね〉と書き置きを残して、玄関を出た。

外は夏の朝日が照っていてもうかなり眩《まぶ》しかった。


玉葱横丁の薄茶色い石畳を抜けて、大通りへ。

町に向かう途中で、銀色に輝く飛ばない未確認飛行物体《UFO》の群れとすれ違い始めた。あたしは走りだした。赤いグミのスダレの目印を探して駆けまわる。

「……よぉっ！」

低い声がして、一台のトレーラーハウスがゆっくりと停止した。

あたしはほっとして、笑った。

後ろの車がどんどん追い越していく。

ひときわ新しい車の扉が開いて、密がひらりと飛び降りてきた。煙草……じゃないんだっけ、なんだろう、とにかくくわえてた煙草みたいなのを、地面に乱暴に放って、爪先でグッと消す。

遅れて約も降りてきた。すごく眠そうだ。目をこすって欠伸もしてる。あたしをみつけると軽く微笑んでくれた。

「月夜っ！　わざわざ見送りにきてくれたのかよ。まったく、町の子ってそういうとこ律儀だよなぁ」

「ほんとに行っちゃうんだね？」

と、あたしはしみじみと言った。

それから密の青白い顔をじっと見上げた。

——彼の顔は、今朝はもう奈落とはあまり似ていなかった。約のそれと同じような、細い目と尖《とが》った顎《あご》をしていて、唇が分厚い。やっぱりきれいな男の子だったけど。そこにいたはずの奈落は、やはり昨夜のうちにもう遠いところに旅立ってしまっていたのだ。

密はとても優しかったんだな、見ず知らずのあたしに、と思った。いいやつだなって。

すると胸が変な音できゅっと鳴った。

「ねぇ。またこの町にくる？　来年とか……何年かしてから、とか。〈無花果ＵＦＯフェスティバル〉の季節に」

「いや、もうこないよ」

密はあっさり言った。

それから、いかにもがっかりしてるあたしの顔を覗《のぞ》きこんで、

「俺たち、同じ町には行かないんだよ。だって毎年ほとんどこないだろ？　去年や一昨年《おととし》と同じやつはさ。国中にいろんな行事や季節限定の工事があるから。分担して散ってるんだよ。だから俺も約も、無花果町にはもうこない」

――そして、このえいえんの恋人たちの終わらない旅は、続くんだ。

あたしは「そうかぁ」とうなずいた。

夏の風がびゅうっと吹きつけていく。

あたしのポニーテールと、密のサラサラの前髪を揺らす。

町を発《た》つ時だというのに、こんなときも密と約のグルーミングは完璧《かんぺき》だった。あたしは、二人がこのきれいな姿のままで、まるで獣のように食べものにかぶりついていたときの姿をなつかしく思いだした。滴る赤い汁。顔中に飛ぶ赤。口も手もべとべとで……。

密がにやにや笑いながら、

「月夜は受験生なんだよな。……俺たち、そもそも受験ってよくわかんねぇけど。ってことはさ、月夜も来年には無花果町を離れるんじゃないのか。進学、だっけ、ていうの、してさ」

「ん……」

あたしはうなずいた。

十九歳になるあの見えない一線を自分も越えていくのかな、と思いながら。

「たぶん県外に出ると思うけど。だけど夏祭りの時期には帰ってくるもの。夏休みだし、青年団の手伝いしなきゃね。来年はあたしたちが責任者だし……。あれが町の大人社会への第一歩ってやつなの」

「へぇぇ」

「でも、来年の夏この町に帰ってきても……」

お兄ちゃんはもういなくて……。

と、心の中だけでつぶやいてから、

「密も約ももういないんだね。それって寂しいなぁ」

「お別れにさ、キスしていい？」

「うわぁ‼　……いいよー」

「なに、いまの？　悲鳴？　いやならいいって」

「やじゃないよー。ビックリしすぎただけ！」

「約も、さ……」

と言いながら、じつに無造作な仕草で、密が腰を折り曲げてあたしにゆっくりと顔を近づけてきた。あたしは目をつぶって、唇を、んー、とした。ほんとに軽く、唇の先と先が当たった。

目を開けて、目があって、お互いに、てへへ、と微笑んだ。

「……約？」

「うん。友達になった子と……」

「あのおじいさんでしょ。鏡の話を教えてくれた人」

「そう。お別れの朝にこうしてキスしてた。海の向こうの挨拶《あいさつ》だけど、さ。……あ、俺、女の子とキスしたの初めてだ」

「うん。あ……っ」

　密はもうあたしに背を向けて、ひらりと身軽な仕草でトレーラーハウスに乗りこんでいった。

　振りむいて、名残り惜しそうに首をかしげる。

　それはやっぱり意外な表情と仕草に思えた。町にはなじまない、町の人とはかかわらないはずのトレーラーハウスの人たちにしては。

　約も続いて乗りこもうとして、こっちをちらっと見た。

　風が強く吹いた。熱風をはらんだ夏の空気があたしたちの周りで燃えるように揺れ動いた。

　髪が舞いあがる。

　約がまだこっちを見てる。

　あたしは小声で、

「ねぇ。その友達ともこうやって別れたの？　約とそのおじいさんももう二度と逢《あ》えないの？」

「∪◇★⋓⋔♯♈！」

「えっ？」

「二度ト逢えなくたって、友達、ダ」

「……そうだよね、うん」

　扉が閉まった。

　ばたん、と短い音がした。

　と、窓が開いて、密の笑顔が覗いた。なにかを乱暴に投げてくる、と思ったら、赤い細長いグミだった。口に入れると、うわ、やっぱりすごく甘い。

　手を振って、密がまた……。

　ウインク、した。

　で、あたしが、えっ、またウインクですか、ってコケそうになってるのをにやにや笑って見下ろしてから。

　銀色の新しいトレーラーハウスが、エンジンをうならせて走りだした。

　そして見送るうちにどんどん小さくなっていって、灰色の地平線の向こうに消えていった。

　あたしは赤いグミを齧《かじ》りながら立ち尽くしていた。

　……夏が、とうとう終わろうとしていた。

無花果町のあちこちをゆっくり散歩してから帰ることにした。もどったころにはおとうさんたちも起きてるだろう。また三人で朝ご飯を食べよう。そして図書館に行って……。

高校三年生までを過ごすことになったこの町をゆっくりと見回した。いまは夏祭りが始まったばかりで、よそ行きの飾りつけをされてるちいさな町。だけど普段は静かで、ちょっとさびれちゃってる。きっと来年の春には進学して離れることになるだろう町。大好きだったお兄ちゃんと過ごした大切な町。

いろんなところに思い出があった。その一つ一つが、思いだすごとに強く胸に響いたけれど、その痛みは、昨日まで抱えていた、空虚で、出口のない、あのおそろしい苦しみとはもうどこかちがっていた。悲しみの中にもあきらめが、痛みの中にも消えることのない愛情が、失った過去の情景の中にも未来への希望があったのだ。この悲しみはずっと胸にあるけど、きっと止まることなく歩いていけるはず、と思った。

あたしをこんなふうにして立ち直らせてくれたのは、元気で明るくて心優しかった、あの死者なのだろう。

タッ、と地面を蹴《け》った。

まだすこし眠ってるような朝の町を、元気に走り抜けた。どこまでもいける、雲の上まででも、未来はきらめいてあたしを待ってると思えて、走っていく足はすごく軽かったし、風をはらんで舞いあがるポニーテールも、スカートの裾《すそ》も、なにもかもが弾んだ。あたしはすこしずつ笑顔になっていった。

朝日に眩《まぶ》しく照らされていた。
どこかで蟬が鳴いていた。
風は心地よかった。だから走りながら思わず目を細めた。

さよなら、お兄ちゃん……。

★

月夜は、奈落のことがえいえんに大好きだからね。

さよなら、ぼくのパープル・アイ。生きて、元気に暮らせ。もう逢うことはないだろう。

あとがき

アイデアを思いついたきっかけを聞かれても、思いだせないことが多いのですが、『無花果《いちじく》とムーン』の場合は妙によく覚えています。新宿《しんじゅく》東口にある蕎麦屋《そばや》の喧騒《けんそう》、お酒や食べ物の匂い。隣席で脚本家の岡田麿里《おかだまり》さんがおいしそうにフォアグラ丼を食べていた可愛い笑顔まで、楽しかった気分とともに、ありありと。

それは『GOSICK』（角川文庫刊）のTVアニメ化に伴い、『Newtype』誌で監督と脚本家と原作者の鼎談《ていだん》をした日のことでした。打ち上げの席で、監督から制作現場のことを教えていただいたり、お腹が空《す》いたので女性陣だけさきにごはんやおそばを頼んだり。そのとき、KADOKAWAのアニメ制作部の若い女性が「アーモンドアレルギーのせいで大変なことになった男の子」の話を教えてくれたのです。

これが、きっかけ。

またそれよりすこし前のこと。紀伊國屋《きのくにや》書店新宿南店で、ドーンと積まれている黄緑色の本に惹《ひ》かれて買いました。『もういちど村上春樹にご用心』（内田樹《うちだたつる》）。韓流《はんりゅう》ドラマ『冬のソナタ』を村上春樹の小説と世阿弥《ぜあみ》の能で読み解くという個性的でめくるめく章があり、すこぶる面白かったのでした。

『冬のソナタ』はこういうお話です。チェ・ジウ演じるヒロインとペ・ヨンジュン（前ヨン様）は高校時代にカップルだったのですが、前ヨン様が交通事故で死んでしまいます。彼を忘れられないまま十年が過ぎ、ヒロインは前ヨン様そっくりの青年（後ヨン様）をみつけます。同一人物か、それとも他人の空似か？　ヒロインは耐えに耐え、ついに前後不覚に陥って、泣きながら問います。「もしあなたが彼なら、十年前の死の直前にわたしに伝えようとしていたことは何？　ずっと気になっているの」と。

　興味深いドラマツルギーですが、じつはこれは世阿弥が作りだした〝複式夢《む》幻能《げんのう》〟と同一の手法なのだそうです。夢幻能では舞台にまず語り手たるワキが登場し、お客さんに向かって自分が何者であるか自己紹介します。つぎに前シテがやってきて、その場所でかつて起こった悲劇的事件について教えてくれます。その後、ワキは眠ったり前後不覚に陥ってしまいます。すると後シテ（前シテが衣装や面《オモテ》を変えただけの同一人物）が登場して「実は自分こそさきほど話した事件の死者であった」と告白し、舞い始めます。生者のワキに過去の事件を思いだしてもらい、無念の言葉に耳を傾けてもらい、思いの丈を舞うことによって、死者のシテは鎮魂され、死の国に還ることができるのです。

　内田氏の分析によると、『冬のソナタ』は『羊をめぐる冒険』（村上春樹）とも物語構造が共通しているそうです。さらに『羊～』は『ロング・グッドバイ』（レイモンド・チャンドラー）、『ロング〜』は『グレート・ギャッツビー』（スコット・フィッツジェラルド）から影響を受けているのではないか、と。確かに、思いだしてみるとすべて死者の復活と服喪者の物語です。そして、こうやって遡《さかのぼ》ると「喪の儀礼」のストーリーは物語の起源たる古典に行きつきます、と……。

正しい葬礼を受けていない死者が服喪者の任に当たるべき生者のもとを繰り返し訪れるという話題は人類の発生と同じだけ古い。だから、あらゆる文学作品の中にその話型は繰り返される。（内田樹『もういちど村上春樹にご用心』より）

わたしは興味を持って、さっそく千駄《せんだ》ヶ《が》谷《や》の国立能楽堂に行ってみました。『野守《のもり》』という世阿弥の作品をなにげなく観出して、すぐ……「あーっ！」と……『無花果とムーン』のあらすじが浮かびだし、パンフレットの余白に書きこみ、上演時間中にこのプロットができました。

能楽堂には、屋根付きの四角い舞台があり、左側に橋掛かりという細長い廊下が長く続いています。演者はこの橋の奥から登場し、ゆっくりと渡って舞台にやってきます。鼓や笛など楽器を持った人たちが現れて静かに隅に並んだところで、わたしは高梨先輩、苺苺苺苺《いちご》、お父さん、兄貴、先生、まき、なみなど、無花果町の住人たちを想像しました。彼らは楽器を構え、固唾《かたず》を呑《の》んで一点をみつめ、なにかを待っている。と、只《ただ》ならぬ様子をしたワキ（紫の瞳の妹）が橋掛かりをフラフラ歩いてきます。「あたしは、もらわれっ子。家族構成はねぇ……」と自己紹介するワキ（月夜）。すると前シテ（奈落）が銀色の自転車に乗って颯爽《さっそう》と登場します。その前シテがいなくなって、ワキ（月夜）が酷い前後不覚に陥ると、こんどは前シテとよく似た面をつけた後シテ（密）とツレ（約）が銀のＵＦＯに乗って現れます。ワキは「お兄ちゃん、あの日なにを伝えたかったの？」と、運命の日に聞き逃した言葉を聞く。後シテの舞が始まる。銀色の十九歳の自転車に乗って、引き出し広場を、死者は駆けぬけていく……。

その日のパンフレットを開くと、ぐしゃぐしゃの字でこんなふうに書いてあります。

「舞台始まり無言で人々現れる（空間からふっと生まれる海のアワのように）／楽器の前へ舞台の周りへ木を山を運んでくる／笛の音、高らかに！／鼓と声（上の兄、父）／橋掛かりを妹（ワキ）がやってきた／妹は静か、音楽高らかに……／すこし舞う、口上を述べる（あたしは……）／座る。笛の音高らか。すごく静寂（ほかの人は固唾を飲み、座り、ワキを囲んでいる）／ワキは素顔、シテは面／シテ、橋掛かりをやってくる」

「夜空／月にうっすら照らされ海に浮かんだ（森に沈んだ？）舞台に現れる町の人々／悲劇（すでに起こった）の後／ワキ（妹）が現れる／夜空を飛ぶ死者の自転車／響く口笛！／客と舞台の間に月が映る海面が／鬼神が鏡を持って現れ四方八方（宇宙時間と空間）を映して見せてくれ奈落に落ちてまた消えていく」

ぼくのパープル・アイ。その不思議な紫の月の瞳には死者が見えるよ。

あらすじができてから、ほかの要素も集まってきました。舞台となる、ＵＦＯで町おこしする無花果町のイメージ。未確認飛行物体の如く飛来するトレーラー群。銀色の自転車、宇宙人のきぐるみ……。

こうして材料を揃え、一月半ほど籠《こも》って書きました。小説誌『小説野性時代』に掲載後、単行本化されました。

ちょうどそのころ、文芸評論家の東雅夫《ひがしまさお》さんからお声掛けいただき、『幽 vol.19 能楽入門』誌上にて能楽師の津村《つむら》禮次郎《れいじろう》氏と対談させていただくことになりました。大変お忙しいところ、対談前にこの本も読んで下さり、能についてわかりやすく教えてくださいました。

津村　その時の演目は何でしたか?

桜庭「野守」です。

津村　やはりそうでしたか。作中、鏡が出てくるシーンを読んで「野守」をイメージしていたのです。(略)「野守」という作品には鬼神が出てきますが、これは世間のイメージとは異なるものです。普通、鬼というと人をとって食うとか、そういうイメージですが、「野守」は全くそうじゃない。もっと抽象的な、人間全体の業《ごう》というものを司っているのが春日の野にいる野守――鬼であるわけです。死者の行状を全部洗いざらい見せて、救われるかどうかを決定する役割を担っています。ですから、存在自体に宗教的な感覚があって、普通のチャンバラをやるような鬼ではない。そこが世阿弥の作らしいところです」

また世阿弥、複式夢幻能についても、
津村　シテとは要するに時間と空間を超えた存在です。世阿弥が編み出した複式夢幻能の場合、舞台になっているのは現在なんです。ある場所にお坊さんが通りがかり、その辺りに住む誰か——お爺さんや若い女と出会って、最初は「ああ、桜がきれいですね」とか「紅葉がいいですね」などの世間話から入っていき、やがて「実はそこに昔こんな物語があったよ」と昔話をすることになっていくのですけども、主人公であるシテは前場の最後に「実は私は霊である」「何か心に残したものがあったので、今現れてきた」というようなことを言い残して消えていきます。それを聞いたお坊さんはお経をあげてお弔いなどをするのですが、そこから夢に入っていくと、在りし日のシテが現れ、かつてあったドラマを語り、語ることによって救済されていく。そのドラマが舞踏的な形で舞台の上で再現されるというわけです。そして、夜が明けるとともに現実に立ち返り、お坊さんはそこらの浜辺や木の根っこでふっと夜を明かしていたというような構成になっています。
と説明をしてくださいました。（津村氏は重要無形文化財保持者の能楽師であり、ドキュメンタリー映画『躍る旅人　能楽師・津村禮次郎の肖像』にも主演されています）
このように魅力的な日本の古典に接続されながら、一方では異国の古典の影響もありました。

たとえば、もらわれっ子なのか父の婚外子なのか、出自を謎に包まれた美しい外国人の妹は、『嵐が丘』（エミリ・ブロンテ）に登場するロマのもらわれっ子ヒースクリフから。また、霊的現象の存在と不存在の証拠を同量に提示し、読者に判断を任せる物語構造は『火刑法廷』（ディクスン・カー）、『ねじの回転』（ヘンリー・ジェイムズ）、『黒衣の女』（スーザン・ヒル）など、昔のゴシックホラー小説がとても好きだからです。

その後も、前シテと後シテ、面による変身と死者からのメッセージへの強い興味は尽きなくて、現在『小説野性時代』に連載中の長編『敗戦国のじきる』に繋がっています。『無花果とムーン』は角川文庫〈Ｓａｋｕｒａｂａ　Ｋａｚｕｋｉ　Ｃｏｌｌｅｃｔｉｏｎ〉の六冊目に当たり、七冊目が『敗戦国のじきる』になる予定です。

そのとき、またこうして本屋さんなどで読者の貴方《あなた》と再会でき、読んでいただけて、楽しい時間を過ごせたらなぁ。不思議な、よき縁《えにし》ですね。

どこかべつの時空でまた貴方とお会いできますように。

桜庭一樹

本書は二〇一二年十月に小社より単行本として刊行された作品を文庫化したものです。

作品内の地名、人物、事件などはすべてフィクションです。

作品中（二五〇、二六四ページ）、以下の歌詞から引用があります。

『ピクニック』（イギリス民謡／訳詞・萩原英一）

無花果《いちじく》とムーン

桜庭《さくらば》一樹《かずき》

平成28年 1月25日　初版発行
令和6年 10月20日　8版発行

発行者●山下直久

発行●株式会社KADOKAWA
〒102-8177　東京都千代田区富士見2-13-3
電話　0570-002-301（ナビダイヤル）

角川文庫 19553

印刷所●株式会社KADOKAWA
製本所●株式会社KADOKAWA

表紙画●和田三造

◎本書の無断複製（コピー、スキャン、デジタル化等）並びに無断複製物の譲渡および配信は、著作権法上での例外を除き禁じられています。また、本書を代行業者等の第三者に依頼して複製する行為は、たとえ個人や家庭内での利用であっても一切認められておりません。
◎定価はカバーに表示してあります。

●お問い合わせ
https://www.kadokawa.co.jp/（「お問い合わせ」へお進みください）
※内容によっては、お答えできない場合があります。
※サポートは日本国内のみとさせていただきます。
※Japanese text only

©Kazuki Sakuraba 2012　Printed in Japan
ISBN978-4-04-103623-5　C0193

◆◆◇

角川文庫発刊に際して

角　川　源　義

第二次世界大戦の敗北は、軍事力の敗北であった以上に、私たちの若い文化力の敗退であった。私たちの文化が戦争に対して如何に無力であり、単なるあだ花に過ぎなかったかを、私たちは身を以て体験し痛感した。西洋近代文化の摂取にとって、明治以後八十年の歳月は決して短かすぎたとは言えない。にもかかわらず、近代文化の伝統を確立し、自由な批判と柔軟な良識に富む文化層として自らを形成することに私たちは失敗して来た。そしてこれは、各層への文化の普及滲透を任務とする出版人の責任でもあった。

一九四五年以来、私たちは再び振出しに戻り、第一歩から踏み出すことを余儀なくされた。これは大きな不幸ではあるが、反面、これまでの混沌・未熟・歪曲の中にあった我が国の文化に秩序と確たる基礎を齎らすためには絶好の機会でもある。角川書店は、このような祖国の文化的危機にあたり、微力をも顧みず再建の礎石たるべき抱負と決意とをもって出発したが、ここに創立以来の念願を果すべく角川文庫を発刊する。これまで刊行されたあらゆる全集叢書文庫類の長所と短所とを検討し、古今東西の不朽の典籍を、良心的編集のもとに、廉価に、そして書架にふさわしい美本として、多くのひとびとに提供しようとする。しかし私たちは徒らに百科全書的な知識のジレッタントを作ることを目的とせず、あくまで祖国の文化に秩序と再建への道を示し、この文庫を角川書店の栄ある事業として、今後永久に継続発展せしめ、学芸と教養との殿堂として大成せんことを期したい。多くの読書子の愛情ある忠言と支持とによって、この希望と抱負とを完遂せしめられんことを願う。

一九四九年五月三日

角川文庫ベストセラー

赤×ピンク　桜庭一樹

深夜の六本木、廃校となった小学校で夜毎繰り広げられる非合法ファイト。闘士はどこか壊れた、でも純粋な少女たち――都会の異空間に迷い込んだ彼女たちのサバイバルと愛を描く、桜庭一樹、伝説の初期傑作。

推定少女　桜庭一樹

あんまりがんばらずに、生きていきたいなぁ、と思っていた巣籠カナと、自称「宇宙人」の少女・白雪の逃避行がはじまった――桜庭一樹ブレイク前夜の傑作、幻のエンディング3パターンもすべて収録!!

砂糖菓子の弾丸は撃ちぬけない A Lollypop or A Bullet　桜庭一樹

ある午後、あたしはひたすら山を登っていた。そこにあるはずの、あってほしくない「あるもの」に出逢うために――子供という絶望の季節を生き延びようとあがく魂を描く、直木賞作家の初期傑作。

少女七竈と七人の可愛そうな大人　桜庭一樹

いんらんの母から生まれた少女、七竈は自らの美しさを呪い、鉄道模型と幼馴染みの雪風だけを友に、孤高の日々をおくるが――。直木賞作家のブレイクポイントとなった、こよなくせつない青春小説。

道徳という名の少年　桜庭一樹

愛するその「手」に抱かれてわたしは天国を見る――エロスと魔法と音楽に溢れたファンタジック連作集。榎本正樹によるインタヴュー集大成「桜庭一樹クロニクル2006―2012」も同時収録!!

角川文庫ベストセラー

GOSICK　―ゴシック―　全9巻　桜庭一樹

20世紀初頭、ヨーロッパの小国ソヴュール。東洋の島国から留学してきた久城一弥と、超頭脳の美少女ヴィクトリカのコンビが不思議な事件に挑む――キュートでダークなミステリ・シリーズ!!

GOSICKs　―ゴシックエス―　全4巻　桜庭一樹

ヨーロッパの小国ソヴュールに留学してきた少年、一弥は新しい環境に馴染めず、孤独な日々を過ごしていたが、ある事件が彼を不思議な少女と結びつける――名探偵コンビの日常を描く外伝シリーズ。

ダリの繭《まゆ》　有栖川有栖

サルバドール・ダリの心酔者の宝石チェーン社長が殺された。現代の繭とも言うべきフロートカプセルに隠された難解なダイイング・メッセージに挑むは推理作家・有栖川有栖と臨床犯罪学者・火村英生!

海のある奈良に死す　有栖川有栖

半年がかりの長編の見本を見るために珀友社へ出向いた推理作家・有栖川有栖は同業者の赤星と出会い、話に花を咲かせる。だが彼は〈海のある奈良へ〉と言い残し、福井の古都・小浜で死体で発見され……。

朱色の研究　有栖川有栖

臨床犯罪学者・火村英生はゼミの教え子から2年前の未解決事件の調査を依頼されるが、動き出した途端、新たな殺人が発生。火村と推理作家・有栖川有栖が奇抜なトリックに挑む本格ミステリ。

角川文庫ベストセラー

ジュリエットの悲鳴
有栖川有栖

人気絶頂のロックシンガーの一曲に、女性の悲鳴が混じっているという不気味な噂。その悲鳴には切ない恋の物語が隠されていた。表題作のほか、日常の周辺に潜む暗闇、人間の危うさを描く名作を所収。

暗い宿
有栖川有栖

廃業が決まった取り壊し直前の民宿、南の島の極楽めいたリゾートホテル、冬の温泉旅館、都心のシティホテル……様々な宿で起こる難事件に、おなじみ火村・有栖川コンビが挑む！

壁抜け男の謎
有栖川有栖

犯人当て小説から近未来小説、敬愛する作家へのオマージュから本格パズラー、そして官能的な物語まで。有栖川有栖の魅力を余すところなく満載した傑作短編集。

赤い月、廃駅の上に
有栖川有栖

廃線跡、捨てられた駅舎。赤い月の夜、異形のモノたちが動き出す――。鉄道は、私たちを目的地に運ぶだけでなく、異界を垣間見せ、連れ去っていく。震えるほど恐ろしく、時にじんわり心に沁みる著者初の怪談集！

小説乃湯
お風呂小説アンソロジー

有栖川有栖

古今東西、お風呂や温泉にまつわる傑作短編を集めました。一入浴につき一話分。お風呂のお供にぜひどうぞ。熱読しすぎて湯あたり注意！　お風呂小説のすばらしさについて熱く語る⁉　編者特別あとがきつき。

角川文庫ベストセラー

幻坂　有栖川有栖

坂の傍らに咲く山茶花の花に、死んだ幼なじみを偲ぶ「清水坂」。自らの嫉妬のために、恋人を死に追いやってしまった男の苦悩が哀切な「愛染坂」。大坂で頓死した芭蕉の最期を描く「枯野」など抒情豊かな9篇。

怪しい店　有栖川有栖

誰にも言えない悩みをただ聴いてくれる不思議なお店〈みみや〉。その女性店主が殺された。臨床犯罪学者・火村英生と推理作家・有栖川有栖が謎に挑む表題作「怪しい店」ほか、お店が舞台の本格ミステリ作品集。

狩人の悪夢　有栖川有栖

ミステリ作家の有栖川有栖は、今をときめくホラー作家、白布施と対談することに。「眠ると必ず悪夢を見る」という部屋のある、白布施の家に行くことになったアリスだが、殺人事件に巻き込まれてしまい……。

濱地健三郎の霊《くしび》なる事件簿　有栖川有栖

心霊探偵・濱地健三郎には鋭い推理力と幽霊を視る能力がある。事件の被疑者が同じ時刻に違う場所にいた謎、ホラー作家のもとを訪れる幽霊の謎、突然態度が豹変した恋人の謎……ミステリと怪異の驚異の融合！

最後の記憶　綾辻行人

脳の病を患い、ほとんどすべての記憶を失いつつある母・千鶴。彼女に残されたのは、幼い頃に経験したというすさまじい恐怖の記憶だけだった。死に瀕した彼女を今なお苦しめる、「最後の記憶」の正体とは？

角川文庫ベストセラー

眼球綺譚　綾辻行人

フリークス　綾辻行人

殺人鬼　——覚醒篇　綾辻行人

殺人鬼　——逆襲篇　綾辻行人

Another　(上)(下)　綾辻行人

大学の後輩から郵便が届いた。「読んでください。夜中に、一人で」という手紙とともに。その中にはある地方都市での奇怪な事件を題材にした小説の原稿がおさめられていて……珠玉のホラー短編集。

狂気の科学者J・Mは、五人の子供に人体改造を施し、〝怪物〟と呼んで責め苛む。ある日彼は惨殺体となって発見されたが⁉——本格ミステリと恐怖、そして異形への真摯な愛が生みだした三つの物語。

90年代のある夏、双葉山に集った〈TCメンバーズ〉の一行は、突如出現した殺人鬼により、一人、また一人と惨殺されてゆく……いつ果てるとも知れない地獄の饗宴。その奥底に仕込まれた驚愕の仕掛けとは？

伝説の『殺人鬼』ふたたび！　……蘇った殺戮の化身は山を降り、麓の街へ。いっそう凄惨さを増した地獄の饗宴にただ一人立ち向かうのは、ある「能力」を持った少年・真実哉！　……はたして対決の行方は⁈

1998年春、夜見山北中学に転校してきた榊原恒一は、何かに怯えているようなクラスの空気に違和感を覚える。そして起こり始める、恐るべき死の連鎖！　名手・綾辻行人の新たな代表作となった本格ホラー。

角川文庫ベストセラー

霧越邸殺人事件〈完全改訂版〉(上)(下)　綾辻行人信州の山中に建つ謎の洋館「霧越邸」。訪れた劇団「暗色天幕」の一行を迎える怪しい住人たち。邸内で発生する不可思議な現象の数々…。閉ざされた〝吹雪の山荘〟でやがて、美しき連続殺人劇の幕が上がる！

深泥丘奇談《みどろがおかきだん》　綾辻行人ミステリ作家の「私」が住む〝もうひとつの京都〟。その裏側に潜む秘密めいたものたち。古い病室の壁に、長びく雨の日に、送り火の夜に……魅惑的な怪異の数々が日常を侵蝕し、見慣れた風景を一変させる。

深泥丘奇談《みどろがおかきだん》・続《ぞく》　綾辻行人激しい眩暈が古都に蠢くモノたちとの邂逅へ作家を誘う。廃神社に響く〝鈴〟、閏年に狂い咲く〝桜〟、神社で起きた〝死体切断事件〟。ミステリ作家の「私」が遭遇する怪異は、読む者の現実を揺さぶる――。

Another エピソードS　綾辻行人一九九八年、夏休み。両親とともに別荘へやってきた見崎鳴が遭遇したのは、死の前後の記憶を失い、みずからの死体を探す青年の幽霊、だった。謎めいた屋敷を舞台に、幽霊と鳴の、秘密の冒険が始まる――。

深泥丘奇談《みどろがおかきだん》・続々《ぞくぞく》　綾辻行人ありうべからざるもうひとつの京都に住まうミステリ作家が遭遇する怪異の数々。濃霧の夜道で、祭礼に賑わう神社で、深夜のホテルのプールで。恐怖と忘却を繰り返しの果てに、何が「私」を待ち受けるのか――!?

角川文庫ベストセラー

GOTH
夜の章・僕の章
乙一

連続殺人犯の日記帳を拾った森野夜は、未発見の死体を見物に行こうと「僕」を誘う……人間の残酷な面を覗きたがる者〈GOTH〉を描き本格ミステリ大賞に輝いた乙一の出世作。「夜」を巡る短篇3作を収録。

失はれる物語
乙一

事故で全身不随となり、触覚以外の感覚を失った私。ピアニストである妻は私の腕を鍵盤代わりに「演奏」を続ける。絶望の果てに私が下した選択とは？　珠玉6作品に加え「ボクの賢いパンツくん」を初収録。

GOTH《ゴス》番外篇
森野は記念写真を撮りに行くの巻
乙一

山奥の連続殺人事件の死体遺棄現場に佇む男。内なる衝動を抑えられず懊悩する彼は、自分を死体に見たてて写真を撮ってくれと頼む不思議な少女に出会う。GOTH少女・森野夜の知られざるもう一つの事件。

小説　シライサン
乙一

親友の変死を目撃した女子大生・瑞紀の前に現れたのは、同じように弟を亡くした青年・春男だった。何かに怯え、眼球を破裂させて死んだ2人。彼らに共通していたのはある温泉旅館で怪談を聞いたことだった。

金田一耕助に捧ぐ九つの狂想曲
赤川次郎・有栖川有栖・小川勝己・北森鴻・京極夏彦・栗本薫・柴田よしき・菅浩江・服部まゆみ

もじゃもじゃ頭に風采のあがらない格好。しかし誰よりも鋭く、心優しく犯人の心に潜む哀しみを解き明かす——。横溝正史が生んだ名探偵が9人の現代作家の手で蘇る！　豪華パスティーシュ・アンソロジー！

角川文庫ベストセラー

青に捧げる悪夢

岡本賢一・乙一・恩田 陸・小林泰三・近藤史恵・篠田真由美・瀬川ことび・新津きよみ・はやみねかおる・若竹七海

その物語は、せつなく、時におかしくて、またある時はおぞましい——。背筋がぞくりとするようなホラー・ミステリ作品の饗宴！ 人気作家10名による恐くて不思議な物語が一堂に会した贅沢なアンソロジー。

赤に捧げる殺意

赤川次郎・有栖川有栖・太田忠司・折原 一・霞 流一・鯨 統一郎・西澤保彦・麻耶雄嵩

火村&アリスコンビにメルカトル鮎、狩野俊介など国内の人気名探偵を始め、極上のミステリ作品が集結！ 現代気鋭の作家8名が魅せる超絶ミステリ・アンソロジー！

9の扉

北村 薫、法月綸太郎、殊能将之、鳥飼否宇、麻耶雄嵩、竹本健治、貫井徳郎、歌野晶午、辻村深月

執筆者が次のお題とともに、バトンを渡す相手をリクエスト。9人の個性と想像力から生まれた、驚きの化学反応の結果とは⁉ 凄腕ミステリ作家たちがつなぐ心躍るリレー小説をご堪能あれ！

ミステリ・オールスターズ

編／本格ミステリ作家クラブ

本格ミステリ作家クラブ設立10周年記念の書き下ろしアンソロジーがついに文庫化‼ 辻真先、北村薫、芦辺拓、綾辻行人、有栖川有栖などベテラン執筆陣と注目の新鋭全28名が一堂に会した本格ミステリ最先端！

再生 角川ホラー文庫ベストセレクション

綾辻行人、井上雅彦、今邑 彩、岩井志麻子、小池真理子、澤村伊智、鈴木光司、福澤徹三 編／朝宮運河

とにかく〝怖い〟〝絶対面白い〟。作家たちによる練りに練られた発想力と小説ならではの恐怖に戦慄を覚えること必至！ 多彩かつ豊富なラインナップを堪能できるベストセレクション。解説：朝宮運河。